CONTENTS

したたかな蜜月計画
～嘘つき公爵と頑なな王女～

Sakuna Taki
多紀佐久那

Honey Novel

Illustration

鳩屋ユカリ

内海の真珠と謳《うた》われるアスティ公国は、大陸の南部に位置する小さな公国であった。

気候も温暖で平地が国土の大半を占めている。

公国の南部は内海に面しており、漁港と塩田《えんでん》、そして真珠が特産品だ。

北部が大陸の二大大国、オクシタンとロタリンギアの間に楔《くさび》のように突き出ている。それ故に、小国であるアスティは絶えず両大国から狙われていた。

しかし、代々の統治者であるアスティ大公は、中立を貫き、同時に、もし片方の大国がアスティに侵攻するならば、もう片方の大国につくことを匂わせ、独立を保っていたのである。

一人でも凡庸《ぼんよう》な大公が出れば、アスティ公国は終わる。外交においても、要所で判断を間違えれば、侵略される。

アスティはそのように、真珠のように美しく、脆《もろ》く傷つきやすい国であった。


ブランシュ・ド・アスティは三ヶ月後に控えたオクシタンの大貴族、マクシム・ド・パンティエーヴル公爵との婚礼支度に追われ、せわしない日々を過ごしていた。

今日は、侍女や小間使いに囲まれながらの花嫁衣装の仮縫いの日だ。

内海の真珠と呼ばれるアスティ公国の第一公女にふさわしく、花嫁衣装は大粒の真珠がふんだんにあしらわれた、それは見事な総レースのドレスであった。

絹のような黒髪と理知的な青い瞳のブランシュに、清楚《せいそ》な真珠はよく映《は》える。

「これはこれは美しい。わが妹ながら、恋に落ちてしまいそうだ」

ノックもせずに、ブランシュの兄、デニス・ド・アスティ——現在のアスティ大公——が、居室に入ってきた。

「お兄様、ありがとうございます。けれども、今は花嫁衣装の仮縫いの最中なのですから、ノックをしてからお入りになってくださらないと」

十八歳のブランシュが、六歳年上の兄に、嚙んで含めるように優しく返した。

「すまない。つい、おまえに急いで話したいことがあったので、うっかりしていたよ」

まったく悪びれない顔をしたデニスが、朗《ほが》らかな声で謝る。

ブランシュと同じ黒髪で青い瞳のデニスは、美形で知られた亡き父のクロードにそっくりであった。

当然、デニスも甘い顔立ちのハンサムで、そのデニスに愛嬌《あいきよう》たっぷりに謝られると、ブランシュも苦笑しつつ許してしまう。

デニスは思慮には欠けるが、根は善人で同情心に厚く、いつも楽しげで賑《にぎ》やかな、愛すべき人であった。

ただし、それが一国の為政者にふさわしいかとなると、別の問題だが。

そして、ブランシュはといえば、統治能力に欠けた夫にかわり実質的にアスティ公国を治めた、母・マルグリットの気質を受け継ぎ、賢明で愛情深い娘であった。

兄と妹であっても、ふたりの関係は、出来の悪い弟と、弟に甘いしっかり者の姉のようであった。

「それでお兄様、お急ぎのご用事とはなんですの？」

「昨晩、お忍びで街の酒場に行った時、オクシタンの貴族と意気投合してね。――おおっと、酒場に行ったお小言は、後にしてくれ。その貴族、レオン・ド・ヴィレル子爵を、今晩、晩餐《ばんさん》に招いたんだ。もちろん、おまえも同席してくれるね？」

「……オクシタンの貴族……ですか？」

ブランシュが眉を寄せ、デニスに、どうしたものかという顔を向けた。

お兄様は騙《だま》されやすいところがあるから……。オクシタンやロタリンギアの貴族とは、あまり私的な交流を持っていただきたくないのだけれど……。

今は九月。三ヶ月後の十二月に、ブランシュはオクシタンに嫁《とつ》ぐ。デニスがしでかした失敗を、今までのようにブランシュがフォローすることは、できなくなるのだ。

元々、私には、嫁ぐ気はなかったのよ。

人は善いが為政者としてお兄様は頼りないわ。だから、お兄様がしっかりした方と結婚しない限り、私は、お母様がしていたように、お兄様を、生涯支えるつもりだった……。

ブランシュも、年頃になるといくつも縁談があった。けれども、その時には兄を支える決心をしていたため、縁談はすべて断ってきたのだった。

それにもかかわらず、ブランシュの婚約が決まった原因は、デニスがブランシュに内緒で商人から借金をしたことにある。

巨額の借金の返済に困っていたデニスに、パンティエーヴル公マクシムが、金銭援助を条件にブランシュとの婚姻を申し入れてきたのだ。

ブランシュがその話を知った時には、既《すで》にマクシムとデニスが連名でオクシタン国王から結婚の承認を得ており、ブランシュとマクシムの婚約は正式に成立していた。

王族や貴族の婚姻は、内政にも外政にも影響する。それ故、形式上のこととはいえ、爵位を持つ者は結婚をするにあたり、事前に王の承諾を得るという決まりがあった。

オクシタンのシャルル国王が認めた結婚を、きちんとした理由もなしに破談にすれば、最悪、オクシタンとの外交問題になる。

そう判断したブランシュは、マクシムとの結婚を嫌々ながらも受け入れたのであった。

渋い顔をした妹に、デニスがことさら明るく話しかける。

「ヴィレル子爵は、とても陽気で気持ちのいい男だ。ブランシュも彼を気に入るよ」

「まさか、ヴィレル子爵に、酒場の代金を払ってもらって、その代償に今宵《こよい》の晩餐に呼んだ……などということはありませんよね？」

「な、ないさ。そんなこと、あるわけないだろう」

デニスが慌《あわ》てて答えたが、ブランシュはそれが嘘だとわかっていた。

ふたりきりならば咎《とが》めたであろうが、小間使いや侍女もいる。

ブランシュは、言いたいことを、ぐっと呑《の》み込んだ。

まったくもう。お兄様は、いつになったら、小さな嘘をついて場を取り繕うのをやめるのかしら？　今までに、何度も痛い目をみたというのに……。

「わかりましたわ。今日、お客様があることを、執事には伝えました？」

「もちろん。おまえは子爵様をもてなすため、今晩は綺麗《きれい》に着飾っておくれ」

調子よく言うと、デニスはブランシュの居室を出て行った。ブランシュは、小さくため息をつくと、周りにはべっていた小間使いたちに目を向けた。

「仮縫いはここまでにしましょう。急いで湯浴《ゆあ》みの支度をお願い」

ブランシュの言葉に、小間使いたちが動きはじめる。

そして、ブランシュが侍女のカティアに顔を向けた。

「晩餐には、あなたも同席してくださるわよね？」

薄茶の髪と茶色の瞳をしたカティアが「かしこまりました」と、うなずいた。

小間使いたちに花嫁衣装を脱がされながら、ブランシュがひとりごちる。

「オクシタンのレオン・ド・ヴィレル。ヴィレル子爵ねぇ……。聞いたことのないお名前だわ。アルトア伯領にヴィレルという都市があったから、アルトア伯の係累《けいるい》の方か、オクシタンの宮廷に縁のあるどなたかしら？」

アルトア伯には子がなく、直系以外の誰かに爵位と領地が渡った……のではなかったかしら？　後で、お母様が残した書きつけを、調べてみなければ。

ブランシュの母・マルグリットは、各地の貴族の名前を書き記し、相続があれば修正したものをひと綴《つづ》りにしてまとめていた。それを受け継いだのは、ブランシュで、この三年ほど、毎月のようにその書きつけに触れていた。

花嫁衣装を脱ぎ終えると、そのままお湯を張ったバスタブに体を沈めた。

どちらかといえば小柄なブランシュの肢体は、丸みを帯びて柔らかで、釣り鐘《がね》のような形をした豊かな乳房の下には、引き締まったウエストと細い腰が続いていた。

衣装係の女官が、晩餐にふさわしい衣装を選ぶ間に、ブランシュはシュミーズを着てコルセットを締め、パニエとペティコートを二枚重ねにした。

「オクシタンの宮廷では、スカートにボリュームをもたせる装いが流行しているようですから、これくらいしてもいいでしょう」

流行に詳しい女官が、淡いピンクのドレスを手にしている。

ボディスとスカートが一体となったワンピース型のインナードレスは、襟《えり》ぐりが大きく開いている。襟の縁取りと袖口はお揃《そろ》いの、繊細な幅広のレースで飾られていた。

新雪のように白い胸元を二つ折りにしたレースの布で隠し、ルビーと真珠のブローチで布地を留めた。

ドレスの前面はボディスにもスカートにも見事な刺繍《ししゅう》のパネルが縫いつけられていて、洗練された華やかさを演出していた。

着つけの間に、ゆるやかにカールした髪がサイドにボリュームをもって結《ゆ》われ、そのまま肩越しに前に垂らす。

髷《まげ》の部分は赤いリボンで飾りつけ、バラ型の留め具《クラスプ》でリボンを留めた。

イヤリングをつけて装い終えたブランシュには、若い娘らしい華やかさと、公女にふさわしい気品が漂《ただよ》っていた。

「お綺麗ですわ、ブランシュ様」

晩餐用の若草色のドレスを着たカティアが感想を述べる。

実際、ブランシュは兄のデニスには及ばないまでも、顔立ちの整った、美しい娘であった。

支度が整った時には、もう晩餐がはじまるという頃合いになっていた。

兄のお気に入りの小姓の少年が、ブランシュを呼びに来ている。

晩餐の前に、ヴィレル子爵について調べておきたかったのだけれど……。彼の背景がわかれば、なぜお兄様に近づいたのか、その理由がわかるかもしれないもの。

デニスのうかつな行為で、意に染まぬ結婚が決まったこともあり、ブランシュは、デニスに近づく人物——特に他国人だ——に神経を尖《とが》らせていた。

まだ、ヴィレル子爵がお兄様を騙すと決まったわけではないもの。ただの、親切な方かもしれないのだし、あまりお待たせするのもよくないわ。

「愛しい妹よ、待ちかねたよ！」

繊細な彫刻がほどこされた扉が開き、ブランシュが晩餐用の居室に姿を現すと、先に着席していたデニスが上機嫌に声をかける。

「ごめんなさいね、お待たせしてしまって」

晩餐のテーブルは細長いテーブルで、中央にデニスが座り、その隣にヴィレル子爵、すなわちレオンと思《おぼ》しき若い男が座っていた。

年の頃は、デニスとそう変わらないくらいか、二十代前半に見えた。体格は中肉中背のデニスより頭半分ほど大きく、貴族らしくすんなりと均整の取れた体つきをしている。鮮《あざ》やかな青の上着の生地は、上等なシルクで、簡素な刺繍だが、品は良い。上着からのぞくシャツの襟はレースで飾られ、豊かな金茶の髪がよく映えていた。

綺麗な薄青の瞳、きりりとした眉、形のよい唇。レオンの顔立ちは、かなり男らしく整っていて、デニスと並んでも見劣りしない。

むしろ男性的な分、ブランシュにはレオンの方が好ましいと感じた。

——私の婚約者……マクシム様も、このような方だったらよかったのだけれど——

いかに聡明といえども、ブランシュも若い娘だ。凛々《りり》しい男を見れば、心が華やぐ。

そして、ブランシュの許婚《いいなずけ》であるパンティエーヴル公は、三十六歳で強引なほどのやり手との噂があり、洗練から遠い野蛮《やばん》さで知られた男であった。

いけない。こんなことを考えては。お母様だって、お父様とは政略結婚だった。けれども、お母様はお父様に誠心誠意尽くして、深い愛情を注がれていたのだわ。

私だって、お母様と同じように、マクシム様を愛さなければ。

下唇を噛み締め、決意を新たにしたブランシュに、レオンが不思議そうな目を向ける。

レオンは、自信に満ちあふれていて、妙に爽《さわ》やかな笑顔を浮かべていた。

「アスティ大公、私に、この美しい人を紹介していただけませんか？」

「今宵は大公などと、堅苦しい呼び方はやめてくれ。僕のことはデニスと呼んでほしい。……ブランシュ、こちらはオクシタンのレオン・ド・ヴィレル子爵だ。隣国のブレシアからオクシタンへの帰国の途中でアスティに立ち寄ったそうだ」

「はじめまして、レオン・ド・ヴィレルです」

「ようこそ、アスティへいらっしゃいました。私は、ブランシュ・ド・アスティ。隣にいるのは、侍女のカティア。アスティのアルル伯爵家の者です」

ブランシュに紹介され、カティアが恭《うやうや》しく頭を下げた。

カティアはレオンを前にして、頬をうっすらと上気させている。

レオンはブランシュにもカティアにも等分に笑顔を向け、晩餐がはじまった。

デニスの向かいにブランシュが座り、レオンの正面にカティアが座る。

食前酒のグラスを口元に運びながら、ブランシュはそっとレオンを観察した。

今のところ、怪しいところはないけれど……、まだまだ安心できないわ。

レオンは、大公や公女を前にしても、まるで気後《きおく》れした様子もなく堂々と、いや、悠然と構えていた。

王族と親しく接するのに、慣れている……そんな風に見えるわ。王宮に奉職しているのは当然として、もしかすると、王や王妃の愛顧を得ているのかもしれない。

レオンには華があるわ。喋《しやべ》り方も話し声も、人の気を逸《そ》らさなくて、魅力的で。……お兄様が、レオンを気に入ったのも、納得できるわね。

けれども、悪魔は、魅力的な姿で現れ、人を惑《まど》わすという。ペテン師は声がいいともいうし……でも……レオンの立ち居振る舞いは、オクシタン貴族そのものだわ……。

ワインの杯を見るともなしに見ながら黙考していたブランシュは、ふと、視線を感じて顔を上げた。

レオンが、まるで、値踏みするようなまなざしでブランシュを見ている。

「どうかなさいましたか、レオン？」

「先ほどから、会話に加わっていただけないので。私の話は、退屈でしたか？」

「おぉ。レオン、気にすることはない。わが妹は、幼き頃より、考えはじめるとそれに集中して、周囲の話が聞こえなくなるのだよ」

デニスが陽気な声で言い放つ。

ブランシュには、ひとつ欠点がある。それは、集中力がありすぎて考え事に集中すると周囲の声が聞こえなくなる、というものだ。

ちょうど、今のブランシュがそうだった。

「申し訳ありません。つい、悪い癖が出てしまいました。でも、レオン、私はあなたのことを考えておりましたのよ」

社交辞令に愛想笑いをまぶしてブランシュが答えると、レオンがひたと目を向けた。

「ブランシュ様、私は、あなた様とお会いするのを楽しみにしておりました。あなた様の令名はオクシタンのみならず我が国の王宮にも鳴り響いておりますから」

「まあ、どのような評判ですの？」

「マルグリット大公妃に似て、情に厚く、聡明な方だと。しかし、私はその評判に、真珠のように美しく、スズランのようにかぐわしい、という言辞を加えましょう」

「お上手ですこと。オクシタンには、私より美しい女性など、星の数ほどおりましょうに」

レオンの称賛の言葉を微笑で受けながら、ブランシュは居心地の悪さを感じていた。

お世辞は社交の潤滑油とわかってはいても、この男が言うとなぜか嘘臭い……。

どうしてかしら？

「確かに、オクシタンに美しい女性はあまたおりますが、ブランシュ様のように輝く瞳をなさった者はおりません。あなたを妻にできるパンティエーヴル公は、幸せ者ですな」

「レオン、君は妹とパンティエーヴル公が婚約したことを知っているのか」

「もちろんです。オクシタンの王には御子がなく、王太子を新たに定めることとなりました。パンティエーヴル公は、王太子候補となったおふたりのうちのおひとり。王太子ともなれば、妻は王族から迎えるもの。ブランシュ公女とのご結婚が決まり、公爵は既にご自分が王太子に決まったも同然と、それはもう喜んでいらっしゃいます」

喋り終わったレオンがアスティ名産の赤ワインが注がれたグラスに手を伸ばした。

レオンの薄青の瞳が細められ、形のよい唇がわずかに歪《ゆが》んでいる。

冷笑……？　レオンは、マクシム様に好感を抱いていないようね。では、どうしてアスティに――いえ、お兄様に近づいたのかしら――？

順当に考えれば、次代の王となるマクシムに取り入るため、その妻となるブランシュに気に入られようとしている、ということになる。

これならば、レオンがデニスに近づいたことにも納得できる。いや、それ以外の理由は考えられないというくらいに、腑《ふ》に落ちるのだ。

しかし、レオンがマクシムを嫌っているとなれば、話は別だ。

「……レオンは、なぜ、王都・シャンベリにいらしたのかしら？」

気がつけば、ブランシュはそう尋《たず》ねていた。

ブランシュの言葉に、レオンがゆっくりと瞬きをした。そして、初めてブランシュを見るようなまなざしを向け、よくわかったな、と言いたげに口角を上げる。

「おいおい、ブランシュ。それは先ほど、僕が説明したはずだ。ブレシアからの帰り道だったからだろう？」

「ええ……。そうでしたわね。では、なぜブレシアに行かれたのですか？」

「従姉妹《いとこ》がブレシアに嫁いでおりまして、このたび嗣子《しし》を出産しました。私は代理父になりましたので、洗礼に出席するため、ブレシアへ行ったのですよ」

レオンの言葉に、デニスが笑顔で杯《さかずき》を掲げる。

「それはそれは、めでたいことだ。ところで、レオン、君に妻子はいるのかな？」

「独身です。そろそろ身を固めろと、周囲から言われておりますが」

レオンの答えに、カティアが嬉しそうな顔をする。

「ほう、では、そこにいるカティアはどうだ？　カティアはよい娘だぞ」

恋愛ごとに関しては鼻が利くデニスが、さりげなくレオンにカティアを推薦する。

こういう心配りができるからこそ、デニスは臣下から慕われ、多少の失政も大目に見られるのだ。

さすがお兄様だわ。……とはいえ、レオンとは会ったばかりだというのに、信用しすぎと思わなくもないけれど……。

ブランシュが、カティアとレオンを交互に見やる。

カティアはよほど嬉しいのか、うつむき、耳まで真っ赤に染めていた。

しかし、レオンはといえば、デニスの厚意をあっさりと一蹴《いっしゅう》した。

「大公が仲人となれば、この話、断ることはできません。が……、今しばらくは、独り身を謳歌《おうか》したいと思っています。ここでお返事をいたしますことは、ご容赦願えますか」

カティアはブランシュの気に入りの侍女で、主のブランシュは将来、オクシタンの王妃となるかもしれない存在だ。

レオンがカティアの夫となれば、ブランシュは夫婦ともども引き立て、王となったマクシムに気に入られれば大国の重鎮《じゅうちん》となる道が開ける。

もし、マクシムが王にならずとも、オクシタン屈指《くっし》の有力貴族とアスティ大公の両方に太いつながりができる。それは、宮廷貴族にとって、魅力的な話のはずなのだ。

「この話を断るとは……。レオンは、ずいぶんと無欲だな」

「もしかしますと、無欲に見えるほど強欲なのかもしれませんよ?」

「いや、まさか」

デニスが笑い声をあげ、カティアが失望もあらわに引きつった笑顔を浮かべた。

ブランシュは、曖昧《あいまい》な笑顔を浮かべる。

カティアの気持ちを思えば気の毒だけれど、今はまだレオンの狙いがわからないのだもの、カティアから危険が去ったと喜ぶべきだわ。

そっとブランシュは安堵《あんど》の息を吐き、赤ワインを口に含んだのだった。


晩餐はつつがなく終わり、デニスはレオンに王宮の客用の居室に泊るよう勧めた。ブランシュは、それに反対しなかった。

レオンに釘を刺すなら、早いうちの方がいいわ。このまま王宮にずるずると滞在されて、お兄様によからぬことを吹き込まれたら、たまらないもの。

宮殿内の自室に戻ったブランシュは、モスリンの室内着に着替えると、燭台《しょくだい》を手に書斎へ向かった。

母のマルグリットの残した書きつけは国別に綴られ、アルファベット順に並んでいる。そのおかげで、ブランシュはすぐに目当ての領地を見つけられた。

「ヴィレル子爵……。あったわね。やはり、アルトア伯領の都市ね。……アルトア伯の後継ぎが代々ヴィレル子爵となっていたけれど、五年前にアルトア伯が亡くなって……係累がなく、領地と爵位は国王に返上………？」

書きつけがそこで終わっていることを確認して、ブランシュが目を見開いた。

「ヴィレル子爵という人物は、この世に存在しないとすると、あの、レオンという男は何者なの……？　なぜ、身分を偽ってお兄様に近づいたというの？」

物腰や衣装やマナーに至るまで、レオンはオクシタン貴族として完璧だった。

少なくとも、オクシタン貴族の振る舞いを熟知している者であった。

「どんな目的があるにせよ、本当の身分を明かさないという時点で、まともな者ではないわ」

そう結論を出すと、ブランシュは深く長いため息をついた。

お兄様がこのことを知ったら……きっと、がっかりなさるわね……。

落胆したデニスを想像するだけで、ブランシュの胸が痛んだ。

お可哀想《かわいそう》そうな、お兄様……。ただ、人がいいというだけで、ずる賢い者ばかりが近づいて……。騙された人間がどれほど悲しむか、どうしてわからないのかしら!?

デニスの人の好さにつけ込んだレオンの卑劣《ひれつ》さに、ブランシュは怒りを覚える。

「いいわ。今からでも釘を刺しに行きましょう」

幸い、晩餐は終わったばかりだわ。今ならまだレオンも起きているでしょうし、明日の早朝に王宮から出て行くよう、直接、告げに行きましょう。

燭台を手に、ブランシュは書斎を出た。そのまま階段を降り、王族が住む宮殿から、外国からの賓客やアスティ貴族が住む別棟へ向かった。

レオンの客室は、一階の奥から二番目だ。目当ての居室の前に立つと、ブランシュは呼吸を整え、そして扉をノックする。

「誰だ？」

「……私です」

ブランシュが押し殺した声で応《こた》えると、客室の扉が開いた。

「これはこれは、公女殿下、御自ら夜這《よば》いにいらっしゃるとは」

既に夜着に着替えていたレオンが、若干皮肉っぽい口調で言った。

「夜這いではありません。あなたに、お話があって参りました」

ブランシュが扉の内側にすばやく滑り込む。

扉を後手で閉ざすと、背筋を伸ばし、凛《りん》とした表情でレオンを見据《みす》えた。

「このような夜更けにか？　〝お話〟だったら、明日にでもできるだろうに」

ブランシュのまなざしを受けるレオンは、にやけた表情を浮かべている。

どうやら、本気でブランシュが夜這いに来たと思っているようだ。

そのためだろうか、口調が晩餐の時とはまるで別人のようにくだけている。

「明日では、遅いのです。レオン・ド・ヴィレル子爵、いったいあなたは何者ですか？」

「………それは、どういう意味かな？」

ブランシュの問いに、レオンがついと眉を上げた。にやけた顔が引き締まり、真面目な――おそらくレオン本来の表情だ――ものに変った。

愛想笑いを浮かべていた時とは、まるで別人だわ。

レオンから気迫のようなものが発せられ、ブランシュの体が強《こわ》ばった。

しかし、ブランシュは若い男――しかも身分を偽るような胡散《うさん》臭い人間だ――に、気圧《けお》された自分を恥じつつ、毅然《きぜん》とした表情でレオンを睨《にら》みつけた。

「そのままの意味ですわ。ヴィレル子爵の爵位は、アルトア伯爵とともに、五年前に継承者がおらず、断絶しています。……もう一度聞きます、あなたは、誰なのですか？」

「驚いた、わずかな時間にそこまで調べたか」

レオンが軽く目を見開いた。その口ぶりは、部下を褒《ほ》める君主のようであった。公女に対してするには、無礼千万《ぶれいせんばん》と言うしかない。

落ち着いて……落ち着くのよ、ブランシュ。私を怒らせて、話をはぐらかそうというのが、この男の手かもしれないのだから。

「……もういいわ。あなたがどこの誰であろうとも、関係ありません。どんな目的があってお兄様に近づいたのか知りませんが、いずれ奸計《かんけい》を巡らせているのでしょう？　明日の早朝に、王宮を出て、二度とシャンベリに足を踏み入れないと誓うのならば、身分を偽ったことは不問にしましょう」

「まさか、話というのは、それだけか？」

「それ以外、何があるというのです」

「いや……。てっきり衛兵を呼んで、牢《ろう》にでも入れるのかと」

レオンが気障《きざ》な仕草で肩を竦《すく》めた。

「そうしたいのはやまやまですが、お兄様があなたのことを友と信じきっています。……お兄様は人が善すぎるのよ。あなたなんかを信用して……」

喋っているうちに、ブランシュの心が波立ちはじめる。

お兄様は、頼りないけれど、善良な統治者だわ。

余計なことを吹き込んで、そそのかす人さえいなければ、アスティは平和でなんの問題もなく、私も後顧《こうこ》の憂《うれ》いなく、パンティエーヴル公に嫁げるでしょうに……。

どうして、お兄様には下心のある者ばかり寄ってくるの？　お可哀想なお兄様。

「いたずらに騒ぎ立てて、お兄様が真実を知れば、とても傷つくでしょう。それは、私の本意ではないの。あなたのことを思ってではないわ」

「これはこれは……なんとお優しい公女殿下だ。……最初は、どんな阿呆《あほう》かと思っていたが、ここまで兄思いの妹だったとは。……気に入ったぞ、ブランシュ・ド・アスティ」

そう一息に言うと、レオンはブランシュが手にしていた燭台の炎を吹き消し、ブランシュのきゃしゃな手首を掴んだ。

次の瞬間、ブランシュはレオンによって抱き上げられていた。驚いたブランシュの手から燭台が離れ、絨毯《じゆうたん》に落ちて鈍い音をたてる。

「なっ……っ！」

逞《たくま》しい腕に抱かれたブランシュの鼻腔《びこう》を、香水の匂いが掠《かす》めた。

それは、レオンの体臭と混ざり合い、ブランシュの肉体に不思議な作用を及ぼす。

抵抗する力が、一瞬であるが失われてしまったのだ。

そのわずかな隙を、レオンは見逃さなかった。大股で絨毯を踏み締めると、天蓋《てんがい》つきの寝台に向かい、寝具の上にブランシュを放り投げる。

「何をするのですか！」

「夜更けに、若い男のもとに女が忍んでやってきたのなら、やることはひとつだ。内心では、おまえも、それを期待していたのだろう？」

レオンが寝台に横たわったブランシュに覆い被《かぶ》さった。

全身で感じるレオンの体は、見た目より重く、そして熱かった。

男の体温を感じて、ブランシュの心音が高まる。まるで、耳元に心臓でもあるかのように、鼓動が大きく聞こえた。

「なんの期待ですか。私はただ、お兄様のために話を……あっ！」

反論するブランシュが息を呑んだ。

いつの間にかレオンの手がドレスに伸び、靴下《ショース》に覆われていない膝頭に触れていたのだ。

「……なっ、なっ、何をするのですか!?」

男に足を見られることは、とても恥ずかしいことだ。

それなのに、ブランシュのドレスは膝上まで捲《めく》られ、むきだしの素肌を触られている。

なんてこと……。なんてこと、なんてことなの！

全身が熱くなり、頬を薄紅に染めながら、ブランシュがレオンの胸板を叩いた。

「早く、その手をどけなさい！」

「それは、命令か？　この状況で、よくもそんな強気に言えるものだ」

余裕たっぷりの笑顔で、レオンが膝に置いた手を、ゆっくりと太腿に移動させた。

レオンの手が上がるにつれて、ドレスの裾も捲れてゆく。

あっという間に、ブランシュの太腿が半ばまであらわになった。

客室に明かりはなく、暗闇に浮かぶ白い肌は滑らかで、十八歳という若さにふさわしい、みずみずしさに溢《あふ》れていた。

レオンの手が、触り心地を楽しむように、太腿を上下する。

熱い手の感触に、ブランシュのうなじがそそけ立った。

「イヤ。やめて！　おぞましい」

ブランシュが手を振り上げた。

レオンの頬を平手打ちしようとしたが、空中で手首を摑まれてしまう。

「さすがに、おぞましいとまで言われると、傷つくんだが……」

さして痛痒《つうよう》を感じていない口ぶりで言うと、レオンがブランシュの手首を捻《ひね》り上げ、枕に顔を押しつけた。右肩の痛みに、ブランシュがくぐもった声をあげる。

「これ以上痛い目に遭《あ》いたくなければ、大人しく俺のものになることだな」

「俺のものですって？　そんなこと、できるはずがないでしょうに」

痛みを堪《こら》えながら、ブランシュが気丈に言い返した。

ブランシュの耳元にレオンが顔を寄せ、艶《つや》めいた声で囁《ささや》く。

「おまえの処女をいただく。そうすれば、おまえは俺のものになるしかなくなるだろう？」

「なっ……っ」

ブランシュの背に体重をかけながら、レオンがドレスの裾を捲り上げる。ブランシュのドレスが、ペティコートごと尻まで捲られてしまった。

嫁ぐにあたって、ブランシュは乳母からやんわりと房事について教えられていた。

その知識から、レオンが自分を犯そうとしていると理解する。

「この悪魔！　やめなさい。やめてちょうだい！　……お願いだから、それ以上はやめて！」

そんなことをされたら、私はパンティエーヴル公に嫌われてしまう。

たとえ意に染まぬ結婚だとしても、ブランシュにも、花嫁になることへの淡い喜びや希望、両親のような仲睦《なかむつ》まじい夫婦になりたいという夢があった。

羽毛の枕に顔を埋めてブランシュが訴《うった》えるが、レオンは躊躇《ちゅうちょ》せずに形良い尻に触れた。

弾力のある肉を鷲摑《わしづか》みにし、荒々しくもみしだく。

「やめろと言われて、やめる俺ではない。やめるのは、おまえを俺の女にしてからだ」

レオンはすばやくブランシュに馬乗りになると、自らの夜着を脱いで引き裂きはじめた。

上等なリネンを裂く音が、客室に悲鳴のように響く。

その音を、ブランシュは自分の希望や未来が断ち切られる音のように感じた。

イヤよ、こんな……。夫以外の男に犯されて、処女を散らされるなんて。

レオンは手頃な幅に裂いた布で、ブランシュの両手を後ろ手に縛《いまし》めた。

それから、ブランシュをあおむけにし、残った布でブランシュの口に猿轡《さるぐつわ》をかませる。

「んっ！　……んっ!!」

首を左右に振って、ブランシュが猿轡を外そうと試みる。そんなブランシュの姿を、楽しげにレオンが見下ろした。

「さすがに悲鳴をあげられると、衛兵が飛んで来るからな。これでもう、大丈夫だろう」

さて、と小さくひとりごちると、レオンがベッドに横たわるブランシュの胸元に手を伸ばした。大きな手がたわわな胸をドレスの上から鷲掴みにする。

「……っ！」

一度も男に触られたことのない場所を摑まれ、ブランシュが息を呑んだ。

「ほう……。これは、なかなか」

レオンが嬉しげに口笛を吹く。

「服を着ていても大きいのはわかっていたが、触り心地もいい。これは、ぜひとも直接触ってみなければな」

嬉々としてレオンが、ドレスの襟元に手を差し入れた。

「んんっ！　んーっ!!」

イヤ、やめて、というブランシュの声は、布地に吸い込まれてしまう。

身を捩《よじ》ってもレオンから逃れられず、白桃のような乳房は、男の思うまま弄《もてあそ》ばれる。

レオンは柔らかな肉を、まずはやわやわと揉みしだいた。

下から持ち上げ、重みを確かめるようにたぷたぷと揺すり、触れるか触れないかという軽いタッチで肌に指を滑らせる。

最初は、ただ嫌悪感しかなかったブランシュだったが、嫌がる心に反して、体はじょじょに愛撫《あいぶ》を受け入れ、変化をはじめていた。

嫌悪の鳥肌が、初めてのざわめきに。

ざわめきは、さざ波のように全身に広がり、ブランシュの肌を目覚めさせてゆく。

どうしたというの？　レオンに胸を触られているうちに、体が、熱く……。

いつの間にかドレスの袖がずり落ち、胸元まで布地が下ろされていた。

あらわになった双丘《そうきゅう》は、あおむけで寝ているにもかかわらず、形良く盛り上がっている。

その先端には、淡く色づいた乳輪と、刺激によりツンと尖った乳首が息づいていた。

浅く上下する胸に、レオンが手を伸ばし、指先で胸の突起を軽く弾く。

「……んっ」

乳首に電流のようなものが流れ、ブランシュの唇から、初めて甘い吐息が漏れた。

その刺激は、ブランシュの体の奥深くに潜《ひそ》んだ蜜壺《みつつぼ》に、異変を生じた。

「もう、気持ち良くなってきたか。さすがはアスティ公女。こちらの方も優秀とみえる」

戯《ざ》れ言《ごと》を！

感じたと素直に認められず、ブランシュが潤んだ瞳でレオンを睨みつけた。

誰が、こんな男に非道な真似をされて、感じるというの？

怒りに満ちた瞳で、心の中で叫ぶ。

しかし、ブランシュの燃えるようなまなざしを、レオンは平然と受け止めた。

それどころか、レオンの体から放たれる熱が増しさえした。

「……閨《ねや》で女に、そんな目で見られるのは、なかなか新鮮なものだな。どうやって泣くまでよがらせようか、そればかりを考えてしまう」

口の端だけで笑うと、レオンはブランシュの隣に横たわった。

レオンがブランシュの耳元に顔を寄せ、息を吹きかける。そして、情欲で甘く掠れた声で囁いた。

「さてと、おまえはどこが感じるのか、調べてみるとしようか。……まずは、耳」

レオンがブランシュの耳たぶを唇で挟み、そして熱く濡れた舌で窪《くぼ》みを舐《な》める。

——気色悪い！——

耳を舌で舐められても、ブランシュは感じるどころではなかった。素肌をなめくじに這われたようにしか思えない。

あまりの嫌悪感に、ブランシュがぎゅっと目を閉じ、そして全身を縮こませる。

「耳で感じるのは、まだ早いか。では、この白いうなじはどうだ？」

レオンがカールした黒髪を捧げ持ち、あらわになった肌に音をたてて口づける。

二度、三度と口づけた後、レオンがすんなり伸びたうなじから鎖骨にかけてを指で辿《たど》った。

「さて、次は……肩にしようか、脇にしようか。おまえはどちらがいい？」

尋ねられ、ブランシュの意識が肩と脇に向かったところで、レオンがたわわな胸に指先で円を描いた。

「っ！　……っ……」

ふいうちの性感帯への愛撫に、じわりとブランシュの中で何かが広がった。

それ、が、体を熱く火照《ほて》らせることを、もうブランシュの体は知っている。

鋭くブランシュが息を呑むと、レオンは嬉しげに笑った。

「胸は感じるのか。……いいことを教えてやろう。いずれおまえの全身は、このようになる。俺に、どこに触れられても感じて、股を濡らすようになるんだ。想像するだけで、愉快な光景じゃないか？」

朗らかに不吉な予言をしてみせると、レオンがブランシュの腕のつけ根に口づける。

「知っているか？　関節の内側のように皮膚の柔らかい部分は、他よりも、ことのほか感じやすいものだと」

後ろ手に縛られているため、ブランシュの脇はぴたりと閉じている。

柔らかな肉が作る隙間に、レオンが女性器にするように舌を尖らせ、差し入れた。

こんな場所を舐めて……。いったい、何が楽しいというの？

とまどうブランシュの脇に、レオンが鼻を近づけ、犬のように音をたてて匂いを嗅《か》ぐ。

ブランシュが顔を背けた拍子に、猿轡がずれた。これ幸いと、ブランシュは胸一杯に新鮮な息を吸い込んだ。

「固くて青い匂いがする。……正真正銘《しょうしんしょうめい》、処女の匂いだ」

「なっ、何を馬鹿なことを……！」

「否定するか？　だとすれば、おまえは自分が処女ではないと言っているようなものだが」

「まさか！」

ブランシュが強く否定すると、レオンが嬉しげに笑声を漏らした。

「何が、おかしいのですか？」

「いやいや、オクシタンの宮廷は、それはもう性が乱れていて、処女など、なかなか見つかるものではない。未婚であれ既婚であれ、ご婦人方は、少しでも高い地位の男の愛人になろうと、それはもう必死なもので、処女を抱く機会など、極めて稀《まれ》だ」

「オクシタンの宮廷では、生まれつきの貴族でなくとも優秀な者であれば出仕できると聞いています。……もしかして、あなたは美男子ですが、身分が低すぎて、どなたからも相手にされないのですか？」

レオンに対する反感もあって、ブランシュがことさら冷ややかに言い返す。

その言葉に、レオンが思い切り吹き出す。

「いやいや、無知というのは素晴らしい。……あいにくだが、地位がなくとも、俺ほどの美形であれば、それはそれでご婦人たちが群れをなして迫ってくるものさ」

レオンはいたずらっこのように笑うと、ブランシュの太腿に手を置いた。

「でしたら、私ではなく、オクシタンのご婦人をお相手になされば良いでしょう？」

「俺は、彼女らより、おまえがいいんだ」

そんなやりとりをする間にも、レオンの手は、上へ上へと移動していた。

その先には、ブランシュの秘めた部位がある。夫と定めた男以外には、見られることも触られることも、許しがたい場所が。

「……やめて。そこには、触らないで！」

「答えは〝否〟だ。おまえの命令は聞かない。俺は俺のやりたいようにする」

レオンの指が、焦《じ》らすようにブランシュの腿のつけ根を上下した。

淡い草むらに覆われた花弁《かべん》に、羽毛のように軽く触れていたかと思うと、おもむろにレオンがブランシュの胸に顔を近づけた。

「先ほど、おまえは、なぜ俺がデニスに近づいたのか、尋ねたな」

先ほどまでレオンに陵 辱《りようじよく》されていた場所は、すっかり敏感になっていた。

レオンが喋るたび、突起に息が吹きかかり、それだけで肌がざわめく。

「俺の目的は、おまえだ。デニスに近づいたのは、おまえと言葉を交わしたかったからだ」

「なんですって？　…………あんっ」

驚きに目をみはったブランシュだが、レオンに乳首を舐められ、甘い声が唇から漏れた。

「オクシタンの宮廷で、悪評高いマクシムと婚約した物好きな娘を、嫁ぐ前に一度、見てみたかった。そのために、アスティの王宮までやってきたのだ」

一言喋るごとに、レオンが淡い色の胸の飾りを舐め、そして吸い上げる。

今までのように軽い愛撫ではなく、濃密な舌遣いに、ブランシュの肉壺に、くっきりとした異変が生じていた。

「な……っ。んっ、っ……っ、私に、会いに……ですって？」

「そうだ。大陸一の頭の足りぬ娘など、そうそう間近で見る機会などないからな。オクシタンの宮廷に来てからでは、俺は、おまえに近づけないだろうし」

そう言うと、レオンは口を閉ざし、ブランシュの胸への愛撫に集中する。

それだけではない。柔らかな肉の割れ目を指で上下に撫ではじめた。

一方、ブランシュはといえば、レオンの目的を聞いて、脱力していた。

よかった。お兄様は、騙されてはいたけれど、詐欺《さぎ》に狙われてはいないのね。

公女としての教育と経験が、レオンの言葉が事実であると判断させた。

しかし、今に限っては、それが裏目に出てしまう。なぜならば、緊張が緩んだことで、ブランシュの体が、レオンの愛撫により強く反応するようになったのだ。

白く柔らかな体は、レオンの口や唇の動きに、みるみるうちに内側から火照ってゆく。

「ん……あ……っ。あぁ……」

下腹部に生じた疼《うず》きは、今では愛液を滲《にじ》ませるほどになっていた。

巧みな愛撫、そして訪れた体の変化は、処女であるブランシュをとまどわせるのに、十分であった。

あぁ……。なぜなの？　この男のせいで、私の体がおかしくなってゆく。

どうせなら、夫となる方に、初めてを捧げたかった。お父様とお母様のように、睦まじい夫婦となるために。

レオンのすんなりと伸びた指が、ふっくらした肉の割れ目を辿り、その奥に潜んだ宝玉を探り当てる。

しっとりと湿ったそこは、レオンの指に快感を覚え、大悦《よろこ》びで受け入れた。

性感帯を撫でられて、強い快感がブランシュを襲う。

「――んっ！」

快楽か、失望か。声をあげ、のけぞった弾みでブランシュの目尻から涙が溢《あふ》れる。

透明な滴《しずく》が、ブランシュのこめかみをゆっくりと伝い落ちていった。

「ん、んん……っ。あ、あぁ……っ」

ブランシュがあえぎ声を漏らす。それを合図にしたように、敏感で感じやすい場所を、ことさらにレオンが責めたてる。

刺激に膨《ふく》らみ、充血した粒を撫で、指を押し当てて細かく振動させたのだ。

「あ、あぁ……ん……っ」

今までで一番強い快感に、ブランシュの泉から大量の蜜が溢れた。

「気づいているか、ブランシュ。おまえのここが濡れているのに」

「……知りません、そんなこと」

閨房《けいぼう》の囁きに、ブランシュが頑《かたく》なな声で答え、そして太腿を閉じようとする。

「さすがは、処女《おとめ》だ。感じることが、恥ずかしいか。……だが、その恥じ入るさまが、男を興奮させるということを、覚えておくがいい」

尊大な口調で言ったかと思うと、レオンが胸元から顔を上げた。

そのまま、ベッドの下方へと移動した。そして、ブランシュの両足首を摑み、空中へ持ち上げ、開脚させる。

「……………っ！」

ドレスの裾がずり落ちて、ブランシュの股間がすべてあらわになった。

「イヤ！　やめて！　降ろして。……手を離して!!」

ブランシュの懇願を、レオンは黙殺した。

それどころか、男を知らぬ淡い色の花弁に、無遠慮な視線を注いでくる。

ねっとりとして、欲望にまみれた、雄のまなざしを。

感じる……。レオンが、今、どこを見ているのか、皮膚で感じるわ。

レオンはゆっくりと目線を移動させた。

淡い陰りが彩《いろど》る肉の丘から、花弁の重なりへ、そして、その後ろの部分や脚のつけ根に至るまで。ブランシュを執拗《しつよう》に目で犯し続けてゆく。

見られているだけなのに、まるで手指で愛撫されているかのように、ブランシュは感じてしまう。

視線の愛撫に、蜜壺からトロリと愛液が溢れた。小さな粒は赤く色づき、ひくひくと動いている。

「見ないで。……見ないでください。お願いだから……」

触れられて感じるより、見られて昂《たかぶ》る方が、ブランシュは恥ずかしかった。

羞恥に心が染まるほどに、体はより快感に敏感になってゆく。

「つまりは、見られるだけで感じていると、そういうことか。いいだろう。……そろそろ俺も、ご馳走《ちそう》を前に我慢できなくなってきた」

そう言うやいなや、レオンが左腕でブランシュの右脚を抱え、股間に顔を寄せてきた。

羽箒《はねぼうき》で撫でるかのように軽く、指先で内股をなぞり、充血した果実を唇で捕らえる。

「んっ!!」

手指とはまた違う——より強い快感を引き起こす——濡れた肉の感触に、たまらずブランシュが身を捩った。

その拍子に、髪をまとめていた薔薇《ばら》の髪飾りが外れ、乱れた髪が頬を覆った。

「あっ。ん、あっ。……つう……ん」

押し寄せた快楽の強さに、一瞬、ブランシュの息が止まった。

レオンの肉厚の舌につつかれて、今度は体の芯が熱くなる。

体が火照るほどに、泉から蜜が溢れた。

乳首と同じように、レオンはそこを愛撫する。

赤い真珠を吸い上げ、舌で辿り、その上で左右に細かく舌を動かす。

刺激を受けるたび、甘い痺《しび》れが下肢を襲った。

痺れは疼きとなり、ブランシュの股間を昂らせてゆく。

何……？　これは、なんなの？　レオンが舐めるたびに、私の体が……おかしくなって……。あぁ、まただわ。

「ふぅ……んっ。んっ。あんっ」

刺激を与えられ続け、止めどない快感に、宙に浮いた足指が反り返る。

「い、イヤ……。イヤ。やめて、もう……っ」

「やめろと言われてやめるわけないだろう。それに、こういう時の女のイヤは、感じているのと同義だ。素直に、いいと、もっと欲しいと言えばいい」

「私は、んっ。本当に、やめて欲しいと……。あぁ……っ！」

反論しようとしたブランシュのふくらはぎを、いやらしい手つきでレオンが撫で上げる。

たったそれだけのことで、ブランシュの肌が粟立《あわだ》った。

特別な性感帯ではない場所すら、ここまで感じるようになっている。

レオンは頃合いが十分と判断したか、顔を上げ、ブランシュの濡れそぼった蜜壺に指で触れた。

レオンは溢れた愛液をすくいとると、濡れた指先をブランシュの鼻先に突きつける。

「こんなに濡らして、感じて、どの口がやめて欲しいというのだ？」

「……濡れることと感じたことが、どうして、同じことになるのですか？」

快楽で思考が鈍りつつも、真顔でブランシュが聞き返す。

すると、レオンがいかにも驚いたという風に目を見開いた。

「参ったな。こんなことさえ知らんのか。いや、逆に考えれば、これから、いかようにも俺好みに染められるということか……それはそれで、悪くない」

最後の方は、ほとんどひとりごとに近かった。

……なんでしょう。この言い方。気になるわ……。

ブランシュが内心でつぶやく。レオンがブランシュの腕を摑み、上半身を起こした。

「ずっと腕を下敷きにしたままだと、辛かろう」

言われてみれば、肩が怠く、下敷きになっている箇所が痺れている。

気遣いの言葉に、てっきり縛めを外してもらえると思ったが、レオンはブランシュをうつぶせに横たえただけであった。

「……私を、自由にするのではないのですか？」

失望を隠せない声で、ブランシュが訴える。

「そんなことをしたら、おまえは、抵抗するのだろう？」

圧迫から解放されて、腕に血が通いはじめると、空気に触れるだけで肌がビリビリした。

腕が辛い。肩も……あぁ、少しでも早く、この縛めを解いて欲しい。

「約束します。そんなことはしませんから、この布を取ってください」

首を巡らせ、ブランシュが懇願すると、レオンが「いいだろう」と答えた。

ブランシュが安堵したのも一瞬だった。

「ただし、おまえの足腰が立たなくなってから、だ」

レオンが冷酷に宣言する。

「えっ？……あっ！」

失望を覚える暇もなく、熱い手がブランシュの腰を掴んだ。

ベッドに膝をつく姿勢を取らされたかと思うと、股間に熱い物が押し当てられた。

ブランシュには、それが何かわからなかった。しかし、すぐに正体がわかった。

ご婦人のへこんだ場所に、殿方がでっぱりを挿《い》れる、という行為を行います。

婚約が決まった直後、妻としての振る舞いを教えてくれた養育係の女官の声が、ブランシュの脳裏に蘇《よみがえ》った。

「おまえのここは、もう、十分に蕩《とろ》けている。いったい、どんな味がするのだろうな」

レオンがブランシュの背中に体を密着させ、耳元で囁いた。

どうしたことか、レオンの声を聞いた鼓膜が、息を吹きかけられたうなじや耳が、歓喜にざわめいた。

そしてブランシュは、襞《ひだ》に触れる楔に意識を奪われる。

熱い……。熱くて……なんという圧迫感なの？

亀頭に触れた受け口は、餌《えさ》を求める雛鳥《ひなどり》のように、一層大きく口を開ける。

ぽっかりと空いた穴から蜜が溢れ、陰核《いんかく》までも濡らした。

あぁ……。あぁ、あぁ！

レオンは肉筒にすぐには挿入しなかった。

切っ先を蜜液でたっぷり濡らし、ブランシュの股に棹《さお》を擦りつけ、前後に動かす。

「あっ。あ、あぁっ。……あぁ……っ」

濡れた先端が、小さな尖りをこねくり回し、膣の入り口を執拗に擦り続ける。

性器に感じる雄が、自然とブランシュの女を目覚めさせていた。

股間が熱く、甘く痺れる。

男根からの刺激に反応し、ブランシュの白い太腿が細かに震えた。

次第にブランシュは、女性器の近くにレオンの陰茎があることに慣れていた。いや、馴らされていた。

体から力が抜け、肉の誘惑が全身を支配する。

豊かな胸を上下させ、赤く染まった唇から、あえぎ声が漏れた。

レオンは尻の割れ目から女陰に沿って楔を滑らせると、油断していたブランシュの充血した肉筒に、あっという間に先端を挿れてしまった。

「——あっ！」

ふいに訪れた裂かれる痛みに、ブランシュがのけぞった。

「いいぞ……。やはり、思った通りだ。この狭さ。まさしく処女の醍醐味《だいごみ》だ」

ブランシュの頭上から、劣情に染まった声がした。

しかし、破瓜《はか》の痛みに襲われていたブランシュの耳に、その声は届かない。

レオンはゆるゆると肉棒をブランシュの中に進める。

肉壁がこじ開けられ、肉壺が広がった。

痛い！　こんなに大きな物を、挿れられるなんて……。裂けてしまう‼

「出して……っ。早く、私の中から出て行って！」

「出して、と言われると、興奮するな。どうだ、中で出して、と言ってみないか」

「そんなことより、早く出してちょうだい！」

噛み合わない会話をする間に、レオンは茎を半ばまで挿れていた。

それからブランシュの体に腕を回し、上半身を右手で支え、左手を豊満な乳房に添えた。

レオンは乳首をひとさし指となか指で挟むと、ゆっくりと柔肉を揉みはじめる。ひと揉みするごとに、ツンと尖った乳首が刺激され、甘く快感が広がった。

「あ……。あんっ」

痛みと快感に、ブランシュの息があがった。

注がれる快楽に、ブランシュの力が抜け、その隙にレオンが深奥《しんおう》まで侵入を果たす。

体が深くつながると、レオンが寝台に腰をおろした。

つながったまま、ブランシュはレオンの膝に座るはめになる。

「さて、こうなっては逃げられまい？　お望み通り、その縛めを外してやろう」

レオンが夜着であった布を手首から外した。

やっと、自由になった……。

鈍い肩の痺れに耐えつつ、ブランシュが安堵の息を吐く。

ブランシュの体から力が抜けると、すかさずレオンが楔で媚肉を突き上げた。

「つう……っ、ん……っ」

レオンが動くたび、股間に違和感が生じた。狭い孔《あな》が異物に悲鳴をあげる。

「動かないでっ……っ」

「動かないと、つまらんだろうが」

痛みを堪えるブランシュの下乳を手で持ち上げながら、レオンが耳元で囁いた。

「安心しろ。いずれ、体に火がついて、もっと動いてと懇願するようになる」

「まさか、そんなこと……あるわけ、あっ、あ……ん……っ」

否定しようとしたブランシュの言葉を封じるように、レオンが両方の乳首を手で摘《つま》んだ。

おまけに、腰を回転させて、棹で膣をかき回す。

「あぁ……ん……っ」

レオンが腰を動かすにつれ、ブランシュの中で違和感が薄くなっていった。あろうことか、粘膜から伝わる熱に、快感さえ覚えはじめてしまう。

「あ……イヤ。こんな……っ」

「イヤか。そうか。それほどに、感じているか」

レオンが乳首から手を離し、結合している部分に移動させた。

男根を咥《くわ》え、張り裂けそうに広がった部分を、いやらしい指遣いで撫でる。

「いずれ、ここを触られただけでたまらない気分になる。その日が、楽しみじゃないか？」

「その日……ですって？　あっ。はぁっ……んっ！」

レオンの指が赤く小さな宝石を摘むと、ブランシュの体をいっきに快感が貫いた。

あ……。ここを触られると、すごく、感じてしまう……っ！

レオンの熱が伝わって、ブランシュの肉壁も熱くたぎりはじめた。

肉の泉からほとばしった愛液がたらたらと流れ、尻まで濡れている。

そして、体が熱くなるほど、ブランシュの思考が鈍り、意識は快楽に集中した。

感じてはいけないのに……、なのに、どうしてこんなに気持ちがいいの？

レオンはブランシュの肉体が蕩けはじめると、いったん楔を抜き、ブランシュをあおむけに横たえてから、再び――素早く――刺し貫いた。

「あぁっ。あぁあ……っ」

一度、空になった部分を男根で満たされて、肉壁が歓喜してわなないた。

レオンはブランシュの白い乳房に手を置いて、ゆっくりと抽送《ちゅうそう》をはじめた。

なんて……貪欲な……。

ブランシュの脳裏に、晩餐の際のレオンの発言が蘇った。

『もしかしますと、無欲に見えるほど強欲なのかもしれませんよ？』

あの時のレオンの言葉は、真実だった。

そうブランシュは思い知らされた気分がした。

そして、レオンに突かれるうちに、ブランシュの体にまたしても変化が訪れた。

レオンのぬきさしに、快感を覚えるようになったのだ。

挿入されて満たされると喜び、奥まで突かれてわなないた。

抜かれる際は、蜜壺は摩擦に歓喜し、亀頭が抜けそうに腰を引かれて花弁が限界まで広がると、えもいわれぬ快感に襲われる。

「はぁ……っ。あっ、……あっ。んん……っ。あぁっ」

ブランシュは、レオンの一挙手一投足《いっきょしゅいっとうそく》に、甘い声をあげた。

全身を巡る血液が、ブランシュの白い体を薄桃に染める。

自由になった右手でシーツを掴む。突かれるたびに腰が揺れ、快感の涙が頬を伝った。

ブランシュの体がこなれるにつれ、レオンの肉棒が太さと硬さ、そして熱を増していた。

「さて……そろそろかな」

情欲に掠れた声で言うと、レオンがブランシュの細腰をしっかりと掴んだ。

「これからが、本番だ。楽しみだろう？」

暗闇にレオンの自信たっぷりの声が響いた。

レオンの表情も、目の輝きも、声と同じくらい自信に満ちている。

そして、レオンがおもむろに腰を前後に動かしはじめる。

「えっ。あ。……あぁっ……。ん。……んん……っ!!」

リズミカルなぬきさしは、先ほどより、速まっていた。

それは、今まで与えられた快感を、凝縮して味わうのと同じだった。

居室に絶え間なく肉と肉のぶつかる音が響く。

何……。なんなの、これは？　体が、熱い。熱くて……頭のネジが、弾けてしまいそう。

「あぁあ……。あ、あぁ……っ」

肉壁はブランシュの意志に反して蠢《うごめ》き、レオンの男根に嬉しげにまとわりついている。

擦られ続けて、淫襞が火傷《やけど》しそうだった。

息が……苦しい。何かが溢れて……あぁ、あぁ……っ。

「…………っ!!」

昂りが最高潮に達すると、ブランシュの中から、いっきに何かが溢れた。

ブランシュの足の指が反り返り、膣がレオンの楔を締めつける。

「初めてなのに、イったか」

ブランシュの腰が動いている間も、レオンはぬきさしを止めなかった。

収縮する肉襞の刺激に硬さを増した男根で、ブランシュを責め続ける。

昂りから解放されながらも、快楽を注ぎ込まれて、ブランシュはもう声も出なかった。

「……っ。……、……っ!!」

「感じすぎて、声も出せないか。初めてでここまで感じるとはな……」

感嘆の声をあげつつ、レオンが二度三度と弾みをつけて軽く突く。

そして最後に、これ以上ないというほど強く、深く、激しく、ブランシュを貫いた。

「くっ……っ」

レオンの動きが止まり、うめき声が漏れた。

次の瞬間、ブランシュは深奥で熱い飛沫《ひまつ》を感じる。

終わった。……私は、もう処女ではなくなってしまった。夫に愛される資格のない娘となってしまったのだわ………。

鼻の奥がツンとして、絶望の涙がブランシュの頬を濡らした。

いいえ、いいえ。まだ、終わったわけではないわ。このままこの男を王宮から追い出してしまえば、すべてを、なかったことにできる。

少なくとも、三ヶ月後の婚儀の晩までは。

「もう……いいでしょう。すぐに、ここから……いいえ、王宮から出て行って」

レオンを中に納めたまま、弱々しい声でブランシュが訴える。

しかし、ブランシュの言葉を聞いて、一度は萎《な》えたレオンの茎が、再び猛《たけ》りはじめる。

「ひっ！」

熱い肉棒を襞で感じ、ブランシュが短く悲鳴をあげた。

レオンはゆっくりと腰を引き、そしてブランシュの奥をかき回す。

「何を言ってるのだ？　夜明けまで、まだまだ時間はたっぷりあるというのに」

強欲そのものといったレオンの答えに、ブランシュの心の中で、ぷつん、と何かが切れる音がした。

この男は、夜明けまで一晩中、私を玩弄《がんろう》しようというのね!?

レオンの意図に気づくと同時に、ブランシュは、深い闇の中に堕《お》ちていった。


ブランシュが意識を失ったことに気づくと、レオンはやれやれという風に息を吐いた。

「処女に対して、少々やりすぎたか……？　いや、それより、嫌がっているのに無理に抱いたから、負担が大きすぎたか……」

そうひとりごちると、レオンは寝台に横たわるブランシュの髪を手櫛《てぐし》で梳《す》いた。

艶やかな黒髪に申し訳程度にぶら下がっていたリボンを取り、ピンを抜くと、次に靴下を脱がせ、ガーターを外した。

モスリンのドレスを脱がした時には、さすがに目覚めるかと思ったが、ブランシュは小さく声をあげただけで、まぶたはしっかり閉ざされたままであった。

ペティコートをはぎ、コルセットを外し、シュミーズを脱がしてさえも、ブランシュは眠り続けている。

「ずいぶんと熟睡しているな……。それとも、よほど目を覚ましたくないのか」

一糸まとわぬ姿のブランシュを見ながら、レオンがつぶやいた。

暗闇に白く浮かぶブランシュの肢体に、レオンが感嘆のまなざしを注ぐ。

いつまでも触っていたくなる、なめらかなミルク色の肌。すんなり伸びた手足、形の良い膝、太腿には適度に肉がつき、絶妙なラインを描いている。

細い腰、まろやかな肩、そして慈愛の象徴のような豊かな胸、小さめの乳輪と乳首はかわいらしく、むしゃぶりつきたくなるほど魅力的であった。

レオンはブランシュの右隣に体を横たえると、左肘で頬杖をした。相変わらずブランシュの肢体や寝顔を見つめながら、右手でそっと陶器のような肌に触れた。

「さて、この始末、どうつけるか……。いや、もう俺の心は決まっているが」

レオンが自嘲《じちょう》の笑みを浮かべる。

アスティ公女の処女を強引に散らしたのだ。

これまでレオンが戯《たわむ》れに抱いてきた女たちとは、身分も事情もまるで違う。

本来ならば、マクシムの奴と婚約などする前に、デニスに話を通し、国王陛下の許可を得て、しかるべき手順を踏んでから後に、公女と初夜を過ごすべきであっただろうが……。まあ、こうなってしまっては、しょうがない。

ブランシュの寝顔を見ていたレオンの目元が和《やわ》らいだ。

「おまえが、俺の理想の妻にあまりにもぴったりだったから、いけないのだぞ」

ブランシュの耳元に顔を寄せ、レオンが甘く囁いた。

今は亡きレオンの父・フィリップと、今は修道院に入ってしまった母・アニュスは、とても仲が悪かった。

物心ついてから、レオンが両親が同じ居室にいるのを見たのは、数えるほどだ。

ふたりとも、同じ空気を吸うのも厭《いと》わしいと言わんばかりで、レオンがよく自分が生まれたものだと感心してしまったくらいに。

父のフィリップは、莫大な財産と高い地位を背景に、酒と女と贅沢《ぜいたく》を好む、豪快な人物であった。

母のアニュスは、敬虔《けいけん》な教会信徒であり、慎ましく、静かな環境を好んだ。

そんなふたりは、初対面の時からウマが合わず、フィリップはアニュスを陰気臭いと毛嫌いしたし、アニュスは愛人を複数抱えたフィリップを騒がしく節操のない、下品な男とさげすんでいた。

それでも、ふたりはレオンには深い愛情を注いでいた。乳母や養育係とともにいるレオンのもとへ足繁く通い、抱き締め、キスをし、たくさん会話をした。

レオンは父母の愛情を疑ったことはなかったが、大好きな両親の仲が悪いことには、幼い頃から胸を痛めていた。

仲良くして欲しいと幼いレオンが頼んだが、両親は溺愛《できあい》する息子に『おまえの望みはなんでも叶えるが、それだけは、できない』と、答えるばかりであった。

そうして、レオンは父から豪放で思い切りの良い性格と、母から夫というものは、ただ妻と子を一筋に愛して悲しませないもの、という価値観を受け継いだ。

そんなレオンからしてみれば、ブランシュは、以前から気になる存在だった。

おしどり夫婦と名高い大公夫妻の長女で、温かい家庭のあり方というものが身についているように思えたからだ。

両親亡き後、デニスの知恵袋としてアスティを陰で支える若さに似合わぬ政治手腕も、レオンの置かれた立場からすれば、非常に魅力的であった。

そして、とうとう結婚を考えはじめたレオンが、求婚の使者を送ろうかと腹心のラウルに計りはじめた頃、アスティ公女とパンティエーヴル公爵の婚約が発表されたのだ。

——あの時の俺は、しまった、とは思ったが、妻は他で探せばいいと、その程度の認識だったな——。

そうレオンが内心でひとりごちた時、居室とそれに付随した召使い用の居室を隔《へだ》てる扉をノックする音がした。

「レオン様、俺です」

「——入れ」

入ってきたのは、レオンの腹心のラウル・バルトだ。

レオンの養育係の息子で、年齢は二十六歳。今回のアスティ行きには、レオンの従者のふりをして同行していた。

すらりとした長身に浅黒い肌、セピアの髪と同色の瞳で、鋭いまなざしが、いかにも頭が切れそうである。

そして、中身の方も外見を裏切ることなく、レオンがよからぬ謀《はかりごと》をする際の、非常に頼もしい相談相手であった。

レオンはさりげなくブランシュに毛布を被せ、ラウルの視線から白い肌を隠した。

「……公女を抱いたのですか。確か、当初の目的では、公女にパンティエーヴル公の実体を教えるだけのはずでしたが……」

ラウルの言葉に、レオンは全裸のまま、悪びれた様子もなく肩を竦める。

「いやなに。あまりにも俺好みの娘だったので、マクシムにやるのが惜しくなった」

「ということは、公女を娶《めと》るおつもりで？」

「そのつもりがなければ、処女を奪ったりはしないさ」

人生の重大事にしては、あっさりとレオンが言い放つ。そして、ラウルは「ううむ」とうなった後、宙に絵を描くように指を動かしはじめた。

これは、ラウルの脳が高速に働いている時の癖で、それが出た時には、たいてい妙案を言い出すのが常であった。

「このままブランシュをオクシタンに連れてゆき、王都リュテスの屋敷で過ごす予定だ。もちろん、いずれ国王陛下の許可を得て妻にする。……何かよい方策はあるか？」

外交問題に発展しかねないとんでもない計画を、まるで既に決まったことのようにレオンが語る。

ラウルはレオンの無謀な発言をたしなめることもなく、いたずらっこが親友から悪巧みをもちかけられた時のように瞳をきらめかせた。

「それは、パンティエーヴル公を敵に回し、オクシタンの廷臣の不評を呼び、国王陛下のご不興を買います。王太子候補のお立場にある者の行動とは、とても思えませんが？」

レオンの行動のリスクを説明しつつも、ラウルの声は楽しげであった。

破天荒《はてんこう》な主に仕えるのは、これだからたまらない、と、いわんばかりに。

「そんなことはわかっている。だが、どうしてもこの娘が欲しくなったのだから、しょうがあるまい？」

「それでは、しょうがありませんね。レオン様のご意向に沿うべく案を考えましょう」

こどものようなわがままを、あっさりとラウルが肯定し、また指先を宙で動かす。

ブランシュが起きていてこのやりとりを耳にしたならば、激怒間違いなしの光景だ。

しかし、ふたりは至極《しごく》当然といった顔をしている。

レオンの持つ覇気のせいか、レオンの周囲の者はみな、ラウルのようにレオンの行動を全面的に受け入れ、レオンのために嬉々《きき》として行動する。

それは、デニスがアスティ公国の民から、しょうがない大公様だと思われつつも慕《した》われているのと、本質的には同じことであった。

ややあって、ラウルが口を開く。

「……たいした案ではありませんが、とりあえず、公女をどうやって王宮から連れ出すかですね。これは、毛布にくるんで馬車に入れてしまえば問題ないでしょう。そこに脱ぎ捨ててある衣服や靴も忘れずに」

「それで？」

「次には、レオン様に書き置きを残していただきます。公女と互いにひとめで恋に落ち、結ばれたので、オクシタンともアスティとも関係のない国へ行く、探さないで欲しい、と」

ラウルはどうやら、レオンとブランシュが性交したことを公《おおやけ》にするつもりのようだった。

確かに、公女が傷ものになったとデニスに知らせてしまった方がいい。だが、ブランシュは……それを知ったら、さぞ怒るであろうな。

ブランシュが、何より、婚前交渉したと他人に知られるのを嫌がっていることを、レオンは薄々察している。

その心情を慮《おもんぱか》ってレオンは憐憫《れんびん》を覚えたが、罪悪感はまったく感じていない。

「デニスは置き手紙に騙されるであろうが、臣下はどうかな？」

「騙されないでしょう。とはいえ、アスティ大公はおそらくリグリア——王都のブレシア——へ、追手の兵を向けるよう命じると思われます。臣下も大公の意向を無視できませんし、少なくとも追手が分散されます」

「なるほど、それが目的か。それで、その後はどうするつもりだ？」

「朝一番に王宮を出立し、国境を抜けるまで騎馬と馬車でひた走ります。徒の従者たちは、シャンベリに置いていきます」

「では、シャンベリにあるわが屋敷に滞在させるか。こちらから使いをやるまで、休暇と思って、しばらく骨休みをしておけと伝えてくれ。……たっぷりと遊行費も添えてな」

主君の即断に、ラウルが「かしこまりました」と応じた。

「レオン様、念のため、公女には眠り薬を飲ませておきましょう。途中で目覚めて、騒がれては面倒ですから。薬は、医師に用意させます」

貴族でも高位で富裕の者は、お抱えの医師を常にはべらせている。レオンは旅に医師を同行させていて、ラウルと同じく召使い用の居室に控えていた。

こうして、ひとつひとつ、ブランシュを連れ出すにあたっての問題を、ふたりは話し合って取り除いていった。

「そして、いずれほとぼりが冷めた頃……いえ、パンティエーヴル公との結婚式まで、公女を隠し通せれば、アスティ大公は身代わりを立てるか公女が死んだと公表するでしょう。その後、公女をレオン様のご親戚のどなたかの養女にしてしまえば、国王陛下から結婚のご許可をいただけるのではないか……と」

オクシタン王家の分家のひとつ、カンペール公爵家の当主であるレオンは、オクシタンの王家はもちろんのこと、各国の王家とも血縁関係がある。

レオンはアスティを訪問する前に、洗礼のためリグリアを訪問していた。

そして、レオンが代理父となった赤児は、リグリア王太子の長男、すなわち未来のリグリア国王であった。

このように、親戚のあては枚挙《まいきょ》にいとまがなく、レオンは、ラウルの計画を悪くない、と判断した。

「概略《がいりゃく》はそれでいくか。問題は、俺がレオン・ドルー＝カンペールといつ気づかれるか……だな。アスティから国王陛下に正式な抗議があると、さすがに厄介《やっかい》だ」

「レオン様は有名ですから。オクシタンの貴族に尋ねれば、すぐにアスティ大公もヴィレル子爵の正体がカンペール公爵と知ることになるでしょう」

「では、その前にブランシュを俺に惚《ほ》れさせて、婚約を破棄《はき》するよう説得しておくか」

またしても、レオンはそれがもう決まったことのように口にした。

そして、それにラウルも異《い》を唱《とな》えない。

ラウルは、レオン様がそう決められたのならそうなる、と信じ切った目をしている。

実際、レオンはそうなると思っていた。いや、確信していた。

理由などないが……。俺は、ブランシュと相思相愛になり、結婚する。ついでに、王太子の位も、俺が、手に入れる。

レオンの人生において、確信がある時、常に、それはそうなった。

実際のところ、レオンは、人生において何かを望むということがあまりなかった。

大国の、王家の有力な分家の嗣子として生まれ、周囲から浴びるように愛情も気遣いも注がれて育った。欲しいものは、口にする前に与えられていたし、その上、並外れた美貌を持ち、頭もよく、運動神経もよかった。

年に一度か二度、天候や運の関与で、何か状況が悪くなりかねない時でもレオンが真に欲したものは、絶対に手に入り、常に望む通りの結果を得ていた。

俺が、望んで、確信を得られなかったのは、ただひとつだ。

両親の不仲。これだけは、どうにかできる気がしなかった。

父上と母上を仲睦まじい夫婦とさせることに比べれば、世の中のたいていのことは、なんとかなると。それが、レオンの正直な感覚であった。

そしてレオンは、たとえ確信があろうとも、それを実際に手にするまでは、注意深く待ち続け、打てるすべての手を打つ人間だった。

もしかすると、確信や生まれ以上に、この粘り強く、希望を捨てず待ち続ける姿勢こそが、レオンに望むものを手に入れさせるのかもしれない。

ふたりが良からぬ計画を立て終えると、ラウルが眠り薬を持ってきた。

「あと、二時間ほどもしたら、出立いたします。俺たちはその準備をいたしますので、レオン様はそれまでゆっくりとお休みください」

薬包に入った眠り薬をレオンに渡すと、ラウルはレオンの居室を出て行った。

レオンはあらためて寝台に横たわるブランシュに目を向けた。

ブランシュは、嫌な夢でも見ているのか、眉間《みけん》に皺《しわ》を寄せ、苦悶《くもん》の表情を浮かべていた。

ブランシュの頬にかかった黒髪を指先でよけると、レオンは眠り薬と水を口に含む。

間違って呑み込まないよう気をつけながら、ブランシュの唇に己のそれを重ねた。

——先ほどは、うかつに口吸いをすれば、舌を噛み千切《ちぎ》られそうだったからな——。

少しずつ、少しずつ、口の中身をブランシュの口中に移しながら、レオンは好いた女に口づけできる喜びに浸《ひた》っていた。

甘い。この唇の柔らかさはどうだ？　この女が、俺のためにこの世に生まれたのだと信じたくなるほどだ。

兄を傷つけないため、深夜に若い男のもとを訪れる。

それは、うかつな行為ではあるが、それほどまでに兄を守りたいというブランシュの想いが、レオンには手に取るように理解できた。

強くて、そして時に無謀《むぼう》なほどに優しいからだ。

燭台を手にレオンを睨みつけるブランシュの姿は、まさしく子を守る母獅子のようで、レオンはその瞬間、雷に打たれたようにブランシュに恋したのだった。

いずれ、ブランシュにそのように自分が愛され、大切にされる期待に酔いしれながら、レオンはブランシュの隣に体を横たえ、しばしの仮眠を取ったのであった。

ガタガタという耳障《みみざわ》りな音に、ブランシュの眠りが破られた。

「この騒ぎは何……？　宮殿に工事の予定があるなんて、聞いてないわ……」

眠りから覚めたブランシュが、目を閉じたままつぶやいた。

その声は掠れており、喉もひどく渇いていた。

水差しの水を飲もうと思ったブランシュは、体が奇妙に揺れていることに気づいた。

「……地震!?」

慌てて目を開けたブランシュの視界に、にやけた表情のレオンの顔が飛び込んできた。

「イヤぁあああ！」

まぶたを固く閉ざし、レオンから逃れるようにブランシュが体を丸めた。

両腕を体に回して、ブランシュは、自分が全裸であると気づいた。

ドレスは？　コルセットは？　それに靴下も。私、いつの間に裸にされたの？

恐《おそ》る恐《おそ》る目を開けると、レオンの太腿——股間——が目に入った。レオンは全裸ではなく、深紅のズボンをはいている。

状況として、ブランシュは全裸でレオンに膝枕をされていた。

唯一の救いは、体に毛布が被せてあったということだけだ。

そして、地震はおさまらず、ブランシュの恐怖を更に煽《あお》った。

「イヤ、イヤ、イヤ！　誰か！　誰か来て!!」

「落ち着け、ブランシュ」

思いのほか優しい声がしたかと思うと、レオンの手がブランシュの細い手首を捕らえた。

「いいか。ここは、馬車の中だ。俺は、おまえと約束した通り、夜明け前に王宮を出て、そのまま王都・シャンベリを出たのだぞ」

「…………はぁ？」

レオンの説明に、ブランシュが呆《ほう》けた声を出した。

頭をゆっくり上げて、呆然《ぼうぜん》と周囲を見回した。

確かに……ここは、馬車の中、だわ。揺れているのは、そのせいだったのね。

そう納得した次の瞬間、ブランシュは大声をあげていた。

「なんてことをしてくれたのです!! 私を王宮から、かどわかしたのですか!?」

「さすが、状況を呑み込むのが早い。まったくもって、その通りだ」

なぜかレオンが偉そうにブランシュを称賛する。

「声が嗄《か》れているな。喉が渇いているだろう。冷えたシードルでも飲むか？」

ふたりが座っている向かい側の座席に、大きな藤《とう》の籠《かご》が置いてあった。赤い格子柄《こうしがら》のリネンの布地がふんわりとかけてあり、ワインとシードルの瓶が頭をのぞかせていた。

レオンが腰を浮かせて籠を引き寄せ、中から厚手のグラスを取り出し、シードル——林檎《りんご》を発酵させたアルコール度数の低い発泡酒だ——を注ぎ、ブランシュに差し出した。

「毒か薬が入っている……なんてことは、ないでしょうね？」

毛布で体を覆いつつ、ブランシュが警戒して尋ねる。

「疑り深いな。……まあ、この状況ならば、しょうがないか」

そう言うと、レオンがグラスを口元に運び、中身を四分の一ほど飲んだ。そうして、あらためてブランシュにグラスを差し出す。

「毒味をした。安心して飲むといい」

「……ありがとうございます」

シードルに異物が混入されていないとわかった途端《とたん》、ブランシュは喉が渇いてきた。

レオンからグラスを受け取り、からからになった喉を潤す。

「腹の方はどうだ？　パンに塩とオリーブ油、チーズ、ハムに鶏の燻製《くんせい》、クルミ、干しぶどう、干しイチジク、甘い物がいいなら、焼き菓子もある」

「食事は結構です。それよりも、早く、私を王宮に帰してちょうだい」

「嫌だ」

「何を馬鹿なことを。一国の公女をかどわかして、嫌だで済むわけないでしょう。いずれ、私が王宮にいないことに誰かが気づくわ。そして、お兄様もあなたが私を攫《さら》ったと気づいて追手を差し向けることでしょう」

乱れた髪をかき上げ、ブランシュがきらめく瞳をレオンに向けた。

この男が何を考えているかはわからないけれど、さすがに状況を説明すれば、正気に返って、自分の行動が、身の破滅をもたらすことに気づくはずよ。

「今ならば、私も、お兄様に口添えして死罪だけは免じてあげます。だから、今すぐ馬車を止めて、シャンベリに引き返すのです」

「嫌だ」

「死罪になっても、かまわないのですか？」

「アスティの兵に捕まるようなへまを、この俺、レオン・ド・カンペールがすると思うか？」

「………レオン・ド・カンペール……。カンペールですって!?」

幾度目になるかわからない大声をブランシュがあげた。

ブランシュの反応を見て、レオンが余裕たっぷりの笑みを浮かべた。

「そうだ。それが俺の本当の名だ。いや、つい先日、アルトワ伯領を国王から授けられたから、ヴィレル子爵というのも、まったくの偽名ではないがな。正確には、エストラッド伯爵にして、ノアイユ伯爵にしてアルトワ伯爵にしてヴィレル子爵にしてカンペール公爵のレオン・ドルー＝カンペールだが、通称はレオン・ド・カンペールだ」

レオン・ド・カンペールという名は、ブランシュも記憶していた。

カンペールといえば、オクシタン王国でも、屈指の名門よ。

百年前、王弟のひとりが公爵位を授かったのがはじまりで、他の公爵家とは、格が違う。

広大な領地と、オクシタン国王に比肩《ひけん》するといわれる財力を備えた、押しも押されぬオクシタンの大公爵家。そして、レオンというのは……現当主の名前だわ。

母の書きつけを調べるまでもない。それは、大陸の王族にとって常識だった。

「まさか……まさか、まさか……。嘘でしょう？　嘘に決まっているわ！」

「俺は、嘘はつかない」

「でも、カンペール公爵といえば……オクシタンのふたりの王太子候補のひとりではないですか！　そのような立場の方が、なぜこのようなことをするのです」

「決まっているだろう。おまえに惚れたからだ。そして、マクシム・ド・パンティエーヴルへの嫌がらせにもなり、一石二鳥。俺は、とにかく、あいつが大嫌いでな」

まるで、道理もわからない少年のようなレオンの言い草に、ブランシュは絶句した。

この男は……。壮大な嘘つきなの？　それとも、本当のことを言っているの？

一瞬だけ迷ったが、ブランシュの理性も直観も、レオンの言葉は真実と判断した。

レオンのものごし、振る舞い、教養。

馬車の内装も、アスティ大公の馬車と比べても遜色《そんしょく》ない。

何より、馬車の随所にほどこされた装飾が、ブランシュの記憶するカンペール公爵家の紋章であったことが、決定的であった。

「……どうした、ブランシュ？」

常識を越えた出来事にブランシュが硬直していると、レオンがブランシュの白い乳房に手を伸ばした。豊かな胸を、まるで自分の所有物でもあるかのように揉みはじめる。

「やめてください！」

正気に返ったブランシュが、慌てて身を捩り、胸元を隠す。

「あなたは……ただ、パンティエーヴル公に嫌がらせをするためだけに、お兄様に近づき、私をかどわかしたのですか？　たとえあなたがカンペール公だとしても、そんなことをしては、大問題になりますよ？」

「このまま、国境を越えてオクシタン領に入れば、そんなこと問題ではなくなるさ」

「そんなこと、無理に決まっています！」

「あいにくと、俺は、何かを不可能と思ったことは、一度しかない」

思いのままに振る舞うことが当然という発言に、ブランシュは目眩《めまい》がしそうになった。

この男と話していると、私の方が、間違っているという気になってしまう……。

ため息をついたブランシュの肩に、レオンが腕を回し、抱き寄せる。

「あまり先のことまで思い煩《わずら》うな。おまえは、ただ、黙って俺に従えばいい」

傲慢《ごうまん》そのものといった言葉に、ブランシュは絶句した。

生まれて初めて、ただの小娘のように扱《あつか》われ、ブランシュが憤慨《ふんがい》する。

そして、レオンが毛布の上からブランシュの豊かな胸を揉みはじめた。

「言っておくが、ここから逃げようなどと思うなよ？　まあ、その前に全裸で逃げ出す度胸がおまえにあるとは思えないが」

「あなたは、私を裸のままにしておくつもりですか？」

レオンの手をぴしゃりと叩きながら、ブランシュが尋ねる。

「今は九月。毛布を被っていれば、風邪をひくこともなかろう？　それに、裸でいれば、俺もオクシタンに戻るまで、いつでも好きな時におまえを抱けて不自由ない。昨夜は、あの無粋《ぶすい》なコルセットに邪魔されて楽しみも半分であったからな」

「なっ……っ！」

どこまでも、常識外れなレオンの言い草に、ブランシュが言葉を失った。

どうあっても、どうあがいても、レオンはブランシュを意のままに扱うつもりなのだ。

そして、現状、ブランシュにあらがう手段はない。

「私は、二度とあなたに玩弄されるつもりはありません。………あんっ！」

せめて言葉だけでもと、反発したブランシュの乳首をレオンの指が捻り上げた。

痛みの中に生じる、ひと滴の快感。

たった一度とはいえ、男を知った肉体は、刺激に反応するようになっていた。

「口では威勢のいいことを言っているが、体の方は違うようだぞ？」

公爵とは思えない下品なことを言うと、レオンがブランシュにのしかかってきた。

逃げようと太腿を上げると、腰に鈍い痛みが走る。

おまけに股間には、男性器を受け入れた感覚が生々しく残っていた。

「イヤ……。やめてください……んっ」

なおも抵抗しようとしたブランシュの唇をレオンが唇でふさいだ。

口吸いをしかけつつ、レオンはブランシュの素肌をまさぐりはじめる。

悲しいかな、この状況でブランシュに抵抗する手段はなく、再びレオンにその肉体を貪《むさぼ》られることとなった。

その間も、馬車は街道を走る。明かりとりと空気の入れかえのために開けられた窓から見える街道は荒れ、水車小屋も動いているのは全体の三分の二ほどだ。

二年前にアスティは暴風雨と洪水に見舞われ、甚大《じんだい》な被害に遭った。しかし、アスティは慢性的な財政難で、ただちに復旧作業に取りかかれなかった。

そんな時、大公に即位したばかりのデニスが、ブランシュに内緒で、ゼーラントの商人が持ってきたバーラト貿易へ送る船団の投資話に、大金を投じたのだ。

バーラトというのは、アスティのずっと東方にある香辛料や宝石、綿花、それにモスリンをはじめとした綿織物を特産物とする大国だ。

どれも大陸にはない珍しい品々で、投資をすれば莫大な利益があがる。その利益で、暴風雨の被害にあった地域を復興しようというのが、デニスの目論見《もくろみ》であった。

しかし、不運なことに、デニスが出資したゼーラントの船団は、五隻のうち一隻しか戻らなかった。つまり、デニスが出資した金は、戻らなかったのだ。

出資金の出所は国庫であり、その額は、金貨にして二百万枚もの大金であった。

国家の運営さえ危うくなり、困り果てたデニスに、投資を勧めたゼーラント商人を通じてパンティエーヴル公より、金を貸そうという申し出があった。

しかも、無利子、返済期限は十年という破格の申し出だ。金を貸す条件は、ブランシュとの結婚である。そして、ブランシュの知らぬ間にパンティエーヴル公との婚約が決まった。

本当は、パンティエーヴル公のもとへ嫁ぎたくない。けれども、私は公女なのですもの。国のため、民のため、自分にできる精一杯、力を尽くす義務と責任があるのだわ。

ブランシュが、あらためて心の中で自分に言い聞かせた時だった。

「……どうした、ブランシュ。昨晩より、やる気がないのではないか？」

白い太腿に手を這わせながら、レオンが不満げな声を出す。

「……王宮でならまだしも、かどわかされて、その上、馬車の中での行為になど、集中できるはずありません」

「こういうものは、寝台以外の場所でする方が、興奮するものなのだが」

「あなたとの行為より、もっとずっと集中すべきことが、私にはあるのです」

「……おまえは、先ほどから窓の外を気にしていたな。何か珍しいものでもあるのか？」

投資の焦《こ》げつきによる財政難を憂いていたなんて……この男には、絶対、言いたくない。

「今年の葡萄《ぶどう》やオリーブの実り具合を見ていました。オリーブ油はロタリンギアへ輸出する商品ですし、ワインは国内で販売されます。私にとっては、重大な関心事ですわ」

「このあたりは、大公家の領地だったか」

「……そろそろ、領地を抜ける頃でしょう。それでも、アスティの地が続く限り、私の関心はあなたに向くことはありません」

「なんとも情の厚い公女殿下だ。昨晩は兄のため、そして今は国民のため。……では、おまえは、おまえ自身のことを、いつ考えるのだ？」

自己の欲望に忠実に、やりたい放題なレオンに尋ねられ、ブランシュは言葉に詰まった。

大公家の長女に生まれ、頼りない兄を助けてきたブランシュは、――本質的な意味で、物心ついて以来――自分のことだけを考えて行動したことが、一度もなかったのだ。

「……」

どう答えたものかとブランシュが沈黙する。正直に話すのは、なんとなく嫌だった。かといって、レオンの問いに完全に虚《きょ》を衝《つ》かれ、うまい返しも思いつかない。

「……民を治める者に、自分のことだけを考えることは、許されません」

「そうか？　俺はいつも、自分のことだけを考えているがな。いかにすれば、自分が楽しく愉快に過ごせるか、それ以外は人生の些事《さじ》だ」

大陸でも指折りの分限者であるレオンが断言する。

確かに、カンペール公爵家ならば、領地の運営も順調でしょうし、王ではないから、外交や戦争に煩《わずら》わされることもない。地位は盤石《ばんじゃく》で権力闘争に汲 汲《きゅうきゅう》とすることもない。

……アスティ大公家に比べれば、なんと気楽な立場なのでしょう。

「あなたのような考えの方には、とても一国の統治者が務まるとは思えません。愉快に楽しく暮らしたいのならば、オクシタンの国王陛下にお願いして、王太子候補から外していただいたらどうですの？」

「そうすれば、マクシムの奴がオクシタン王となる。あんな奴を王に戴《いただ》いた日には、俺は、一生愉快に過ごせないであろうよ」

「……呆《あき》れた。それだけのことで、あなたは王太子になろうというの？　いったい、どうしてマクシム様のことをそれほどお嫌いになったのですか？　何か誤解があったのならば、マクシム様との間を、私が取り持ちますが」

オクシタンという国家において、パンティエーヴル家とカンペール家は、臣下の二大勢力だ。どちらも、王子からはじまった名家で、広大な領地と莫大な資産を持っている。

オクシタンにとって、二大勢力の当主がいがみあうのは、良いことではないわ。

国土が小さく、周囲を強国に挟まれたアスティの公女であるが故に、ブランシュは国内がまとまることの重要性を理解していた。

「まるで、もう既にマクシムの妻になったかのような口ぶりだな」

レオンがむっとした表情になる。

「私は、あの方の許嫁《いいなずけ》です。三ヶ月後には結婚するのですから、当然でしょう」

「その予定は、すべて白紙だ。おまえは、俺の花嫁となるのだからな」

この方は、いったい、何を言っているの？

あまりにも突拍子のないレオンの言葉に、ブランシュの脳が理解を拒《こば》んだ。

二度、三度と瞬きしてから、ブランシュが口を開いた。

「申し訳ありません。馬車の音がうるさくて聞こえませんでしたわ。もう一度、おっしゃっていただけますか？」

「おまえは、俺の、妻になるのだ」

「…………」

言い方は違ったが、内容は同じだ。レオンは、ブランシュと夫婦になるつもりなのだ。

今度こそ、ブランシュはレオンの意図を理解した。

それと同時に、驚きのあまり、呼吸が止まってしまう。

「俺はずっと探していたのだ。賢く、そして、夫を大切にする高貴な家柄の娘を。おまえは、俺の理想そのものだ。当然、俺の花嫁にする」

レオンが熱っぽく語るが、それらの言葉は、ブランシュの耳を素通りしていた。

……この男は、私をどんな災厄に巻き込むつもりなの!?

オクシタン国王とアスティ大公が決めた婚姻を、いかにオクシタンの大公爵といえども、足蹴《あしげ》にしていいはずがない。

万が一、私がレオンと駆け落ちしたとでも誤解されれば、オクシタンがアスティに介入する——戦争を起こす——絶好の口実を与えることになるわ。

硬直したブランシュの耳元で、ここぞとばかりにレオンが甘く囁く。

「俺の両親は、それはもう不仲だった。父は山ほど妻妾《さいしょう》がいる女好き、母は修道院育ちの男嫌いときていた。俺は、両親が揃っているところさえ、ほとんど見たことがない。それ故、妻には、情に厚い、互いに慈《いつく》しみあえるような娘がいいと決めていたのだ。兄のために極秘で俺の居室に来たおまえとならば、そういう関係を築けると確信した」

レオンがブランシュの乱れた髪をひと束手に取り、その髪に口づける。

しかし、アスティがオクシタンに攻め込まれる可能性を検討していたブランシュには、レオンの言葉が聞こえていない。

――面子《メンツ》を潰されたパンティエーヴル公だとて、大人しく引くとは思えない。何より、借金の返済が……こんなことになっては、パンティエーヴル公が融資をやめると言い出すかもしれないわ――。

頭の中で結論が出て、ようやくブランシュは意識が外に向きはじめた。

「おまえはアスティの公女だ。次代のオクシタン王となる俺の配偶者にふさわしい」

真っ先に耳に入ったのは、そんなレオンの言葉だった。

「つまり、あなたは、マクシム様への嫌がらせと、王太子に選ばれるための切り札として、私を妻にしたいというのですね？」

政敵の婚約者を自分が王位に就くため、そして嫌がらせをするために横から攫うなんて……なんという卑怯《ひきょう》な男なの!?

「そういうことでしたら、なおさら、私はあなたの妻になることはできませんわ。それ以前に、オクシタン国王のシャルル様が、私とパンティエーヴル公との婚約解消を、許すはずがありません。妄言をおっしゃる前に、まず、現実をご覧なさい」

「それが、おまえの答えか。どうあっても、俺を夫に選ぶ気はないのだな」

ブランシュが冷たくあしらうと、レオンが一瞬、傷ついた、という風に顔を歪めた。

なんて顔をするの？　まるで、母に捨てられたこどものようだわ。

……少々、手厳しく言いすぎたかしら？

顎《あご》を引き、下唇を噛んでブランシュがレオンをしかと見据えた。

レオンもブランシュを見返した。

わずかの間、緊迫した空気が馬車を満たし、レオンが息を大きく吐いた。

「まあいい。どれだけ時間をかけてでも、俺に夢中にさせてみせる。それに、手に入れるのが難しければ難しいほど、手にした時の喜びも大きい。その時を楽しみに待つとしよう」

レオンが王者然とした口ぶりで言い放つ。

そして、まるでブランシュが狩りの獲物であるかのように、捕食者の目つきでブランシュを見据えたのだった。


馬車はアスティとオクシタンの国境を過ぎ、オクシタン東南部で一番大きな都市・シノンにある大きな屋敷の前で止まった。

そこは、カンペール公爵の持ち物のひとつであった。

オクシタン中のめぼしい都市のすべてに、カンペール公爵はこのような屋敷を所有しているのだと、ブランシュはシノンの屋敷で働く中年女性――この屋敷の管理人の妻だという――から、聞いた。

レオンがカンペール公爵家の当主というのは、事実であったのだ。

ブランシュが驚いたことに、カンペール公爵家の使用人たちは、レオンに心酔しており、仕えることに喜びを覚えている節さえあった。

素肌に毛布を巻きつけた姿のまま、ブランシュはレオンに抱かれて馬車を降りた。

「旅先で見つけた、俺の花嫁だ。名は……」

意気揚々《いきようよう》と使用人に花嫁を紹介したレオンだが、ここで、ブランシュの耳元に口を寄せた。

「本名を名乗るのは、追手に気づかれる可能性がある。偽名で呼ぶことにする」

「それは、あなたの勝手で……」

偽名を名乗ると、追手に見つかりにくくなってしまう。けれど、万が一、ことが公になった時、カンペール公と同行していた娘は、アスティ公女とは別人と言い抜けられるわ……。

「……わかりました。お好きなように」

ブランシュが小声で返すと、レオンが爽やかな笑顔になる。

「名は、マルグリットだ。その名の通り、真珠のように美しい娘であろう？」

亡き母と同じ名にされたブランシュは、それでも、レオンの名づけのセンスは——とっさのでまかせにしては——悪くない、と思った。

マルグリットという名は、真珠が元になっている。真珠は、アスティの特産品で、美称のひとつでもある。何より真珠は、ブランシュが一番好んだ宝石であった。

ずらりと並んでレオンを出迎えた使用人たちは、突然の花嫁紹介——しかも、全裸に毛布をまとっただけの姿だ——に、驚きこそすれ、主の非常識な行動を非難するような発言をする者はおろか、非難の目つきをした者さえいなかった。

彼らは、ブランシュをレオンの奥方として、下にも置かないもてなしぶりであった。屋敷に入ってからは、居室の一室を監視つきで与えられ、カンペール家の小間使いによって湯に入れられ、新しい下着と衣服に着替えさせられた。

それは、公女の正装というには簡素であったが、普段着にしていたモスリンのドレスより、ずっと立派な布やレース、リボンがふんだんに使われていた。

オクシタン風のしゃれたデザインのアンダードレスの色は白。胸元は大きく開き、袖はふんわりとしていて、金のリボンがアクセントとなっている。

その上に漆黒のオーバードレスを合わせる。アンダードレスの襟元と袖口は、揃いの瀟洒《しょうしゃ》な純白のレースで飾られていたので、繊細な模様が黒地によく映《は》えていた。

「マルグリット様、このドレスは、レオン様のお見立てなのですよ」

管理人の妻が、嬉しげな口調で言いながら、ブランシュの髪を梳《す》いた。

ゆるくウェーブがかった黒髪を、袖にあしらわれている物と同じ金色のリボンと、真珠と黄金製の髪留めで留めて身支度が終わった。

姿見――鏡は非常に高価で大型の鏡というだけで、ひと財産だった――に映ったブランシュの姿は、まるで別人というくらい垢抜《あかぬ》けていた。

おまけに、黒というストイックな色が、――昨日まではなかった――女の色気を漂わせる効果さえ生んでいた。

「あの……胸元が、少々開きすぎなので、布か何かで隠したいのですが……」

オーバードレスが黒のため、膨《ふく》らみが半ばまであらわになった白い胸がことさら目立つ。

淑女のたしなみとして、胸元を隠したいというブランシュの希望は、管理人の妻により、あっさりと却下された。

「レオン様より、この服装で、と言われております」

「……………そうですか。わかりました」

使用人たちは、ブランシュを丁重に扱い、レオンの妻になる女性ならばと好意も示すが、決してレオンの意向には逆らわないようであった。

逆らえないのではなく、逆らわない。……カンペール家の使用人たちは、嬉々《きき》として、レオンの命令に従っているように見えるわ。

ブランシュは、レオンの人心掌握ぶりに内心で舌を巻いた。

その晩のふたりきりの晩餐は、質も量もアスティ大公家を上回っていた。

肉や魚といった素材はもちろんだが、何より、貴重な香辛料をふんだんに使っていた。

ワインはすべてカンペール公爵領のもので、食前酒の甘口の貴腐《きふ》ワインも赤ワインも、とびきり上等なものであった。

中でもブランシュが感心したのは、五年前の当たり年に作られたという赤ワインだ。

寝かせるうちに熟成し、なんともいえない柔らかな口当たりとなっている。

その喉ごしは、まるで絹を飲んでいるようであった。

「大航海時代がはじまって、一番大きく変わったのは、ワインだろうな。長期の航海の隆盛にともない、食品を長期間保存する必要性が生じた……」

「それに、ガラス製の瓶が利用されたのですわね」

川魚の香草焼を口にしつつ、ブランシュがレオンに応じた。

「その通り。そして、コルクを使って封をするという改良が加えられ、コルクを蠟《ろう》で密閉すれば、ワインもこうして五年——いや、それ以上の——保存にたえるようになった。おかげで、こうして五年前の美味いワインを時を越えて楽しめるようになった、というわけだ」

ブランシュは複雑な気持ちでうなずいた。

こうしていると、本当にレオンは、文句なしの美しい貴公子だわ。食卓の話題も知的で、

……悔しいけれど、楽しく会話できる。

出会いが、いいえ、あのように強引に私を奪いさえしなければ、きっといい友人になれたに違いないのに……。

ブランシュは、それが、なんとも腹立たしく、そして惜しいと感じた。

そして同時に、馬車の中で言われた〝おまえは、おまえ自身のことをいつ考えるのだ？〟という言葉が、ブランシュの心に引っかかっている。

私心を持つことなど許されないという価値観が、ブランシュの思考を硬い鎧《よろい》のように覆っていたが、レオンの言葉は、その鎧にひびを入れることに成功していた。

もし、私が……自分の心のままに振る舞って良いのならば……侍女のカティアのように、

この男を夫にしたいと……思ったのかしら？

そう考えた瞬間、ブランシュは今まで感じたことのない悲しみに、心をふさがれた。

食事が終わり、給仕が退出すると、ブランシュは銀製のゴブレットをテーブルに置き、ひたとレオンに視線を据えた。

「お願いです。どうか、私を国に帰してください」

「できない。そう言ったはずだ。おまえは、俺の妻になるのだから」

頑《かたく》なというのとも違う、太陽が東から昇って西に沈むとでもいうように、至極《しごく》まっとうな道理を説明するようなレオンの口ぶりであった。

あまりにも強い意志に、ブランシュが揺らぎそうになる。

いいえ、私は国のため、なんとしてもアスティに戻らなくてはいけないのよ。

「……カンペール公爵、あなたのようなご身分の方でしたら、何も私にこだわらなくても良いではないですか。ロタリンギアの王女でも、ゼーラント総督一族の娘でも選び放題のはず。ロタリンギアのソフィア王女は、まだ十二歳と幼いですが、王太子になるならば、彼女の方が後ろ盾として頼もしいのでは？」

「確かに。……だが、俺はおまえに決めたのだ」

レオンの目を他の娘に移そうとしたブランシュの思惑は、あっさりと一蹴される。

そうしてレオンが、銀製の呼び鈴を鳴らし、給仕を呼んだ。

やってきた給仕に耳打ちし、給仕が退出すると、あらためてブランシュに向き直った。

「つくづく、おまえも強情な娘だな。マクシムより俺の方が、ずっと若くてハンサムだ。マクシムより俺の妻になった方が、おまえにとっても喜ばしいことであろう？」

「私の結婚は、政治の一部です。顔の良し悪しで決めるようなことはありません。何より、マクシム様との婚約を反故《ほご》にすることができません。私は、あの方の妻にならなければいけないのです」

――そう、私は借金を返すため、あの方の妻にならなければいけない。どんなに嫌でも、自分の心の感じるままに振る舞うことは、許されないのよ――。

ブランシュがうつむき、ナプキンを白い手で握りしめた。

悲しげな表情をしたブランシュに、不思議そうにレオンが問いかける。

「おまえはマクシムに会ったことがないからわからないだろうが、あいつは、短気ですぐに怒鳴る、金儲けしか頭にない男だぞ？　その上、リュテスの屋敷に愛人もいる。これまでふたりの妻を娶《めと》ったが、ふたりとも、いくどかの流産の末に衰弱し、亡くなっている」

「私が三人目の妻というのは、存じております。前のおふたりは、元々お体が弱かった……と聞いていますわ」

レオンの話を聞くうちに、ブランシュは血の気が引いていくのがわかった。

妻のことは聞いていたけれど、愛人のことは、初耳だわ。オクシタンでは、そういうことも多いと聞いてはいたけれど……。

自分の両親が、大陸でも評判のおしどり夫婦であっただけに、ブランシュは愛人がいるマクシムとの、暴力や怒声をともなう結婚生活を想像するだけで怖くなった。

　顔色を失い、身を固くするブランシュに、レオンが厳しい表情で言葉を続ける。

「ふたり目の妻は、俺の友人でもあった。明るくてよく笑う娘であったが、マクシムの妻になった後は、笑顔も消え、どんどんやつれていった。そのうち、俺が物を取ろうと手を伸ばしただけで、身を強ばらせ頭を庇《かば》うようになった。おそらく、マクシムから日常的に暴力をふるわれていたのだと思う」

「……」

　友人を亡くした悲しみが、レオンの表情からも声からも溢れていた。

　なんて悲痛な顔をしているの？　これが嘘だとしたら、レオンはたいした役者ということになるけど……彼は、そういう人ではないわ。

　おそらく、パンティエーヴル公について、レオンが語ったことは事実なのでしょう。けれども、レオンの言い分を一方的に鵜呑《うの》みにしても、いけないわ。

　ブランシュが口を閉ざしていると、レオンが椅子から立ち上がった。テーブルを回ってブランシュの横に移動する。

　そして、ブランシュの両肩を摑むと、自分の方へ体ごと向き直らせる。

　レオンの青の瞳が、ブランシュの瞳をのぞき込んだ。

「……そもそも俺は、そのような不幸な娘をいたずらに増やすのは後味が悪いと思ったから、アスティに行ったのだ。王宮に二、三日滞在し、おりを見てふたりきりになった時、おまえに結婚を思い止まるよう説得するつもりであった」

レオンの声や姿からは、真摯《しんし》な誠実さが溢れていた。純粋な気遣いが、ブランシュにも伝わってくる。

私が、ただ、家の事情で婚約したのならば……それで、パンティエーヴル公との結婚を、思い止まったかもしれない。けれども、私は借金のため、いいえ国のために嫁ぐのだもの。どんな事情があろうとも、婚約を破棄することは、できないのよ。

「騎士道精神からの義侠《ぎきょう》心、ですわね。……そのことには、感謝いたします」

「では……」

寂《さび》しげに微笑むブランシュに、レオンの表情が明るくなった。

ブランシュは、小首を傾げてレオンの顔をのぞき込み、落ち着いた声で語りかける。

「けれども、マクシム様がどのような方であろうとも、私は誠心誠意お仕えすると、心に決めております。母から、夫となる方にはそうするよう教えられていますから」

ブランシュの答えに、レオンが忌々《いまいま》しげに舌打ちをした。

「……だから！　マクシムは誠意が通じるような男ではないのだ」

「それは、やってみないとわかりませんでしょう？　何より、オクシタン王が認めた婚約を破棄するには、それ相応の理由が必要です。マクシム様の性格にいかに難があっても、それは婚約解消の理由にはなりませんもの」

王族の婚約が解消できるのは、片方が死ぬか、当時国間での戦争の勃発、そして戦争締結の条約に片方が別の相手と結婚することが定められた時くらいのものだ。

貴族の場合は、これに加えて国王への反乱といった重罪を、本人か親兄弟が犯した場合が含まれる。

レオンは、婚約解消の理由を探そうとしているようであったが、結局、うまい理由を見つけられなかったのか、黙って口を閉ざした。

「おわかりになりましたか？　私は、マクシム様と結婚をせざるを得ないのですわ」

このままレオンが引いてくれることをブランシュは期待した。

この方は、やりたいようにしているけれど、優しい方だわ。求婚されるたびに断って……傷つけるのは、私も辛い。

こう思った時点で、ブランシュはレオンに惹《ひ》かれていた。

少なくとも、わがままで自分勝手なだけの男とは、もう思っていない。

諦《あきら》めて欲しいと願うブランシュの意に反して、レオンは予想外の行動に出た。

「――おまえ、何か俺に隠しているな？」

そう言って、おもむろにブランシュにのしかかってきたのだ。

荒い呼吸。高い体温。鼻を掠めるレオンの体臭に、ブランシュはこれからレオンが何をしようとしているのか悟る。

「……やめてください！」

ブランシュがレオンから顔を背《そむ》け、厚い胸板を押し返す。

「やめろだと？」

「今日は馬車で何度もしたはずです。その上まだ、――しかも、こんな場所で――いたさなくとも、よろしいはずです」

「ここでなければいいのか？　ならば続きはベッドでするか」

レオンにペティコートごとスカートを捲り上げられ、ブランシュが悲鳴をあげた。

靴下に覆われていない白いふくらはぎがあらわになる。

「レオン様、ご所望の菓子をお持ちしまし……っ！」

ノックをし、入室した給仕がふたりを見て息を呑み、その場に棒立ちになった。

「ご苦労。それはテーブルに置いておけ」

「かしこまりました」

給仕はブランシュの方を見ないよう、ぎこちない動きで皿をテーブルに運んだ。

その間、必死でスカートを下げようとするブランシュと、上へ捲ろうとするレオンとで無言の攻防が続く。

「……使用人の前で、はしたない真似はなさらないで」

「安心しろ。カンペール家の使用人は、主の妻の脚をのぞき見したりはしない」

主の言葉に、給仕係がほっとした顔で大きくうなずいた。

「それは大変良いことですが、そもそも、そういう問題ではないでしょう」

「……やめてやってもいいぞ。ただし、おまえがなぜあいつと婚約するに至ったか、その理由と経緯を話すのならばな」

卑怯な取引に、ブランシュの手の動きが止まった。

これが、アスティ大公家に代々伝わる門外不出の秘密であったならば、ブランシュは、この場で使用人に見られながら犯されることを選んだであろう。

しかし、レオンが知りたいのは、そこまでの秘密ではない。

外聞が良くないからあまり公にしたくないだけで、アスティの重臣や侍女のカティア、デニスの近侍は知っている。仲介した商人やマクシム、そしてパンティエーヴル公爵家の重臣にも知られているのだ。

使用人に素肌を見られる羞恥と引き替えとするのならば、いっそ、話してしまおうという気になるくらいの密《ひそ》か事。

レオンは、絶妙な取引をブランシュに持ちかけたのだ。

「レオン、あなたは……悪魔のように察しのいい方ですね。もしかしましたら、本当は、私が婚約した——せざるを得なかった——理由を、ご存じなのではないですか？」

驚きながら、ブランシュが探るような目でレオンを見つめた。

この時点で、ブランシュは既にレオンに事実を語り、この辱《はずかし》めから解放されることを選んでいた。

「いや。だが、結婚せざるを得ないと言われれば、何かあったのは予想できる。……もう、下がって良いぞ」

レオンが壁に向かって立っていた忠義な給仕に声をかける。

給仕は、床に視線を固定しながら優雅にお辞儀をし、居室から退出した。

ブランシュがほっとして一息つくと、レオンが手ずからワインの瓶を傾けて、ブランシュのゴブレットを深紅の液体で満たした。

「素面《しらふ》で話すのが辛ければ、これを飲み、酔わされて口を割らされた、と思うがいい」

「私が心苦しくならないよう、言い訳をご用意してくださるなんて。お優しいのですね」

不思議と、レオンの気遣いはブランシュの心に沁《し》みた。

レオンの厚意に素直に感謝しつつ、ブランシュがドレスの裾を下ろす。

「私がマクシム様との婚約をお兄様から告げられたのは、既に、オクシタン国王シャルル様から、結婚の許可をいただいた後でした」

「……なんだと？」

「私は、お兄様が亡きお母様のようなしっかりした女性を伴侶とするまでは、結婚しないと明言しておりましたから」

「そのことは知っている。俺がアスティの大臣に、内々におまえとの結婚を打診した際に、そう言ってやんわり断られたからな」

「……え？」

初耳の話に、ブランシュが目を見開いてレオンを見返した。

「驚きました。あなたが、そのようなことをしていたなんて」

「おまえは、俺をなんだと思っているのだ？　常識も良識もわきまえているつもりだぞ」

美男子のレオンが、まるで思春期の少年のような顔ですねてみせる。

「あなたが私を攫ったやり方は、とても常識をわきまえた方のなさりようではございませんでしたわ。…………いいえ、そんなことはどうでもいいことですわね」

そうして、ブランシュは二年前のできごとから、順を追って話した。

レオンは、時折ワインを口にしながらも、神妙な顔で話を聞いていた。

「……こういう事情で、私はマクシム様の許嫁となりました。おわかりになりましたでしょう。私は、アスティのため、マクシム様のもとへ、どうしても嫁がねばならないのです」

「わからない。まったくもって、わからない」

レオンはゴブレットを卓に置くと、きらめく瞳でブランシュを見つめた。見つめたというより、見据えた、という方が近い。

「その程度の金ならば、俺が同じ条件で貸してやる。だから、マクシムとの婚約など、破棄してしまえ」

あまりにも大盤振る舞いの発言に、ブランシュが絶句した。

「……金貨二百万枚ですよ。銀貨にすれば、千六百万枚の大金を……重臣に図りもせずに、あなたの一存で決めてしまっていいのですか？」

「そなたの兄だとて、重臣――いや、妹のおまえにさえ――相談せずに投資を決めたではないか。それと同じことを、なぜ、俺がしてはいけないのだ？　心配してくれたことには感謝するが、金貨二百万枚程度、すぐに用立てできる。カンペール公爵を舐めるなよ」

アスティの国家予算の三分の一を、すぐに用意できるなんて……。さすがはカンペール公爵家だわ。

驚きつつもブランシュは、そうできたら、と願わずにはいられなかった。

ここまでの厚情を示してくれたレオンに対する感謝がある。たとえ、恩返しという意味合いであっても、親切に応えたいという想いもあった。

けれども……それでは、借金の借り換えに過ぎないわ。すぐに借金を返したとしても、パンティエーヴル公が婚約破棄の求めに応じるとは思えないもの。

どうせなら、パンティエーヴル公より、レオンのもとに嫁ぎたい。彼とならば、もしかしたらお父様とお母様のように仲睦まじい夫婦になれるかもしれないもの。……けれども、それは夢物語だわ。甘い夢を見れば、現実に返った時、一層辛くなるだけ……。

レオンの破格な申し出を断るのは、ブランシュにとって、身を切るように辛かった。

ブランシュが何も答えられずにいると、レオンが息を吐き、先ほど給仕が持ってきた皿を引き寄せた。

レオンがその皿をブランシュの前に差し出す。

「これはショコラですね。リグリアの使節から贈られて、前にいただいたことがあります」

「なんだ、知っていたのか。リグリアはショコラの発祥の地。従姉妹の厚意で王宮の料理人が作ったショコラを土産にもらったのだ。味は極上だぞ。食べるといい」

レオンに押し出された皿を見ながら、ブランシュはそうだった、と心の中でつぶやいた。リグリアの王太子に男子が生まれたばかりだったのだわ。そして、リグリア王妃はオクシタンの先王の末娘で、母親の前王妃は前カンペール公爵夫人の姉だった……。

なんてことなの。ブレシアで行われた洗礼にオクシタン貴族が出席するということは、つまりは、そういうことじゃない！

レオンは身分を偽りはしたが、正体を明かすヒントは、その発言の随所に散りばめられていたのだ。今更ながら、ブランシュはそれに気づいた。

ブランシュが皿に手を伸ばさずにいると、レオンがショコラを一粒摘み上げる。

「ほら、口を開けろ」

「え……？　っ！」

レオンは、手ずからショコラを食べさせようとしたのだ。

そんな、まるで愛し合う夫婦や恋人同士のようなこと……できるわけないわ……。

ブランシュの胸の鼓動が大きくなり、頬が熱くなる。

「け、結構です。自分で食べますから」

「遠慮するな、ほら」

ぐい、と鼻先にショコラをつきつけられて、ブランシュは仕方なく唇を開けた。

レオンは、まるで五歳の童子のように嬉しげに、ブランシュの舌にショコラを置いた。

「…………！」

舌に広がる、濃厚なカカオの味にブランシュは目を見開いた。料理人が腕を上げたのか、以前、献上されたショコラより、ずっと美味に感じる。

あぁ……、甘い。甘くて、ほろ苦くて……。まるで、レオンのようね。

甘いお菓子に、ブランシュの身も心も蕩けていった。

「もうひとつ、食べるか？」

「はい。……でも、次は自分で食べますわ」

皿に手を伸ばしたブランシュを、レオンは咎めなかった。

そのかわり、ブランシュに向かって大きく口を開けてみせる。

……これは、食べさせろ、ということよね……？　こんなことで、レオンが喜ぶのなら、それくらいしてもいいかもしれない。

破格な厚意に対して、これくらいしか、ブランシュは返すことができない。

母鳥に餌をねだる雛鳥《ひなどり》のように開いた口に、ブランシュがそっとショコラを差し入れる。

「……こうやって食べると、五割増でショコラが美味く感じるな」

「まあ。気のせいではないですか？」

ブランシュが小首を傾げると、レオンがおやおやという風に肩を竦めた。そして、ゴブレットに手を伸ばし、ワインを口にする。

レオンが、難しい顔で口を開いた。

「遠慮なくショコラを食べていいから、食べながら聞け。……先ほどの話、どうにもおかしくはないか？」

「どの部分がおかしいと？」

レオンの言葉に甘えて、ブランシュがショコラを口に運ぶ。

「ゼーラント商人の持ち込んだ投資話だ。……ゼーラント商人のバーラト貿易の出資は、通常、ほぼ、ゼーラント国内の商人でまかなわれる。外国人の参入する余地はほとんどない。俺もゼーラントのバーラト貿易に出資したいと常々思っているが、今まで一口分の出資でさえ、できたことはない」

「……それは……オクシタンは、オクシタン国王が国家事業としてバーラト貿易をなさっているライバルだからでは？　ゼーラント商人は国益に敏感ですし、閉鎖的ですもの」

「ブランシュ、おまえの発言は、矛盾しているぞ」

そう言うと、レオンがショコラを自分の口に投げ込んだ。

「自国のみ富み栄えたい、富を独占したいという欲望を隠しもしないゼーラント人が、なぜ、アスティに投資話を持ってくるのだ？　ゼーラントはバーラト貿易で、いくつかの香辛料の生産地を——現地人を皆殺しにしてまで——取り扱いを独占したのだぞ。そこまでむごいことは、他のどの国もしていない。そのような奴らが、だ」

レオンの指摘に、ブランシュの口の中でショコラの味が、一瞬で消えてしまう。

「そのことについては、私も——本当は——不思議に思っておりました。けれども、私がそれを知ったのは、既に、パンティエーヴル公との結婚が決まった後だったのです。いくら疑ってみても、それは〝事実〟だった、としか申しようがございません」

「そうか……それでは仕方ないか……」

口元に手を添え、レオンが沈黙する。真剣に考えているのだろう。その表情は理知的であり、ブランシュが今まで見たことのないレオンの顔であった。

この方は、いったい、いくつの顔を持っているのかしら？　とびきり危険で傲慢《ごうまん》かと思えば、こどものように屈託がなく明快で、そして今のように底知れぬ智慧《ちえ》を感じさせる。

読めない——男《ひと》だわ…………。

ブランシュが椅子に座り直し、そして膝に手を置いた。

レオンは最後のひとつとなったショコラを皿ごとブランシュの前に押して、柔らかい口調で尋ねてきた。

「投資した金は、全額戻らなかったというが、保険には入っていなかったのか？」

「保険……？」

「そうだ。アスティでも、東方貿易にたずさわる商船が出航前に保険をかけるだろう？」

「はい、そうですわね」

ブランシュがこっくりとうなずいた。

保険については、アスティやリグリアの方が、ゼーラントやオクシタンに比べて歴史は古く制度も完成されている。

東方貿易のみならず、バーラト貿易においても、保険をかけることが常識であった。

ブランシュはデニスとのやりとりを思い出しながら、慎重に口を開いた。

「保険については、今回のバーラト貿易は特に利益が高く見込まれるため、保険の受け手がいなかった……と聞いています。兄が、嘘をついていなければですが」

保険は、国によって制度が違う。それでも、保険料は、双方の話しあいで決まるが、商品一トンあたり、金貨十枚が相場であった。

利益が高いということは、保険料が跳ね上がるということだ。それが、どれほどの額になるか、ブランシュには見当もつかない。

ブランシュが、兄が嘘をついていなければ、と言ったのは、保険料のあまりの高額さに腰が引けて、そもそも保険をかけなかったという可能性もあると、暗《あん》に示したのだった。

レオンは、そのあたりの微妙な機微《きび》を読み取ったのか、あえて問い返しはしなかった。

ブランシュがほっとしていると、レオンが最後のショコラを指で摘んだ。

「最後のひとつだが、食べないのか？」

「はい。もう、十分いただきました」

しとやかにブランシュが答えると、レオンがつまらなそうな顔をした。それから、ふいにいたずらっこのような表情になる。

「では、最後の一粒は、ふたりで半分ずつにするか」

そう言うと、最後のショコラを唇に挟んだ。

レオンはブランシュの顎に手をやり、口が閉じないように頬を押さえ、口づけてきた。

「ん………っ！」

レオンは舌でショコラをブランシュの口に押し入れた。ふいうちを喰らったブランシュの口腔《こうこう》に、甘くて苦いショコラの味が広がった。

ブランシュが唾液とともにショコラを口に含むと、次にレオンの舌が忍び込んできた。

「ん、んん……っ」

食欲の次は性欲といわんばかりだ。ブランシュがレオンの胸板を叩いて抗議する。

けれども、レオンは舌でブランシュの口腔を——柔らかい粘膜を——探るのを止めず、それどころか、豊かに盛り上がった双丘《そうきゆう》に手を添えてきた。

まさか、ここでする気……なの⁉

驚きにブランシュが目を見開く。

口の中でショコラが溶けて、ブランシュはレオンの唾液《だえき》とともに呑み込んだ。

「ふ……っ。ん……っ」

ショコラではない別の、脳が痺れるような甘さが口から全身に広がった。

昨日、今日とレオンに抱かれ、ブランシュはキスや胸への愛撫だけで、感じるようになっていた。

レオンはブランシュの唇をやわやわと唇で挟みながら、胸の谷間に指を滑らせる。

隙間で指をいくども抜き差ししてから、膨らみを指先でソフトに撫で回した。

これだけのことで、こんな……っ！

馬車と違い、ここには、ブランシュの意識を逸らすものはなく、どうしてもレオンの愛撫に集中してしまう。

ブランシュは経験が浅いこともあり、意識の逸らし方を知らなかった。

それどころか、肉体はレオンによって与えられる快楽を覚えていて、もっと欲しいと、ブランシュを欲望に駆り立ててゆく。

舌先を舌でつつかれて、内股に力が入った。胸を撫でられると、自然と乳輪――性感帯――がざわめいて、そこを摘んで欲しいと体が疼いた。

「あ……っ、ん……っ……」

自ら求めることはしなかったが、あらがうこともできなかった。

思うさまブランシュの唇を味わって満足したのか、レオンがキスを終わらせた。

快感に頬を上気させたブランシュの顔をのぞき込むと、耳元に顔を寄せて囁く。

「知っているか？　カカオの原産地では、カカオを精力剤として飲んでいるそうだ」

「それが……どうしたというのですか」

体の奥を劣情にじりじりと炙《あぶ》られながら、ブランシュが答える。

「今夜は、互いに情熱的になる、ということだ」

「……昼間、あれだけしたのに、まだ、するのですか！」

「ここまでして、しない方がおかしい」

ブランシュの訴えを、レオンがさらりと流した。

レオンは、ブランシュの襟に手を入れると、左胸をドレスから出してしまう。

形のよい膨らみを、レオンがゆっくりと揉みはじめる。

指が胸の飾りを刺激して、ブランシュが小さく声をあげた。

「この見事な乳房……柔らかく、まるで、手に吸いついてくるようだ。このように素晴らしい体を前にして、男が一夜でも我慢できると思っているのか？」

欲情に濡れた声に、ブランシュは、今宵もレオンに貪られることを悟った。

「せめて…ベッドで……。ここで最後までするのは、イヤです……」

いつ、使用人が入ってくるかもわからない場所で行為に及ぶ。そう考えるだけで、ブランシュは恥ずかしさに気絶しそうだった。

羞恥に顔を真っ赤に染めて、小声で懇願すると、レオンが乳房を嬲《なぶ》る手を止めた。

「……いいだろう。では、善は急げだ。寝室に行くぞ」

レオンが腰を落として、ブランシュの肩と腰に手を回し、軽々と抱き上げる。

ふわりと体が宙に浮いて、慌ててブランシュがレオンの首に両腕を回した。

「おまえに抱きつかれるのは、気分がいいものだな」

ブランシュを抱いたままレオンが歩きはじめ、カラカラと笑った。

裏表のない、まるで太陽のような笑顔を、ブランシュは眩《まぶ》しく感じた。

その途端、胸がぎゅっと締めつけられ、ブランシュがレオンに抱きつき直す。

どうしたのかしら。私……胸がおかしいわ。

初めの甘酸っぱい感覚にブランシュがとまどっていると、レオンの陽気な声が聞こえた。

「……そうか。おまえも楽しみか」

「違います。こうしていませんと、胸を……あなた以外の方に見られてしまいます」

真っ赤な顔のまま、早口でブランシュが言い返す。

「そういうことにしておいてやろう。本心は、俺としたくてたまらんのはわかっている」

ブランシュが何を言おうと、レオンには通じない。

結論を、自分の望むことに強引に置き換えてしまう。

とはいえ、昨晩ほど腹が立たないのは、レオンの真心に触れたからだ。

この方は、ずうずうしくて強引だけれど、悪い人ではない……。親身に相談に乗ってくださったし、どちらかといえば……良い人なのかも……しれないわ。

気がつけば、ブランシュはレオンのことが嫌いではなくなっていた。

いや、ほのかな好意さえ芽生えはじめていたが、その感情は、今のブランシュにとっては苦しみの種でしかない。

早く、私のことを諦めてくだされぱいい。そうすれば、互いに辛い思いをしなくて済むのだから。

「わかっていますか？　私は、あなたの妻には決してなれない女なのですよ」

「マクシムが、今、この瞬間にでも毒茸《どくきのこ》にあたって死んだら、おまえを俺の妻とするのに、なんの障害もなくなるがな」

「そのような例えは、不謹慎ですわ」

「そうだったな。そのような僥倖《ぎょうこう》を望むなど、俺らしくない。あの男は、この手で叩きつぶしてこそ、カンペール公爵家の当主にふさわしい行動だ」

ブランシュの意図とは斜め上の方向で、レオンが力強く同意した。

困った方ね。けれど、明朗快活《めいろうかいかつ》で、憎めないわ。

ブランシュが苦笑した。そうして、ふたりは今宵を過ごす寝室へと入ったのだった。


翌日、そして翌々日と、ブランシュはレオンに攫われたまま、馬車での旅を続けることになった。

初日のように裸で移動ということはなかったが、それでも馬車の中でレオンの気の趣《おもむ》くまま、口を吸われ、大きく開いた襟元《えりもと》に手を差し入れられ、乳房を愛撫《あいぶ》された。

時には、その体でレオンの劣情を受け留めることさえもあった。

いけないと思いつつも、体の方は次第にレオンの愛撫に馴れてゆく。

ほんの四日前まで処女だったブランシュの体はじょじょに熟《う》れてゆき、蕾《つぼみ》が花開くように、艶《つや》めき匂い立っていた。

夕暮れに近い時間、オクシタンの王都・リュテスは目の前という場所にさしかかった時であった。

「……体が、ずいぶんと変わったな」

レオンが嬉しげにつぶやいた。

この時、レオンはブランシュを膝《ひざ》に座らせて、襟からこぼれた乳房を揉みしだいていた。

「これだけ、んっ。……何度もされたら、あっ。そうなるものでは、ないでしょうか」

「そう言われればそうか。とにかく、口づけと乳房への愛撫だけで濡れるようになったのは、よいことだ」

そう言ってレオンがブランシュの乳首を指先で弾いた。

ツンと尖《とが》った乳首は、痺《しび》れるような快感を生じ、花弁《かべん》の奥から蜜を溢《あふ》れさせる。

「濡れてなど……んっ」

「自分を偽るな。おまえは、濡れはじめると、あえぎ声が大きくなるからすぐわかる」

レオンの指摘に、ブランシュの全身が羞恥で熱くなった。

「あっ、悪趣味ですわね。そんなことを観察していらしたのですか？」

「妻になる女のことを、少しでも知ろうとして、何が悪い？」

「私は、あなたの妻にはなれません。何度申し上げたら、わかってくださるのですか？」

「おまえは俺の妻になるのだと、何度言ったら理解するんだ？」

にやにやと笑うレオンに、ブランシュは効果的な切り返しを思いつけない。

いや、俺の妻になるのだと言われるたび、ブランシュの胸を嵐が襲い、胸が切り裂かれるように痛んで、言葉を失ってしまうのだ。

「……私を正式に妻にしたいのでしたら、その前にパンティエーヴル公との婚約を解消しなければならないでしょうに。せめて、そうなってから、その言葉を言ってください」

「その口ぶりだと、マクシムと婚約解消したら、俺の妻になる気はあるということだな。……おまえは、俺に惚《ほ》れていたのか、今まで気づかずにいて、すまなかった」

神妙な口ぶりで言うと、レオンがブランシュの手を持ち上げ、その甲に口づける。

上目遣いでブランシュを見るレオンの表情は、少年のように純粋な喜びに満ちている。

その笑顔にブランシュの心臓が大きく脈打った。

幾度も肌を重ねてきたというのに、レオンに握られている手が火照《ほて》ってしまう。

「わ、私は、そのようなことを申しておりません」

「照れなくてもいい。俺の前でくらい、自分の心に正直になれ」

的外れなレオンの発言であったが、その声は優しく、そして包容力に溢れていた。

このまま……何も考えずに、この男にすべてを委《ゆだ》ねられたら……。きっと、とても心地好く、安心して日々を過ごせるでしょうね……。

レオンの腕に抱かれ、守られて生きる。

それは、母のかわりに兄の保護者となると決め、結婚さえ諦《あきら》めていたブランシュにとって、想像するだけで胸がときめくような、夢のように甘い日々であった。

「…………」

けれども、現実に返れば、大きな壁が立ちはだかっている。

そんなことは、夢物語に過ぎない、と、ブランシュの中で何かが囁《ささや》くのだ。

私ったら、何を考えていたの？　私がレオンを選べば、アスティとオクシタンの外交問題となるのよ。

面子《メンツ》を潰されたパンティエーヴル公が、オクシタン国王に懇願し、アスティと戦火を交える可能性がある。いや、可能性ではなく、それは確定した未来に近い。

銃で撃たれ、大砲で手足を、家屋を吹き飛ばされた領民を想像するだけで、ブランシュの身に震《ふる》えが走る。

何より、そうなった時、いかに大公爵とはいえ、レオンが無事で済むとも思えない。犯罪者として追われ、捕縛《ほばく》されるかもしれないのだ。

この方を、そんな目に遭《あ》わせるわけにはいかないわ。この方のためにも、私がここで浮かれてしまっては、いけないのよ。

「私は、正直にしています。あなたのことは、好きではありません」

白い手を握り締め、ブランシュは硬い声で告げた。

なぜか、心が悲鳴をあげていたが、ブランシュはこれがレオンのためだと信じ、胸の痛みに耐える。

「俺のことが好きではないと言うが……。だったらなぜ、おまえはそんなに辛そうな顔をするんだ？」

その時、馬車の横に騎馬が並んだ。レオンの腹心のラウルが、鞭《むち》の柄で扉をノックする。

ブランシュが慌てて胸元を隠し、レオンの膝から降りた。

それから、レオンが窓を開け、「どうした?」とラウルに尋ねた。

「そろそろ、橋を渡ります」

「わかった。ブランシュ、この橋を渡ればリュテスに入るぞ」

「リュテス……。大陸一の、都……」

ブランシュは急いで襟元を整えると、好奇心に駆られるままに、レオンがいる方とは反対側の窓を開けた。

ひんやりとした空気とともに、大河――エーヌ川――が見えた。

オクシタンの王都、リュテスは、エーヌ川岸に栄えた都市だ。

川の中州に人が住んだのがはじまりで、その後、川の左岸に王宮が建った。

その周囲に王家の離宮や大貴族の邸宅、教会、高位聖職者のための屋敷があり、その隙間を縫うようにして、王宮に通う使用人の住居や商家が立ち並んでいる。

馬車は橋を渡ると、当然のように左岸に向かった。

進行方向に西日が落ちてゆき、茜《あかね》色の空がリュテスの街を――ひときわ高くそびえたつ王宮を――浮かび上がらせていた。

「なんて立派な王宮でしょう……!」

感嘆の声をあげたブランシュに、レオンが話しかける。

「その王宮も手狭になりつつあるから、新たに王宮を造るという話が持ち上がっている」

「まあ！　次の王宮も、きっと立派なものになるのでしょうね」

「もちろんそうだ。立派な王宮があれば国民は誇りに思うし、王宮の建設や運営で雇用も生まれる。文化も洗練され、諸国へ国威を示すことになる。一種の投資だな」

ブランシュの背中を覆うようにレオンが身を乗り出し、同じ窓から外を見た。

珍しくレオンは真剣な表情をしていた。

夕日に染まった横顔は、凛々《りり》しく、ブランシュは一瞬、レオンに見とれてしまう。

「おまえが望むなら、近いうちに王宮へ連れて行ってやる。その前に、リュテス見物がいいな。うん、そうしよう。楽しみにしておれよ」

そう言って、レオンがブランシュのうなじを指先でそっと撫《な》でる。

性愛というよりは、親しげな戯《たわむ》れといった仕草だ。それなのに、性行為の時よりも、なぜかブランシュの体が熱くなった。

私ったら、いったい、どうしてしまったのでしょう。

こんな風にされると、まるでレオンが私に——王太子になるために必要だからという理由ではなく——、恋をしているようだと感じてしまうから？

そうだったら、いいのに。

そんな言葉が、ぽつりとブランシュの胸に滴《したた》り落ちる。

もし、この方が私を、真実愛していたとしたら……私は……。

心の中でつぶやいて、ブランシュは我に返った。

レオンが私を愛していたら、どうだというの？　私はパンティエーヴル公という許婚《いいなずけ》がいて、レオンとは夫婦にはなれないことには、変わりないというのに。

「また、浮かぬ顔をしているな。リュテスに行けば、おまえが喜ぶと思ったのだが……。まさか、人混みは嫌いだったか？」

思いがけないレオンの言葉に、ブランシュは目を見開いた。

「私を、喜ばせようと……してくださったのですか？」

「そうだ。普通の貴族の娘ならば、王宮や貴族の屋敷を訪問する方を好むだろうが、おまえならば、リュテスの街を見物する方が喜ぶかと思ってな」

「まあ……。ありがとうございます」

思いがけない気遣いに、ブランシュが笑顔になる。

「あなたのおっしゃる通り、私、リュテスの街に興味がありますわ」

リュテスの街だけで、アスティの全人口の半分もの人が住んでいるというわ。そんな大きな都市というのは、どういうものなのでしょう。

そんな多くの人口を抱え、どんな風に街作りをしているか、どんな人が住んでいるのか、どんな珍しい文物があるのか、興味は尽きない。

オクシタンは近年、紡績や織物業に力を入れている……。どんな素敵な布やリボンがあるのかしら。オクシタンの人達は、それをどんな衣装に仕立てているのかしら。

何より、ブランシュはリュテスの持つ空気――活気や華やぎといったものだ――に、興味があった。

ブランシュの目が輝き、頬が紅潮する。そんなブランシュを見て、レオンが慈《いつく》しむような笑顔を浮かべた。

馬車が左折して、王宮が窓から見えなくなった。

そうして、あたりが宵闇《よいやみ》に覆われる頃、馬車は大きな邸宅――アスティの王宮と比べても遜色のない広さだ――の中へと入っていった。

「ずいぶんと……広いお屋敷ですわね」

「百年前には、王家の離宮であったからな。さすがに父の代で建物は建て替えたが、敷地はその当時のままだ。ここより大きな屋敷は、リュテスには王宮以外にない。匹敵するとしたら、国王が宰相のリュイヌ枢機卿《すうききょう》へ下賜《かし》された城か……マクシムの屋敷であろうな」

マクシムの名を、レオンはいかにも不愉快そうに口にした。

「レオン、あなたがパンティエーヴル公がお嫌いなのはわかりますが、そこまで好悪をあらわになさるのは、あなたにとっても良くないのでは？」

「問題ない。俺があいつを嫌っているのは、陛下もご存じだ。あいつも、俺が気に入らないと公言しているから、よほどのことがないと近しく顔を合わせることもない」

「けれども、国王やリュテス大主教が主催の晩餐《ばんさん》では、同席することもあるでしょう？」

「そういう時は……まあ、大人の対応をしている」

歯切れの悪い口ぶりに、ブランシュは嘘だとわかったが、そこはあえて指摘しなかった。

レオンもこういうところはお兄様に行動が似ているわ。……男の方というのは、いつまでもこどもっぽいものなのかしら？　そこがかわいらしいのだけれど。

思わず、ブランシュは苦笑してしまった。

よりにもよって、この方をかわいらしいと思うだなんて。確かに、愛嬌《あいきょう》はおありになる方だけれど。それに、そんなことを口にしたら、すねてしまいそうね。

馬車が邸宅の前に着き、従者が馬車の扉を開けた。

主の帰還を出迎えるため、執事をはじめとした使用人が並び、中には屋敷内の礼拝堂で奉職する神父と見習いまでもがいた。

既に話が通っているのか、ブランシュを見ても使用人たちは平然としていた。

「俺の未来の妻となるマルグリット嬢だ。名家の令嬢故、丁重にもてなしをするよう」

ブランシュの肩を抱きながらレオンがそう命じると、一同が恭《うやうや》しくうなずいた。

レオンがブランシュの手を取り、ふたりが並んで建物に入った。

玄関を入ってすぐのホールで、ブランシュは執事から、ブランシュの衣装係と小間使いのふたりを紹介された。

そのまま、執事の先導で階段をのぼり、二階——主とその家族のためのフロア——へと案内された。

建物は中央の階段を挟んで右翼と左翼に分かれていた。右翼が主人のためのエリアで左翼が女主人と子息のためのエリアだと執事から説明を受ける。

そして、レオンがブランシュの手を取り「ここで一旦お別れだ」と、軽口を叩いた。

「俺も、それなりに忙しい。マルグリット、書斎は右翼にある。好きな時に使うがいい」

「ありがとうございます」

書斎を自由に使っていいと聞いて、ブランシュが目を輝かせた。

「では、晩餐で」

レオンはウィンクをすると、音をたててブランシュの白い手に口づけた。右翼へ向かうレオンの背後に、腹心のラウルが静かに近づいた。

「マルグリット様は、どうぞこちらへ」

小間使いにうなずき返し、ブランシュは左翼——自分の居室——へ向かう。

左翼の中央で小間使いが足を止め、「こちらです」と恭しく告げ、扉を開いた。

「……まぁ！」

居室を見た瞬間、ブランシュの口から声があがった。

天井からはシャンデリアが吊られ、暖炉《だんろ》のマントルピースや壁、チェストなどに置かれた鏡にロウソクの炎が反射して、とてもきらびやかな光景が広がっていたのだ。

白ロウソクをこんなにたくさん……。それに、鏡が効果的にロウソクの明かりを反射して、夜なのに、なんて明るいのでしょう。

夜に明るくできる。それは、すなわち、富の証《あかし》だ。

昼間のように、は、さすがに言いすぎだが、それでも室内はかなり明るい。淡いクリーム色とホワイトのストライプの地にオクシタン王家の紋章であるユリの意匠《いしょう》がほどこされた壁紙も、赤いカーテンもよく見えた。

家具は、チェストの他に、小さな机と椅子、そして天蓋《てんがい》つきの寝台。天蓋を支える支柱は、金箔《きんぱく》を施《ほどこ》された彫刻で飾られている。それは、他の揃《そろ》いの家具にしても同様だ。

何よりブランシュを歓喜させたのは、部屋の隅に置かれた浴槽であった。

「ここには、浴槽があるのですね」

「はい。大奥様……アニュス様が、入浴を好まれましたので」

アニュスがレオンの母で前カンペール公爵の正妻だと、ブランシュも知っていた。朗《ほが》らかな小間使いの答えに、ブランシュは申し訳ない気分になった。

私は……決して、レオンの妻には、なれないのに……。

カンペール公爵邸に到着し、これから——いつまでかはわからないが——ここに滞在する。そうなったことで、ブランシュには〝周囲を騙《だま》している〟という申し訳なさが、じわじわと湧いてきたのだった。

リュテスに到着し、自邸に戻ったレオンは、ラウルとともに居室に戻った。

すぐに、侍従がワインとシードルをふたりのために用意した。

「ラウルとの話が終わったら、すぐに晩餐用の服に着替える」

不在の間にも、チリひとつなく掃除された椅子にレオンが腰をおろした。ラウルがテーブルに置かれたワインの瓶を持ち上げ、ゴブレットを満たしてレオンの前に置く。

レオンがワインで喉を潤してから、ラウルが立ったままワインの杯《さかずき》に手を伸ばす。

双方ひと息ついたところで、レオンが足を組み直し、ラウルを見据《みす》えた。

「さて、こうして無事にリュテスの自邸に到着できた。これもみな、おまえの知謀があってこそだ。馬車と騎乗のみで移動したのが幸いしたな」

「移動に使った馬車も騎馬も、装飾の紋章を外しましたし、万が一、騎馬と馬車のみの集団をアスティの追手が疑ったとしても、カンペール公爵家と結びつけることはないでしょう」

レオンとラウルが視線を交わし、うなずき合う。

「レオン様、俺としては、このままパンティエーヴル公との結婚式の日まで公女を隠し続け、同時にアスティ大公に借金の肩代わりと引き替えに、公女が重病となったのでパンティエーヴル公との婚約を破棄させ国王陛下の許可を得る。その後、ほとぼりが冷めた頃に公女とあらためて婚約……というのが、時間はかかりますが、公女と結婚するには、一番、問題のないやり方と判断します。……が、それではレオン様はご不満なのですね？」

忠実な臣下が、含みのある笑みを浮かべた。

「あぁ。アスティ大公とゼーラント商人との商談が、いかにも胡散臭《うさん》い。金に困ったデニスにマクシムが借金の肩代わりを申し出たタイミングが良すぎて、怪しさ満載だ」

「パンティエーヴル公と謀《はか》ったゼーラント商人が、ありもしないバーラト貿易への出資をもちかけ、アスティ大公から金を巻き上げる。そして、頃合いを見て、存在しない商船が難破した……と、伝え、それをアスティ大公が信じれば、金貨二百万枚は、まるまるゼーラント商人の手元に残ります」

「デニスが投資を丸損し、うろたえたところで、マクシムの出番か。金貨二百万枚を貸すかわりに、ブランシュとの婚約を持ちかける。ブランシュには、事前に打診は一切なかったそうだ。気がつけばマクシムとの婚約のお膳立てが、すべて整っていた……と」

「レオン様、この一件の悪辣《あくらつ》なところは、パンティエーヴル公の懐《ふところ》が一切、痛まないところですね。アスティ大公から騙し取った金を、そのままアスティ大公に貸す。借金として返済された金は、そのままパンティエーヴル公の利益となる。ゼーラント商人とどう利益を配分するかはわかりませんが、少なくとも、パンティエーヴル公は公女と婚約したことで、王太子位を得る強力な条件を手に入れられます」

ラウルの言葉は、レオンの考えと一致していた。

だからこそ、今は慎重に、確実に、ことを進めなければ。そうレオンが内心でつぶやく。

ブランシュの婚約にまつわる経緯が悪辣であればあるほど、それが誤解や邪推《じゃすい》であった時、反転してレオンに襲いかかる。

根も葉もない噂《うわさ》――しかもすこぶるたちの悪い――を流した、ということになれば、レオンは軽佻浮薄《けいちょうふはく》な人物という烙印《らくいん》を押されてしまう。

王太子位を得ることはおろか、生涯、オクシタン、いや大陸の笑い者となるだろう。

それは、レオンにとっては絶対にあってはならないことであった。

いや、違う。輝かしいレオン・ドルー＝カンペールの人生において、そのようなくだらないことで足を取られることなど、考える必要がないほど、ありえないことであった。

「だが、まだこれは俺たちふたりの間の推論に過ぎない。証拠を摑んで、陛下に訴《うった》える。そして、マクシムを罪に問い、ブランシュとの婚約を無効とし、あらためて俺とブランシュの結婚の許可をもらう。こうすれば、早ければ一ヶ月でカタがつく」

「レオン様が、そう望むのでしたら、俺はそれに従いましょう」

そこで、ラウルが再びワインを口にして、杯をテーブルに置いた。

「いずれにせよ、公女から聞いた話は、あまりにも漠然《ばくぜん》としすぎています。直接、アスティ大公から話を聞く必要がありますね」

「この話が公になると、デニスにとってもアスティ公国にとってもあまりにも外聞が悪い。使者を出すにせよ、人選が問題となる、が……」

「シャンベリには、俺が行きましょう」

たった今、旅から帰還したばかりだというのに、あっさりとラウルが請け負った。

「馬を飛ばせば、二日でシャンベリに着きます。俺ならば、各地のカンペール邸での馬替えもスムーズにいきます。アスティ大公との交渉を、俺に一任していただけますか」

「任せる。執事に金を用意させよう。カンペール公爵の名を使うも秘するも、おまえの自由だ。他に、必要なものはあるか？」

「では、レオン様直筆の親書を三通ほどいただけましょうか」

「三通か……ずいぶんと俺に手間をかけさせるではないか」

にやりと笑ってレオンが軽口を叩いた。

ラウルの目的はわかっている。デニスの出方によって、どの親書を差し出すのか選ぶのだ。親書の内容にもよるが……ラウルならば、判断を間違えることはないだろう。

レオンが羽ペンを手にして、ラウルの指示通りの手紙を書く。

三通すべて書き終えると、サインをして印章を押し、蠟《ろう》で封をした。

「出発はいつだ？」

「今すぐ……と、申したいところですが、さすがに遅い時間です。明朝、夜明け前に。レオン様、それにしても、アスティ大公へ利子も取らずに金貨二百万枚を貸すというのは、ずいぶんと大盤振る舞いですな」

心底感心した風にラウルが言った。

「まあな。バーラト貿易に投資すれば、一度でざっと金貨二十万枚の利益が得られる。利益を上乗せして投資し続ければ、七年で原資は倍か。デニスが借金を返すのに十年以上かかれば、俺は、金貨三百万枚を得る機会を損失をするわけだ。が、しかし……」

その程度のことでブランシュを娶れるならば、安いものだ。と、レオンは考えている。

「公女は、噂にたがわぬ賢い方なのでしょうな」

「あぁ。だが、それ以上に、健気なまでに情に厚いところに惚れている」

さらりと返したが、それは、レオンのてらいのない本心であった。

レオンの両親の不仲を知っているラウルがこっくりとうなずき、口を開く。

「真に賢い者は、決して他人を侮《あなど》りません。真に勇気がある者は、自らを省《かえり》みず、人を愛し、尽くします。公女の兄上への献身は、賢と勇を兼ね備えているという証。レオン様がよき伴侶を得られましたことを、心からお喜び申し上げます」

ラウルの餞《はなむけ》の言葉に、レオンは満足げにうなずいた。

そして、ラウルがレオンの居室を退出した。入れ替わるように衣装係がやってきて、晩餐の衣装を選び、下働きの娘が続きの間で沸かした湯を次々と浴槽に入れていった。

湯気の立つ浴槽に、ネロリの香油を垂らすと、オレンジの芳香が居室に漂う。

一糸まとわぬ裸体になると、レオンが人払いをし、湯に体を浸した。

「さてと……明日は、どうやってブランシュを楽しませるか……」

なみの娘であれば、美しい衣装や美味しいお菓子を用意すれば事足りる。もちろん、ブランシュもそれらに十分以上に興味があることは、短い旅程の中でレオンも理解していた。

レオンの選んだドレスを着たブランシュは、垢抜けた姿の自分にどこか誇らしげであったし、ショコラを口にした時も、頬が上気して嬉しそうであった。

とはいえ、それだけでは足りないことも理解していた。

「やはり、例のカフェに連れてゆくのが一番、喜ぶであろうな」

そうひとりごちると、レオンは浴槽を出た。すぐに従者がやってきて、大きなタオルでレオンを包み、濡れた肌についた水滴を拭《ぬぐ》う。

これからのことを想像して、レオンが微笑を浮かべた。

美食を堪能し、その後に美体――ブランシュ――を、堪能する。

柔らかな肌は、男を知り、その精を注がれることで、艶を増していた。

一瞬でも目を離すと、その隙に驚くほどにブランシュは変化する。男として、一番、醍醐《だいご》味《み》を感じる時期だ。

どこまでブランシュが艶美に花開くか、楽しみでしょうがない。

だが、それとは別の望みがレオンにはあった。

一度、ブランシュの膝まくらで寝てみたい、というのがそれだ。

長椅子にブランシュを座らせ、その膝に頭を預ける。……そう、時期は秋か冬、暖炉の前がいい。暖かな暖炉の炎を受け、オレンジに染まるブランシュの頬や髪までも、レオンは想像できた。

ブランシュに優しく髪を撫でられたら、それは心安らぐことであろうな。

基本的に精力的で疲れを知らぬレオンであったが、時には、安らぎが欲しい時もある。

その時、自分を癒すのはブランシュしかいない。そう、レオンは思い定めていた。

今はまだ、素直になりきれていないが、いずれ陛下から婚約の許可をいただけば、ブランシュの心もほぐれるだろう。

そうすれば、俺が望み描いた夫婦のように、仲睦《なかむつ》まじく過ごせるようになる。

初めて会った日の晩、燭台《しょくだい》を手にレオンのもとを訪れたブランシュの姿が、レオンの目に焼きついている。

必死で兄を守ろうとする姿に、魂《たましい》が、震えた。

デニスにとってかわりたいと、レオンは心の奥底から、そう欲したのだ。

だが、同時にレオンは、ブランシュを憐《あわ》れにも思っていた。

世間的には、まだ十八歳。まだまだ、彼女自身が庇護《ひご》を必要とする年齢なのだ。

肉体的にも精神的にも、ブランシュを凌駕《りょうが》する存在に、守られ、甘え、安心と喜びを与えられるのは自分だけだと、使命のようなものを感じていた。

「――つまりは、俺たちは、互いにとって互いが必要なものを持っている、この世でただひと組の男女なのだ――。そのことに、おまえが早く気づくといいのだが」

下着を身につけ、晩餐用の豪華なレースが施されたシャツに手を通しながら、レオンはつぶやいたのであった。


リュテスのカンペール邸に到着した晩、レオンはさも当然のようにブランシュの居室を訪れ、ベッドをともにした。

レオンは普通の貴族の夫婦がそうするように、夜明け前に自分の居室に戻る。

正妻用の居室で交わることで、いよいよ、ブランシュは自分が後戻りできないところにまで、追い詰められたような気がしていた。

翌朝、自室で朝食を摂ったブランシュは、衣装係から、かわいらしくはあるが、官僚や高級役人の娘が着るようなドレスを差し出された。

「本日のリュテス見物は、お忍びで、と、レオン様より言いつかっております」

「お忍び……ですか……？」

「レオン様は、時々、お忍びでリュテスの街に行かれるのです。大貴族カンペール公爵ではなく、市井《しせい》にいておかしくないような服装で」

「わかりました。それでは私も、レオン様の流儀に倣《なら》わなくてはなりませんね」

ブランシュはリネンと絹と綿で織られた布地のドレスに袖を通した。

ベージュのワンピース型のアンダードレスは、豪華なレースはなかったものの淡いピンクのリボンが胸元と袖口を飾り、とても愛らしい。

オーバードレスは新緑色に白い花模様で、こちらは絹であった。

ドレスの色に合わせて、黄緑やピンク、アイボリーのリボンで髪を飾ると、いつもとは違う自分になったようで、ブランシュの気分がなぜか弾んできた。

お兄様も、こんな気持ちでシャンベリの街へお忍び——というには、いつもの服装だったけれど——に行っていたのかしら。

兄の気持ちが初めてわかり、ふわりとブランシュは微笑んだ。

開いた胸元を隠すため、薄くはあるが透けない白い布地をオーバードレスの上にまとう。最後に小さな花かごをデザインした銀のブローチで留めて、支度は終わった。

居室を出て一階のホールに着くと、既にレオンが待っていた。

白い簡素なレースつきのシャツに、茶色のズボン、大きな羽飾りのついた帽子とブーツ、上着は黒と至って普通の——というには美男子すぎたが——青年の装いであった。

「では、行くか、奥方殿」

晴れやかな声で言うと、レオンがブランシュに腕を差し出した。

ブランシュはレオンの腕におずおずと摑まり、ふたりは寄り添ってホールを後にした。

邸宅の前には、質の良い革のシンプルな馬具をつけた馬が一頭、ふたりを待っていた。

「これに乗ってゆくのですか？」

「そうだ。いい馬だろう？　俺の愛馬、名はソレイユだ」

「ええ、とてもよく躾《しつ》けられているようですけど……お忍びとはいえ、公爵が騎乗の上、単騎で街に出るなど……危険すぎはしませんか？」

宮廷で働いている者が、リュテスの街にいるかもしれない。レオンは目立つし、顔を覚えられているに違いない。人影のない場所で、物盗りに見せかけて襲われでもしたら……。

レオンの身を案じ、ブランシュが不安げな顔になる。

「大丈夫だ。カンペール家の者が、護衛についている。それに、俺は結構強いぞ。物盗り風情にはやられることはない」

から外に出た。

朗《ほが》らかに言うと、レオンが腰に佩《は》いた剣を叩いてみせる。

ブランシュが安堵《あんど》の息を吐く。そして、ふたりは馬に乗り、カンペール邸の使用人用の門
馬にはレオンがまたがり、レオンと馬の首の間にブランシュが横座りに座る。

レオンが手綱《たづな》を握っているので、ブランシュはレオンと密着せざるを得ない。

ほのかに漂うネロリの爽《さわ》やかな香りが、ブランシュの鼻腔《びこう》をくすぐった。

こうしていると、まるで本当の恋人同士か夫婦にでもなった気がするわ……。

ふと、自分に素直になれ、というレオンの言葉が思い出された。自分のことを考えろとい
う言葉も脳裏に蘇《よみがえ》る。

「…………」

街娘の姿をしていることもあり、ブランシュは、ひとときだけ自分が公女であることも、
許婚がいる身であることも忘れることを自分に許した。

そして、わずかにレオンの胸に体重を預ける。

途端に、甘く切ない、不思議な感情が、ブランシュの胸を満たす。

その感情は、幸せすぎて泣きたい時のものに似ていたが、それは違うとブランシュの中で
何かが囁いた。

私は……いったい……、どうしてしまったのでしょう?

その答えを、ブランシュはも知っている気がしたが、はっきり知るのが怖かった。

気を取り直して、ブランシュはリュテスの街をよく観察することにした。

生まれてから一度もアスティを出たことのないブランシュは、左岸に並ぶ貴族の館が物珍しく、それだけで興味がつきない。

ブランシュが目をきらめかせるうちに、ふたりは、左岸を抜けて橋を渡り、右岸へと入っていた。こちらは、貴族の住む左岸と違い、商人や職人が多く住むエリアだ。

建物は小さく、ごみごみしていたが、それでも下町特有の活気に溢れていた。

シャンベリの下町すら滅多《めった》に足を踏み入れなかったブランシュには、リュテスの街は、見るもの聞くもの、すべてが新鮮で驚きと感動の連続であった。

「看板の形がアスティとは違うのね。細工が凝《こ》っていて、まるで、芸術品のよう」

「リュテスでは、看板も大事な宣伝道具だからな。特に、服屋は大変だ。商売敵が多い上、少しでもセンスがないと噂が流れれば、潮が引くように客がいなくなってしまう」

「まあ……。リュテスでは商人も大変ですのね」

こぢんまりとした、それだけに人々も穏やかなアスティで育ったブランシュには、リュテスはめまぐるしいと感じたが、同時に強く惹《ひ》かれる活気もあった。

そんな風に、和気藹々《わきあいあい》と進むうちに、レオンが大通り沿いの店の前で馬を停めた。

「着いたぞ。ここが、今日、最初の目的地だ」

宿屋のようでいて、宿屋ではない。けれども、宿屋のように、不特定多数の人間に食事を提供できるよう、いくつものテーブルが置かれている。

「ここは？」

「カフェといって、民衆がコーヒーを楽しむ場所だ」

コーヒーは、貴族や高位聖職者などの富裕層の間では飲用がかなり普及している。とはいえ、庶民にはまだまだ手が出ない、高嶺の花の飲み物である。

家で常飲はできなくとも、コーヒーを飲んでみたいという庶民の想いを、ブランシュはいじらしく感じた。

「そのような店があるという噂は聞いたことがあります」

リュテス見物としては、悪くない選択だわ。

レオンが店員に馬を預けている間に、ブランシュは物珍しげに店内をのぞき込んだ。

貴婦人の装いをしている時にはできないことだが、今は、普通の娘だと思えば、好奇心を満たすのに躊躇《ちゅうちょ》はない。

「やれやれ、気の早いことだ」

呆れたように、嬉しそうに、レオンがブランシュに声をかける。

その言い方が、とても優しくて、ブランシュの胸がふわっと温かくなる。

笑顔で差し出された腕に、ブランシュがどきどきしながら手を添えた。

物怖《ものお》じしないブランシュであったが、異国の初めて訪れる、しかも珍しい場所とあって、不安があった。レオンがいるということが、心強い。

店内には椅子はなく、客はみな、テーブルを囲んで立っている。

カウンターの中に店員がひとり。フロアにひとり店員がいて、注文を取っていた。

「コーヒーをふたつ、いつものアレも頼む」

レオンが慣れた様子で店員に注文をした。

店員は、カウンターに注文を伝えると、すぐに大判のパンフレットを持ってきた。

「……これは？」

よく見れば、コーヒーを楽しむ男たちの幾人かがこのパンフレットに目を通している。

「これは、ロンドンのコーヒーハウスでバーラト貿易の保険を請け負っている会社が出している新聞というものだ。貿易に出た帆船《はんせん》の沈没などの情報が載っている。この店の持ち主が、ロンドンのコーヒーハウスで新聞を入手して、この店に——多少情報は遅れるが——送っているんだ」

「そんなものまであるのですか！　見てもよろしいですか？」

「もちろん。これを見せるために、おまえを、ここに連れてきたのだからな」

「ありがとうございます」

レオンからパンフレットを受け取ると、ブランシュは新聞を舐《な》めるように読んだ。

新聞は両面印刷で四ページで、そこには、レオンが言った通りの情報が並んでいた。

すごいわ。船の名前、国籍、船長の名前まで書いてあるなんて。

「レオン様。この、新聞というのは……素晴らしいものですね……」

初めて接した新聞に興奮し、勢い込んでブランシュが感想を口にすると、レオンが満足そうにうなずき返した。

「この店は、珍しい飲み物を楽しめる……というだけではない。情報交換できる社交場なんだ。客はみな、大なり小なり貿易に関わっている者ばかりだ」

「まあ、なんて素敵な場所でしょう。アスティにも、そのような場所があればよいのに」

店員が、コーヒーをふたつ運んできた。コーヒーは、遠い東洋の島国製の、赤い染め付けがエキゾチックな美しいカップに入っている。

「この磁器も輸入品だな」

「いずれ、このような磁器を、アスティやオクシタンでも生産できるようになれば……バーラトへ輸出できる商品となりますでしょうか？」

「バーラトには陶器はあっても磁器はないという。悪くないアイディアだ」

ブランシュとレオンが目を合わせて微笑み合う。

こういう会話をレオンとするのは、本当に、とても楽しいわ。

レオンとせめて、友人としてつきあえたなら、私はそれで十分なのに……。

けれども、レオンと友人同士のおつきあいをしたいといっても、犬猿の仲だというパンティエーヴル公はきっと、許さないでしょうね。

ふっとブランシュの心に秋風が吹き込んだ。

このまま、私が結婚したら、レオンと私的な会話をすることさえ、許されなくなるのね。

そう考えた途端、ブランシュの心が凍《い》てつくようにひんやりとした。息もできないほど胸が締めつけられ、なぜか目頭が熱くなる。

そんなの、嫌だわ。絶対に嫌。

理屈などない。ただ、嫌だった。レオンといつか会話さえできない関係になることを、ブランシュは耐えられないと思った。

気を落ち着かせるために、ブランシュがコーヒーを一息に飲み干した。コーヒーは苦く、とても味気なく感じてしまう。

ブランシュのカップが空になると、レオンがブランシュを連れてカウンターへ向かった。

「やあ、ご主人。以前の新聞を見たいのだが、よろしいか？」

レオンがカウンターに銀貨を四枚置いた。店主が銀貨を素早く回収し、口を開く。

「二階にあがってすぐの部屋に、昔の新聞を置いてあります」

ふたりは、いったん店を出て、階段へ移動する。

「レオン、次は何をするのですか？」

「デニスが出資した商船が、本当に難破したのかどうかを調べるつもりだ」

「でも……船の名前も船長の名前もわかりません」

「だが、船籍と事故の規模はわかっている。初期の航海ならともかく、新大陸やバーラトへの航路が定まって百年も経っているんだぞ。さすがに、五隻中四隻も難破するような事故は、そうそう起こっていないはずだ」

「それを調べてどうするのです？」

ふたりは喋《しゃべ》りながら階段をのぼり、二階に到着した。

階段のすぐ隣の扉を開けると、かび臭い匂いがふたりを出迎えた。

小さな窓が閉まっているせいで、部屋の中は薄暗く、とても埃《ほこり》っぽい。

「さて、さっきの質問の答えだが、そのような事故がなかったとしたら、どうする？」

そう言って、レオンが窓を開けた。

明るい日差しが部屋に射し込み、ブランシュの視界が明るくなった。

「事故が……なかったとしたら……？」

「そう。そもそも、そんな商船団——投資話——は存在しなかったとしたら？」

「それは……詐欺《さぎ》です。お兄様を、騙すための………」

ブランシュが答える。その時にはもう、ブランシュの頭脳が猛烈に動きはじめていた。

まさか、そんなはずはない。そう否定するのは、簡単だわ。けれども、今すぐに確認できる事実を否定するのは、賢明ではない。

詐欺だったかどうかを確かめ、詐欺でなければ、状況に変化はない。

しかし、詐欺であれば、状況は、大きく変わる。

詐欺と証明できれば、ゼーラント商人に、投資した金の返還請求ができるわ。返還されたお金で、パンティエーヴル公への借金を返済してしまえばいい。

でも、商人からの借金の返済は、いつになるのかしら？　ゼーラント政府にも対応を要求して……。その間に、私とパンティエーヴル公との結婚式の日がやってくる。

けれども、もし、ゼーラント商人とパンティエーヴル公があらかじめ、この詐欺を共謀《きょうぼう》していたとわかれば……私は、パンティエーブル公と婚約を解消できるのだわ。

婚約を解消できる。その可能性が生まれたことで、ブランシュはふいに心が軽くなった。急に、白黒だった世界に色がついたような、そんな風に世界が明るく見えた。

「パンティエーヴル公と……婚約破棄……できるかもしれないのですね」

ブランシュのつぶやきに、新聞の束をよりわけていたレオンが「そうだ」と即答した。

「おまえを俺の妻にするべく、俺も努力しているのだ」

「……！　ありがとうございます」

礼を述べるブランシュの声が震えていた。

どうにもならないと思っていた状況に風穴を空けてくれたレオンに、ブランシュは、ただただ感謝の想いしかない。

ブランシュがその場にひざまずき、レオンの手を取った。

公女であるブランシュが膝をつく。その意味がレオンにわからないわけはない。

聖職者をのぞけば、ブランシュが膝を折るのは、各国の王と王妃のみ。

ブランシュは、レオンに、最大限の敬意を表したのであった。

「俺に膝を折るのは、婚約が無事に解消されてからでいい。いや、違うな……。愛する女のために尽くすのは、男の義務だ。俺は、おまえに感謝されたくてしているのではなく、おまえを喜ばせたくてしているのだ」

朗らかな口調で言うと、レオンがブランシュの手を取り、立ち上がらせた。

立ち上がったブランシュは、その場に棒立ちになった。

今、レオンはなんていったのかしら？　愛する女、と……。そう言ったのだわ。

「レオン、あなた、今……なんとおっしゃったの？　私のことを愛する女と……そうおっしゃったのですか？」

レオンが自分を妻にしたいのは、王太子となるのに有利だから。そう信じきっていたブランシュにとって、レオンの言葉は、青天《せいてん》の霹靂《へきれき》といっていいものだった。

驚きと同時に足元がふわふわして、ブランシュの心音がこれ以上ないくらい高まった。

「そうだ。俺は、おまえに惚れている。好きになったから、妻にするのだ」

何をわかりきったことを、という顔でレオンが答えた。

惚れている……。私を好きになったから、愛しているから、妻にする、と……。

にわかには、信じられなかった。

しかし、心の奥底では、そうだったのね、と歓喜する自分もいた。

「でも……あなたは……、あの時、王太子になるのに都合が良いから私を妻にすると、おっしゃったではありませんか」

「あぁ。言った。だが、その前に愛しているとは言わなかったが、おまえが理想の女だと言ったはずだ。理想の女が目の前に現れたら、惚れて当然だろうが！」

照れ臭いのか、レオンの頬がうっすらと紅潮している。

そして、理想の女とまで言われたブランシュは、嬉しさに顔が真っ赤になった。

ブランシュが白い手を両の頰に当て、視線を足下に落とす。

「私が理想の女だなんて、私、聞いておりませんでしたわ……考え事をしていて……。あなたの言葉は、耳に入っておりませんでした……」

「なんだって？　……あぁ、デニスが晩餐の時に言っていたな。おまえは確か、考え事に夢中になると、他人の話が耳に入らなくなると」

「あの時は、ちょうど、そういう状態でした……。あぁ、ごめんなさい。私、てっきりあなたのことを、私をただの道具とみなすひどい人だと、勘違いしておりました」

「…………」

ブランシュの告白に、レオンは虚《きょ》を衝《つ》かれたという顔になり、黙り込んでしまう。

「あの……レオン？」

華やいでいたブランシュの感情が、レオンの反応にしぼんでゆく。

どうしましょう。レオンが黙ってしまったわ。もしかして、怒ったのかしら？　でも、レオンが怒ったのもしょうがないわ。私ったら、きちんと話を聞きもせずに誤解していたのですもの。全面的に、私が悪いもの。

「ごめんなさい……あの、レオン、お腹立ちでしょうが、私を許してくださいますか？」

「いや。腹を立ててはいない。ただ、もう少し早くおまえに好きだときちんと言っておけば良かったと反省していた。しかしまあ、よりにもよって、おまえを道具扱いする男と勘違いされていたとは……」

神妙な顔をしていたレオンが、次の瞬間、盛大に吹き出し、そして爆笑した。

「これは参ったな。俺は、父上と同じ間違いをしていたのか。言葉を惜《お》しんではいけないと、あらためて学んだぞ」

「レオン？　あの、確かに言葉は惜しまない方がいい時もありますが……」

爆笑するレオンにとまどうブランシュに、レオンが微笑を向けた。

レオンが手を伸ばし、ブランシュの胸元を飾るブローチをひと撫でする。

「なんでもない。こちらの話だ。さて、そろそろ新聞を確認する作業をしようではないか」

レオンが選別してよりぬいた新聞をテーブルに置き、ブランシュのために椅子を引いた。

「あ、ありがとうございます……」

レオンに礼を述べながら、ブランシュがぎこちなく椅子に座った。レオンがテーブルを回って、向かいの椅子に腰かける。

柔らかな日差しに照らされながら、ふたりは黙って新聞に目を通す。

「…………」

突如《とつじょ》訪れた沈黙に、ブランシュは息苦しくなった。頭の中では、先ほどのレオンの言葉がぐるぐると渦《うず》を巻いていた。

レオンは、私に恋をしている……。愛している……。

新聞を見るふりをして、うつむいたままブランシュがレオンを上目遣いで見る。

レオンは、真剣な目をして新聞を読んでいる。

うつむいたレオンの金茶の髪が、日の光を受けて金色の輪を作る。

まるで、宗教画にある天使のようだわ。闇の軍勢を破り、光を勝利に導いた、神に似た者と称えられるあの大天使に……。

綺麗《きれい》、とブランシュは思った。いつまでも見ていたくなる。

「……どうした？　俺に見とれているのか？」

レオンが顔を上げて、いたずらっこのような表情で問いかける。

「み、見とれてなんか……いませんわ」

事実を言い当てられた気恥ずかしさに、ブランシュがそう答えて新聞を手に取る。

ゆっくりと時間が経ち、正午を過ぎたあたりで、約二年分の新聞を調べ終えた。

「……私がお兄様から説明を受けた事故と同じものは、ありませんでした」

「こちらもだ。難破したのは、一隻か二隻といったところだな」

レオンが新聞の束をまとめて、トントンと揃えた。

「これで、状況証拠にすぎないが、デニスに持ちかけられた投資話は詐欺だったということになった。――デニスが、嘘をついていなければ、だが――」

「はい」

「とはいえ、ゼーラント商人が詐欺師であったとしても、マクシムが詐欺の一翼《いちよく》を担っていたという証拠はない。婚約解消の申し入れは、その証拠を得てからだな」

「こちらの新聞、お借りすることはできないのでしょうか？　婚約を解消するにあたり、必要となるかもしれませんもの」

「店主に話を通しておこう。さて、これからどうする？　日が暮れるまで時間がある。食事をして、芝居小屋で芝居でも観るか、買い物にでも行くか」

レオンの魅力的な提案に、ブランシュの瞳が輝いた。

「お芝居とお買い物……。あぁ、どちらにしましょう」

「では、今日は芝居にするか。確か、ちょうど俺の知りあいの商人がパトロンをしているという劇団がリュテスで公演をしているはずだ。頼めば、特等席で観劇できる」

「まあ！　なんて素敵なのでしょう。私、芝居小屋でお芝居を観るのは、初めてです」

無邪気に喜ぶブランシュを見て、レオンが目を細めた。

「では、行くか」

カフェの店主にひと声かけて、ふたりは再び騎乗した。

大通りをそぞろ歩き、目を引く看板があると、レオンが馬の足を止め、ブランシュをともなって店内に入る。

美しい布やリボンを見た後は、薬屋に入ってシロップ入りの炭酸水で喉の渇きを癒す。

薬屋の店内でブランシュが香辛料を見ていると、レオンが「それが欲しいのか？」と言ったかと思うと、たっぷりとクローブ――高価な香料だ――を買ってくれた。

「なあ、店主よ、どんな女にも利く、ほれ薬はないものか」

「あなたのような御方に、ほれ薬など必要ないでしょう」

代金を払うついでに軽口を叩くレオンに、店主がやはり軽口で返す。

クローブの入った包みを大事そうに抱えるブランシュに、レオンがいぶかしげに尋ねる。

「しかし、香辛料とは、変わった物を欲しがるな。おまえは料理をしないだろうに」

「あら、香辛料はお料理の時だけに使うものではありませんのよ」

そう言って、ブランシュは幸せそうに微笑んだ。

リボンを巻いたオレンジの表面に、目打ちで穴を空け、その穴にクローブを入れて乾燥させると、ポプリになるのだ。

昨晩、レオンはネロリの香りをさせていたし、オレンジとクローブのポプリを作ってプレゼントしたら、きっと喜んでくださるわ。

ブランシュがアスティから攫われた時に身につけていた物が、そのまま手元にある。これが、今のところブランシュが自由に使える唯一の物であった。

ポプリに使うリボンは、あの晩していたリボンを使い、同じく髪に挿《さ》していた銀の薔薇《ばら》の留め具で豪華に装飾するつもりであった。

これくらいのことしか、今の私にはできないけれど……。レオンには、色々していただいているし、少しくらいは、お返ししたいもの。

それから、ふたりは馬に乗り、リュテスの散策を続け、食事をし、舞台を見た。

リュテスの街からカンペール邸に帰宅すると、レオンは書斎にこもってしまった。

ブランシュは街娘の服を脱ぎ、クリーム色のアンダードレスと白のオーバードレスに着替えた。先ほどと同じ白い布をふわりと巻いて、銀の花かごのブローチをつける。

「マルグリット様、そちらのブローチをお気に召しましたか？」

衣装係が、身支度を終えたブランシュに尋ねる。

「えぇ。よく見ると、細工が細かくて、とてもかわいらしいわ」

「そちらは、レオン様のお母様が、お若い頃によくおつけになっていた品です」

「レオン様のお母様が……」

言われてみれば、ブローチはよく磨かれてはいるが、デザインは古いものであった。

「大きすぎず小さすぎず、華美すぎず質素すぎず、どんな服にも合わせられると、よくおっしゃっておいででした」

「確かに、そうね。お客様を招いた正餐《せいさん》の時以外なら、いつでも使えそうだわ」

衣装係の言葉を聞き、ブランシュは複雑な気分になっていた。

お母様のお気に入りの品を、レオンは、どういうつもりで私につけさせたのかしら？

古い品だから嫌だというのではない。母親の記憶と密接に結びついているであろう装身具を身につけるということに、レオンの深い意図を感じたのだ。

それが何かはわからないけれど……。聞いてしまったら、私は、後戻りできない道に進むことになるような……そんな気がして、怖いのだわ。

怖いと思いつつ、それに惹かれる自分もいた。

いや、レオンのことをもっと知りたいという欲求が、ブランシュに生じていたのだ。

「レオン様のお母様は、どんな方だったのかしら？」

「とても信仰深く、慎み深く、レオン様を非常に愛していらっしゃいました」

「……そ、そうだったの」

いきなり、ルールを破り、自分を犯したレオンとはとても結びつかない母親像であった。教会の教えには、道徳的なものも多く含まれる。結婚前の娘の性交渉の禁止も、それにあたるからだ。

「レオンは、お母様との仲はよかったのかしら？」

「大変、仲睦まじく、レオン様はいつも奥方様を気に懸《か》けていらっしゃいました」

お母様への反発から、わざと型破りな行動をしているわけではないのね。

「では、レオンのお父様は、どういう方だったのかしら？」

「万事派手好きで、気風《きっぷ》がよく、芸術への造詣も深く、優雅で洗練された、まさに大公爵の名にふさわしい御方でした。レオン様のことは、ことのほかかわいがられておりましたし、何かと気の合うご様子でした」

こちらは、ブランシュにも簡単に想像がついた。

レオンの持つ華やかさは、父親譲り……というわけね。

「レオン様のお父様とお母様の肖像画はあるのかしら？」

「レオン様の居室にございます」

「そう。後で見せていただこうかしら……」

そうつぶやいたブランシュに、衣装係が顔をしかめた。

私、何かまずいことを言ったかしら？

「マルグリット様、レオン様にご両親のことは、なるべく聞かない方がよろしいかと」

気まずげな衣装係を見て、ブランシュは、レオンの両親が不仲であったことを思い出す。

「………」

私は……お父様とお母様が仲睦まじくて……ふたりがいつもお互いのことを思いやって、感謝の言葉を交わしているところしか見たことがないから……不仲な両親を持ったレオンの悲しみを理解することはできない。

けれど、それが、とても悲しいことだということは、察せられるわ。

ブランシュが胸元のブローチに手をやった。

「では、こどもの頃のレオンのお話を聞かせてもらえますか？　あの方ならば、きっと楽しい逸話《いつわ》がたくさんあるのでしょう？」

「ええ、ええ。そりゃあもう！」

衣装係が満面の笑顔になった。レオンのことでお喋りできるのが、嬉しくてたまらないといった様子だ。

「レオン様は、お小さい頃から、周囲の者にお優しくていらっしゃいまして……」

ブランシュは、衣装係の語る幼年時代のレオンの話に、耳を傾けたのであった。

そして、時間が過ぎ、就寝の時間となった。

晩餐用の薔薇色のドレスを脱ぎ、コルセットを外して、ブランシュはほっと一息ついた。

豊かな胸とくびれた胴、すんなりとはしているが女性らしい弧を描く腰が、薄布一枚の下に息づいている。

シュミーズとペティコート姿のブランシュが椅子に座ると、小間使いが髪飾りとリボンを外し、長く艶やかな黒髪をブラッシングする。

「おや、奥方様は、まだ寝る準備が終わっていないか」

寝間着にガウンを羽織っただけのレオンが、ノックもせずに扉を開けた。

「レオン様、いくら奥方様とはいえ、ノックもなしに扉を開けてはいけません」

ブランシュのドレスを両腕に抱えた衣装係が、レオンを注意する。

「すまない。どうしてもマルグリットに早く会いたかったのだ」

「先ほどまで晩餐をご一緒していたのに、ですか？」

言い訳するレオンに、ブランシュが苦笑を返した。

レオンが来たということは、即、すぐに性交がはじまるということだ。

小間使いがブラシを化粧台に置くと、続きの間からもうひとりの小間使いがやってきて、冷えたシードルの入った水差しとグラスをテーブルに置いた。

そうして、衣装係と小間使いの三人が、すみやかにブランシュの居室から退出する。

レオンはその間に化粧台まで移動していて、アニュスが愛用していたというブローチを手に取っていた。

「これが、俺の母の気に入りの品と聞いたそうだな」

「……はい。出過ぎた真似でしたでしょうか」

なんとなく詮索《せんさく》しすぎたような気がして、ブランシュが小さくなった。

「いいや。このブローチを気に入ったようだと聞いて、嬉しかった。気に入ったのなら、もうこれはおまえの物だ。いずれ、カンペール公爵家の女物の宝飾品はすべておまえの物になるが、最初は、これを贈りたかった」

「大切な品なのですね」

「母が、母の祖母――俺の曾祖母《そうそぼ》だな――から、十二の歳にもらったのだそうだ。一人前の貴婦人になったとお褒めの言葉と一緒に。だが……俺にとっては、苦い思い出の象徴だ」

「…………はい？」

母の形見の品を、苦い思い出の象徴と言ったレオンに、ブランシュが呆《ほう》けた声を返した。

わけがわからないわ。普通、大切な品だからこそ、大切な女性に贈るものではなくて？

レオンはブローチを化粧台に戻すと、ガウンのポケットに手を突っ込んだ。

そして、ブランシュの手を取り、新しいブローチを握らせる。

「これも、おまえへの贈り物だ。このブローチは、父から母への初めての贈り物だ」

「まぁ、そんな大切な物を……」

あらためてブローチを見て、ブランシュが息を呑《の》んだ。

ずしりと重い黄金の台に、親指と人差し指で作った円くらいの大きさの、ピンクのスピネルが輝いていた。その周囲を小粒の形良いパールが囲み、おまけに、スピネルの下にはブランシュの親指ほどもあるドロップ型の赤いルビーがぶらさがっている。

テリが良くて内包物もなく、色も綺麗なスピネルとルビーだわ。これほどの逸品は、そうそうない。それに真円に近く大きさも揃った真珠をこれだけたくさん集めるだなんて……。

まさしく、ため息が出るほどの逸品だった。

「とても、豪華なブローチですわね」

「俺の父は、万事において派手好みだったからな。だが、趣味はいいだろう？」

「そうですわね。とても素敵です」

「このブローチも、なかなか不吉な逸話つきのブローチだ。なにせ、贈られた次の瞬間、贈り主に投げつけられて返品されたという曰《いわ》くつきだからな」

「レオン、せっかく贈っていただいたのですが……。どうして、あなたは苦い思い出の品や曰くつきの品ばかりを私にプレゼントするのかしら？」

途方に暮れたブランシュが、たまりかねてレオンに問いかける。

「このふたつを、おまえならどうするのか、知りたかった」

「どういうことです？」

強引に握らされたブローチを、ブランシュが化粧台に置いた。

銀のブローチと金のブローチが並んだ。そのふたつは、とてもちぐはぐで不釣り合いなようにブランシュには感じた。

もしかすると、レオンのお父様とお母様も、こういう感じだったのかしら……。

かわいらしい普段使いに便利な銀のブローチと、国王の正餐や式典にもつけていける豪華なブローチと。どちらがいいかは、一概《いちがい》に決められない。

気楽につけられる装身具も、正装の時につける装身具も、必要という点では、まったくの等価値であったからだ。

「銀のブローチは、母のお気に入りで大切な物だった。母は、気に入った物をいつも身につけたいという性分でな。しかし、そのブローチは父の満足ゆくものではなかった」

レオンがブランシュの背後に回った。ブランシュの両側から腕を伸ばし、右手で銀のブローチを、左手で黄金のブローチを握った。

「そこで、父は自分好みで母に似合いそうなブローチを贈ったのだ『ほら、そんな貧相なブローチなど外して、こちらにつけ直せ』と言ってな」

「あぁ……。レオン……それは…………」

先代のカンペール公爵の思いやりを欠いた言葉に、ブランシュが首を左右に振った。

「母は渡されたブローチをそのまま父に投げつけた。それは、結婚して三日目のことだったという。それから、母は意地になったかのように、その銀のブローチをし続けたそうだ。それには父も呆れ果てて、二度と、母に贈り物をしなかった」

「えぇ……まあ……。それは……そうでしたの……」

どちらの気持ちもわからないでもないが、どちらもあまりにも稚拙《ちせつ》なやり方で、ブランシュはどう返せばいいか、わからなくなってしまう。

「父と母の不仲は、結婚して三日目からはじまり、父が亡くなるまで続いた。さて、ブランシュ。俺が聞きたいのは、自分好みのブローチをどうしてもつけたいのに、夫から趣味に合わないブローチをもらった時、おまえならば、どうする、ということだ」

軽い口ぶりであったが、ブランシュはそこに、深い屈託を感じた。

「過ぎた話ではあるが、俺は、どうにもこの話が気になっていた。今更、どうすれば良かったか知っても意味はないのはわかっている。だが、俺は……その答えを知りたい。そうしないと、一生、悔いが残りそうなのだ」

「……わかりましたわ。そういう小さなこだわりは、誰にでも、あると思います。絡まった糸をほどくように、あなたの疑問に答えられればと願います」

そう答えながら、ブランシュはふいにおかしくなった。

小さく笑い声を漏らしたブランシュに、レオンが「おい」と低い声を返す。

「笑ってしまって、ごめんなさい。ただ、あなたも人の子だったのだ……と思ったら、おかしくなりましたの」

「俺が木の股から生まれたとでも言いたいのか？」

「まさか。そうではなくて……」

あなたにも、心弱いところがあるとわかったら、とても、身近に思えたのです。

ブランシュは、その言葉を飲み込み、レオンの整った顔を見上げた。

頭を抱き締め、その髪にキスをしたい。そう思った。

優しい、慈しみの口づけを捧げることで、レオンの深い――その人生において唯一といっていい――悲しみをいやしたかった。

「結婚して三日目の、夫からの初めての贈り物……ということで、よろしいのですね？」

ブランシュの問いに、レオンが黙ってうなずき、左手を開いた。

現れた黄金のブローチを、ブランシュは迷わず手に取った。

ブローチを両手に握り締め、レオンににっこりと微笑みかける。

「ありがとう。とても素敵なブローチですわね。けれども、普段使いには立派すぎるわ。そうね、留め金の部分に金の鎖を通して、ネックレスとして使いましょう。そうすれば、いつも、衣服を選ばず、あなたからの最初の贈り物を身につけられますもの。ブローチとして使うよりもずっといいわ。そうでしょう？」

夫を立て、機嫌を損なわず、けれども自分の意志を通して銀のブローチをつけ続ける。

レオンの問いに、ブランシュは完璧に答えたはずだ。

なのに、レオンは黙ったままでいる。

「……あの、レオン？　私の答えは……お気に召しませんでしたか？」

恐《おそ》る恐《おそ》る尋ねると、レオンが素早く腕を伸ばし、ぎゅっとブランシュを抱き締めた。

「そうか。父上は、母上に、このように答えてもらいたかったのだな……」

重い荷物をおろしたような、寒い場所から暖かい部屋の中に入った時のような、そんなレオンの声だった。

「おまえは俺の長年の疑問に答えをくれた。その礼として、遠慮なく、そのふたつのブローチを受け取って欲しい」

陽気な声ではあったが、ブランシュにはなぜか、レオンが泣いているように思えた。喜びと悲しみの入り交じった、複雑な感情を感じる。

「お母様も、二度目の贈物は、喜んで受け取ろうと思っていたに違いありませんわ」

ブランシュがレオンの金茶の髪を、母のように姉のように、優しく撫でる。

絹のように滑らかで柔らかい空気がふたりの間に満ちた。

「デニスのことを笑えないな。あいつも、おまえにこんな風にされていたのだろう?」

「幼い頃は。お兄様が十四、五歳になる頃には、髪を撫でることはしませんでした」

「だが、デニスを抱き締めてキスは……、いつもしているのだろう?」

「ええ。それくらいは、挨拶《あいさつ》ですもの。接吻《せっぷん》は、頰にですけれどね。……きゃっ!」

レオンが突然ブランシュの体から腕を外し、軽々と抱き上げた。レオンの体は熱く、性行時と同じ気配を濃厚に漂わせていた。

化粧台から寝台までは、数歩の距離だ。レオンが帳《とばり》を上げ、寝台にブランシュを横たえる。

いつものようにシュミーズを捲り上げ、そして、弾力のある肉をその手に摑んだ。

「おまえたち兄妹は、少々、仲が良すぎではないか?」

「……そうでしょうか？」

「そもそも、デニスのためにおまえが結婚を諦めるなど、おかしな話ではないか」

「お兄様のため、というよりアスティのためです。私のこの身は、アスティの民の血税で出来ているのですもの。私という人間は、アスティを支えるためにあるのです」

白い腕を宙に伸ばし、ブランシュが遠くを見る目をした。

「……アスティを支える方法は、ひとつだけなのか？　俺の妻となり、アスティを陰から支援するのも、俺は十分にアスティに対する報恩となると思うが」

「……あなたは、私に婚約者がいることを、忘れてはいませんか？」

「忘れたわけではない。それを障害と思っていないだけだ」

こともなげに言いながら、レオンがガウンを脱いだ。

続けて寝間着と下着も脱いで、全裸になる。既に見慣れたはずのレオンの裸体だが、ブランシュは、気恥ずかしさに逞《たくま》しい肉体から目を逸らす。

今更だけど……まるで、古代の彫刻のように美しく、均整の取れた体だわ……。

昨晩までは、レオン憎しで頭で捉えていたことが、急にブランシュの心や感性に訴えてくるようになっていた。

愛されていると知ることで、ブランシュのレオンに対する認識が変化している。

同じ裸体を見るにしても、男の裸を見るという以外に、別の意味で、心音が高まり、全身が火照ってしまうのだ。

レオンがブランシュの体を起こした。レオンの手により、上半身を覆う布が捲られてゆき、新雪のような肌とふっくらとした双丘《そうきゅう》が姿を現した。

レオンはシュミーズを床に放り投げると、細いウエストを両手で掴んだ。

脇腹はブランシュの弱いところで、レオンの体温を感じるだけで肌がざわめく。

レオンがじっくりと両手を上へ――脇に向かって――動かした。形の良い乳房に触れると、我慢できないというように柔肉をもみしだく。

肩を強く吸われ、ブランシュが息を呑んだ。

胸を愛撫され、うなじや肩を吸われることで、体が快感に開いてゆく。

レオンの手が動くたび、白い肌が、薄紅に染まった。

レオンがペティコートの紐を外した。ウエストで止まっていた布がずり落ち、ブランシュの下腹部があらわになる。

太腿にレオンの手の気配を感じた。

触られなくても、レオンの体から発する、欲望そのものといった気配が伝わるだけで、ブランシュの肌が粟立《あわだ》つ。

レオンがこうするのは、私を好きだから。愛しているから、抱きたいのね……。

そう思うと、赤い小さな粒にレオンの指が触れただけで、泉から蜜が溢れる。そして、膣がレオンの楔《くさび》が欲しいとひくついた。

「や……。イヤ……」

自分の内部の変化を感じて、恥ずかしさにブランシュが嫌だと口走る。

「イヤと言っても、俺がやめるわけがないことは、もうわかっているだろう？」

よがるにはまだ早いと思ったか、レオンがブランシュの耳元で囁いた。

そうして、指先で敏感な粒を根元から撫で上げる。

「んっ……」

性感帯への愛撫に、ブランシュの腰がざわめいた。快感が、尾《び》てい骨から上半身に、せり上がってくる。

それから、レオンは楽しげにブランシュの左乳首を摘《つま》んだ。既に硬く尖ったそこは、レオンの親指と人さし指で左右に擦られただけで、胸が切なくなるような快感を生んだ。

「ん……あぁ……」

「気持ちいいか？」

尋ねながら、レオンがブランシュの耳たぶを舐め、小さな穴に舌を入れた。

レオンの吐息が肌をくすぐり、ブランシュが肩を竦める。

「んっ。……くすぐったい……わ……」

「そうか。では……」

レオンがペティコートを脱がせようとしたので、仕方なしにブランシュが寝台に膝をつき、四つん這いの姿勢を取った。

ペティコートが脱がされ、素肌が空気に晒《さら》される。レオンはブランシュの胴に腕を回すと、そのまま尻のすぐ上にある、小さなくぼみに唇で触れた。

「んっ。……っ」

そこは、ブランシュの性感帯のひとつであった。

胸でも性器でもないのに、そこを舐められ吸われると、ブランシュはたまらなくなる。

子宮が疼くとでも言うのだろうか。こみ上げる快感は、身を捩《よじ》るほどに強い。

「あっ。あ、あぁ……っ」

下腹部からこみ上げた何かが、喉元に到達し、声となって吹き出す。

ブランシュの手が、無意識にシーツを摑む。

レオンは舌でくぼみに円を描き、吸い上げ、指ではブランシュの太腿を羽毛で撫でるかのような軽いタッチで撫でた。

「あ……。んっ、んん……っ」

ブランシュがあえぎながら背中をのけぞらせた。

「これは、感じただろう?」

くぼみから唇を離し、レオンが尋ねる。とはいえ、ブランシュにはまだ羞恥心が残っていて、「感じる」と正直に答えるのは、恥ずかしかった。

いや、そんなことを答えたら、レオンにはしたない女だと思われそうで、それを想像するだけで全身が熱くなるのだ。

ブランシュが黙っていると、レオンが股間に手をやった。

柔らかな肉の花びらに指で触れ、割れ目をなぞる。

「おまえのここは、もう濡れているぞ?」

あけすけな言葉に、ブランシュの体が羞恥で薄紅に染まった。

「そういうことは、おっしゃらないで」

「恥ずかしいのか? では……」

楽しげな声がしたかと思うと、ブランシュの体がひっくり返され、あおむけになる。

「きゃっ! ……あっ!!」

乱暴な振る舞いに声をあげたブランシュであったが、次にレオンに股を大きく開かれて、息を呑んだ。

今まで、何度もそこを舐められた。だから、見られるのは初めてではないが、それでもそこをあらわにされるのは、たまらなく恥ずかしい。

「やめてください……!」

震える声で訴えてみたものの、レオンはアルファベットのMの字のようになるよう、ブランシュの太腿を押さえた。

「……っ」

ブランシュは両手で顔を覆い、上半身を捩った。そうやって視界を覆い隠しても、レオンの視線が女の部分に注がれているのを感じてしまう。

ぷっくりと膨らみ、充血した粒。それに続く二枚貝のような柔肉、その奥に息づく蜜壺へとレオンの視線が移動する。

どうしましょう。見られているだけなのに、まるで触られているように感じてしまう。

そしてレオンは、視姦《しかん》するだけで満足する男ではなく、見たものをそのまま口にした。

「すごいな。見ているだけで、どんどんおまえのここは濡れてくるぞ。おまけにひくひくと動き出した。……見られて俺が欲しくなったか？　体の方は、素直でかわいいものだ」

「……やめてください。もう、やめて。そんな風に、私をいじめないでください」

涙混じりの声で訴えると、レオンがお喋りをやめた。

そして、ブランシュの足首を握ったまま、口を開く。

「やめてもいいが、そのかわり、おまえは何をする？」

「……何を？　何をすればいいのですか？」

突然の取引に、ブランシュがとまどいながら問い返す。

「そうだな……。一度、おまえに俺を、気持ち良くしてもらいたい」

「気持ち良く……？　口づけをすればいいのでしょうか？」

自分にできることで、レオンが気持ち良くなりそうなことに、ブランシュはそれしか心当たりがない。

「いいや。……俺の男根を、おまえの胸に挟んで愛撫するのはどうだ？」

言葉で説明されても、ブランシュには行為が想像できなかった。

男の人は、そんなことが気持ち良いのかしら？　よくわからないけれど、そんなことで言葉で責められないなら、そうした方が、きっとマシだわ。

「わかりました……」

弱々しい声でレオンの提案を受けると、すぐにレオンがブランシュの足から手を離す。

「では、ここに膝立ちになるのだ」

「……はい」

言われるままに寝台に膝をつく。すぐにレオンが腰をブランシュの胸に押しつけた。

幾夜も褥《しとね》をともにしてきたが、これほど近くで男性器を見るのは初めてだった。

レオンのそれは半ばまで勃ち上がっていて、先端が赤く充血している。

生々しい雄を目にして、ブランシュが息を呑む。

「胸を持ち上げろ。そして、これを両胸の間で挟むんだ」

「はい……」

両の乳房を持ち上げ、柔らかでたっぷりとした双丘の間に竿《さお》を挟んだ。

胸で触れた男根は熱く、なんとも言えない気分になった。

「これで、よろしいのですか？」

ブランシュがそう尋ねる間にも、レオンの竿が硬さを増す。

「今度は、乳を動かして、それに刺激を与えるのだ。……こんな風に」

レオンがブランシュの手に己の手を重ね、ゆっくりと動かしはじめた。

強く、優しく。茎を包むように、肉を押しつけるように。

豊かな胸乳が粘土のように形を変えるたび、レオンの楔が逞しく育ってゆく。硬く男根が屹立《きつりつ》し、先端から透明の滴《しずく》が滲《にじ》んでいる。

「……まあ、男の方も、濡れるのですね」

「そうだ。女の中に挿《い》れやすいように。女の方は、男を挿れやすいように濡れるのだから、まこと、人の体というのは便利にできているものだ」

そう応じたレオンの声が熱っぽく、掠《かす》れていた。

レオンはブランシュの乳房を自らに快楽を与える道具にしつつも、巧みにブランシュの乳輪や乳首を刺激していた。

「はぁ……っ。ん……っ」

胸に感じるレオンの雄の熱が、ブランシュの肌に欲望を伝えてくる。

熱は、ブランシュの深奥に疼きを生んだ。

「………あ」

「どうした。胸を揉まれて、たまらなくなったか?」

「いいえ……いいえ……」

「もうそろそろ、素直になってもいいだろうが。……おまえは本当に頑固だな」

そう言うと、レオンが胸の突起を指で捻《ひね》った。

次の瞬間、軽い痛みとともに、それ以上の快感がブランシュを襲う。

「ん、あ………っ」

ブランシュがのけぞると、その弾みでぶるんと胸が揺れ、レオンの陰茎が飛び出す。

「ちょうどいい。そろそろ、挿《い》れるか。ブランシュ、足を開け」

「…………わかっています」

ブランシュは今までの経験から、ここでごねても無意味と学習している。

とはいえ、今日は諦めの感情以外の何かが、うっすらと混じっていた。

ブランシュがシーツに身を横たえると、すぐにレオンの熱い手が腰に触れた。

「いくぞ」

そう声をかけられたと思った時には、先端が入り口に触れていた。

熱い肉の感触に、たちまちにブランシュのそこが反応する。

「んっ」

じりじりするような、もどかしいような。

そこに亀頭が触れているだけで感じてしまう。

レオンが先端を焦《じ》らすように蜜口で上下させる。

焦れったい。早く、挿れればいいのに。…………私ったら、なんてはしたないことを！

羞恥にブランシュの頬が染まり、両腕で体を抱き締める。

その隙に、レオンが膣に鈴口を入れた。

「あ……っ」

広がり、満たされ、粘膜で熱を感じる。

「ん、……んん……」

「あぁ……やはり、おまえの中は、気持ちがいいな」

うっとりした声でレオンが囁くと、そのまま肉筒に楔を進めてゆく。

いい。やっぱり、気持ちいいわ。……こんな風に感じては、いけない相手なのに。

心の中でつぶやいても、体は肉の快楽を求めていた。

陰茎が奥に進めば進むほど、ブランシュは満たされてゆくのを感じた。

レオンは奥まで挿れて、一度、息を吐き出した。

ブランシュの胴に腕を回し、向かい合って抱き合う体勢にする。

「……っ」

レオンの青い瞳を間近に見て、ブランシュが息を呑んだ。

なんて、優しく……愛しげに、私を見ているのかしら。

やり方は乱暴で自分勝手だが、レオンの自分に注ぐ愛情は本物だ。

その瞳を見ただけでわかってしまう。そんな瞳であった。

お父様も、よく、こんな目をしてお母様を見ていらしたわ……。

そう思った瞬間、強い痛みがブランシュの胸を襲った。刃物で切り裂かれたような痛みに、
思わずブランシュはレオンに抱きついた。

「ほう。珍しいこともあるものだ。それとも、ようやく俺を愛していると理解したか？」

「違います。なんだか急に、胸が痛くなって……」

レオンの肩に額を押し当てながら、ブランシュが答える。

私ったら、どうして急に、こんなに胸が痛くなったの？　ただ、レオンがお父様と同じような目をしたというだけなのに……。

その答えは、探せばすぐに見つかる気がした。

ブランシュが顔を上げてレオンを見つめると、レオンの顔が近づいてきた。

「……………んん……」

唇が、柔らかく重なる。体だけでなく、心も満たされてゆく、そんな口づけだった。

レオンは優しくブランシュの唇をついばみながら、腰をうねるように動かしはじめた。

先端が、竿が、媚肉《びにく》に当たり、ブランシュの体を火照らせてゆく。

「あぁ……。ん、……、あ、ん……っ」

レオンの唇が離れるたびに、ブランシュの口から甘い声が漏れる。

気がつけば、ブランシュは豊かな胸をレオンに押しつけ、そして腰をくねらせていた。

甘美な喜びが、快感となり体を満たしてゆく。

レオンの舌が半開きになったブランシュの口腔内に忍び込んだ。

そのまま舌先を突かれると、それは粘膜のわななきとなって表れる。

柔らかな肉はうねりながら、貪欲に肉棒に絡みついていた。

肉と肉が深く密着し、レオンが腰を動かすだけで、快感が全身に広がってゆく。

あぁ……あぁ、あぁ。なんて、気持ちいいのかしら………！

「レオン……。あぁ、レオン……」

快楽に瞳を潤ませながら、ブランシュがうわごとのようにレオンの名をくり返す。

「なんだ？　我が愛《いと》しき妻よ」

「私は……んっ。あなたの妻では、ありません。私は、ブランシュ・ド・アスティ。まだ、アスティ大公家の公女……なのですから……あぁっ」

快楽に呑み込まれながらも、ブランシュが間違いを訂正する。

すると、レオンが強くブランシュを肉棒で貫いた。

「あぁ……ん……あん……っ」

強くレオンの雄を締めつけながら、ブランシュがのけぞった。

揺れる乳房を、レオンの手が摑む。

そのまま両の胸を寄せると、乳首をふたつ並べ、同時に舐めはじめた。

「んんっ。あ、あぁ……っ」

レオンがこんな真似をするのは、初めてだった。

片方の乳首への愛撫だけでも感じるのに、それが両方となれば、快感は倍増する。

おまけに、挿入しているのだ。内壁が一層熱くなった。

「んっ。っ……、ん、あっ……っ」

絶え間なく声を漏らし、そのたびに、熱く湿った吐息が漏れた。

レオンが楔で最奥《さいおう》を突き上げると、いっきに体が昂《たかぶ》り、ブランシュの膣が痙攣《けいれん》する。

「あぁ……あ、んっ、んっ……っ」

レオンに胸の飾りを愛撫されながら、ブランシュは絶頂に至っていた。

気持ちいい……。なんて快感なのかしら。

ブランシュは、これまでで一番感じていた。

いや、感じることを自分に——いつの間にか——許していたのだ。

快感の涙がブランシュの目尻から溢れる。

そうして、痙攣がおさまると、レオンはそっとブランシュを横向きにシーツに横たえた。

ブランシュの体から楔が抜けた時には、内股が愛液でしとどに濡れていた。

「さて、そろそろ俺の方が気持ち良くなる番だ」

ブランシュは快感にぼやけた目でレオンを見上げた。

この後、レオンが何をするかを、身も心も知っていた。

また……挿れて……出すのね。

それを想像しただけで、膣壁がわなないた。レオンで狭い穴をいっぱいにされる快感を、
ブランシュはいつの間にか切望するようになっていた。

レオンはブランシュの左脚を肩に乗せた。自然とブランシュの股が大きく開く。

空気に触れると、ぽっかり空いたそこが、無性に物寂しい。

いいえ、いいえ。挿れて欲しいだなんて、そんなこと、思ってないわ。

心の中で否定したが、蜜口に切っ先が触れると、体は歓喜に襲われる。

「う、ん……」

鈴口に押し広げられただけで快感が生じて、ブランシュの口から甘い吐息が漏れる。

レオンのそれは、熱く、硬く、そして太かった。

育ちきった茎が、みちみちと肉筒を埋めてゆくのは、言葉にできない快感だった。

「あ……あぁ……ああ…………」

しどけなく上半身をシーツに横たえながらも、半ば宙に浮いた下半身は、順調に肉棒を呑み込んでいった。

レオンは陰茎を半ばまで埋めると、ブランシュの性感帯を狙って粘膜をかき回す。

「つあっ……っ。んん……っ」

肉に埋もれた性感帯を狙い撃ちされ、たちまちにブランシュの全身が熱くなった。

「感じているな？　この分だと、すぐにでも、もう一度いきそうだな」

「まさ、か……。そんな……」

「確かめてみるか？」

そう言うと、レオンは膣から男根を抜いた。透明の粘液で濡れた先端を、ブランシュの赤い粒に押しつけて、そこを前後に数回擦った。

「んんっ」

感じる場所への的確な刺激に、宙に浮いたブランシュの腰が前後に揺れた。

「……ほうら、こんなにも、おまえは感じているではないか」

ブランシュの肉体が昂っているのを確かめると、レオンは満足げな表情で挿入した。

今度は奥まで入れた。一呼吸ついてから、ゆっくりと律動をはじめる。

「んっ。……んん……。っ……」

満たされれば気持ち良く、抜けそうになればカリで広がった襞が快感を訴えた。

あぁ、もう……。もう、もう……っ。

「はぁっ、あっ。……ん。はぁあ……っ」

ブランシュが声をあげ、レオンの呼吸が次第に荒くなってゆく。

そして、抜き差しもまた、じょじょに速まっていた。

「ふっ、……っ。んっ……はぁっ……」

肉筒で感じる楔は、限界に近い。

レオンが達する時の熱も、硬さも、太さも、ブランシュの体が覚えている。

途中でレオンはブランシュの脚を肩から下ろし、両脚を両脇に抱える体位に変えた。

挿入の角度が変わると、新鮮な快感が生じた。

新たに欲望の炎がおこり、それはブランシュの全身を舐めながら犯してゆく。

突かれるたびに体が揺れて、吹き出た汗が滴となって肌を伝う。

感じるあまり、ブランシュの足指が反り返った。

「あっ、あっ。あっ……っ！」

いく。いくわ。また、いってしまう……！

高まりきった熱が、全身を駆け巡った。

びくびくと肉の壁が蠢いて、レオンの茎を締め上げる。

蕩《とろ》けた内壁に包まれた楔も同じように熱く、ふたりの熱がブランシュの中で渾然《こんぜん》となった。

「あぁ……。いいぞ。いっている時のおまえは、本当に、いい」

ブランシュに性器を締められながら、レオンがひとりごちる。

その声は欲望に濡れていて、分身は今にも爆発しそうなほどに昂っていた。

レオンが無言で半ばまで突いては、奥まで深く抉《えぐ》る。

楔は、擦るたびに熱を増してゆく。

注がれ続ける熱と快楽に、ブランシュがいやいやをするように首を振った。

「あぁ、あぁ。駄目です、レオン。そんなに激しくしては……んっ、あっ」

「すまんが、もう、止められない」

レオンのグラインドが大きくなった。深く挿れ、抜けそうになるまで引く。

それもかなりの速度を保ったままで。

こみ上げる快感にブランシュがのけぞり、顎を上げ、寝台に後頭部を押しつける。

最高潮に達した律動がわずかに緩み、最後に強く、深く、激しくブランシュを貫いた。

「――っ!!」

深奥に、熱い飛沫《ひまつ》を感じて、ブランシュが息を呑んだ。

劣情を注がれて、本能で子宮が歓喜に震える。

レオンは無言で精を吐き出している。どくどくと放つたび、それが動いて、それさえもが今のブランシュには快感であった。

「……っ。くっ。………っ、………」

リュテスの街をレオンと散策してから、一週間が過ぎた。

その間、レオンはカンペール公爵としての地位と特権を最大限活用して、日中はブランシュを王立の名を冠した様々な施設へ見学に連れて行った。

しかし、夕方になると、正装ではないが華やかな服装に身を包み、王宮へと出かけてゆく。

帰宅は必ず深夜で、ブランシュが床についた後だ。

ブランシュが寝ていると、レオンは自分の居室で就寝する。あれだけ毎晩性交したのはなんだったのか、とブランシュが突っ込みを入れてしまったほどだ。

レオンがいない間、ブランシュはポプリを作っていた。

オレンジにクローブを刺すまではあっという間に終わった。その後、しばらく陰干しして完成となる。

陰干しは、小間使いに頼んで、正妻の居室に付随する小間使いの寝室で行った。

レオンが外出するたびに、ブランシュは小間使いの部屋に行き、ポプリのでき具合を確かめる。

「早く、できあがらないかしら。……レオンは、喜んでくれるかしら」

まんまるのポプリを両手で掲げ、ブランシュが匂いを嗅いだ。

レオンの喜ぶ顔を想像するだけで、ブランシュの胸が花が咲いたようにほころぶ。

そうして、日曜日の昼下がりの午後、カンペール邸の庭園の四阿《あずまや》で、ブランシュとレオンは久しぶりにふたりでゆったりとした時を過ごしていた。

ブランシュは、以前、レオンから贈られた白のアンダードレスに黒のオーバードレスという服装だ。胸元には、あの銀のブローチが光っている。

小さなテーブルにはリネンのテーブルクロスがかけられ、所狭しとカンペール家の料理人が腕を振るった、美味しそうなお菓子が並んでいた。

飲み物は、東方産の緑茶で、景徳鎮《けいとくちん》の華やかな茶器でいただく。

「あなたがワインをお召しにならないなんて、どうしたのですか？　もしかして、お体の具合が優れないのでは？」

「このところ、晩餐会に出ずっぱりだからな。体を休めておくのも悪くない」

精力的なレオンが、珍しく弱音めいたものを吐いた。

緑茶は薬効があると言われていて、オクシタンでは医師が薬として処方する飲み物だ。

レオンは、連日の晩餐会続きで疲れた胃腸を緑茶で癒すつもりなのね。

ブランシュは手にした茶器をテーブルに置くと、あらたまってレオンに向き直った。

「お体に響くようでしたら、少し、夜の外出を控えられてはいかがでしょう？　この一週間、休みなしではないですか」

そして、昼間くらいゆっくり休めばいいものを、レオンはブランシュを楽しませようと外出ばかりしている。

「……私のことはいいですから、どうかご自分の体を、労《いたわ》ってください」

「なんだか、今の会話は本当の夫婦のようだな。気持ちはありがたく受け取るが、今が勝負時だ。そうも言ってられない」

「今が、勝負時とは？」

「忘れたのか？　王太子を選ぶ会議は、もう目前だ。私用でしばらくリュテスを留守にした遅れを、取り戻す必要がある」

ふっとレオンが柔らかな表情を浮かべると、茶器を口元に運んだ。

「だが、そうしただけのことはあった。この世に無二の宝玉を、俺は手に入れたのだから」

目を細め、レオンが愛しげなまなざしをブランシュに向けた。

「………………」

私は、あなたの妻となると決まってはおりません、とブランシュはもう言わなかった。

それどころか、今のような優しい気遣いに満ちた会話をずっとしたいとさえ、思っている。

けれども、レオンの話に同意することもできない。ただ沈黙で返すだけだ。

私は、まだ、別の男の婚約者なのですもの……。レオンの妻になりたいと思っていても、それを表わすことは、許されないわ。

不思議ね……いつの間にか、私はこんな風に思うようになっている。パンティエーヴル公と婚約解消できるかもしれないとわかったあの時から、その思いはどんどん強くなっている。

レオンの妻になることが、一番、問題がなく筋道の通った結婚だから、ではない。

ただブランシュは、レオンとともに過ごす時間を心地好く、愛しく、大切に感じるようになっていたからだった。

秋風が吹き、庭に咲く薔薇の花びらがブランシュの髪についた。

「薔薇の花びらが、髪についてしまったな。取ってやるから、動くなよ」

レオンの腕が伸び、ブランシュの後頭部に指先が触れた。

ただ、それだけのことなのに、ブランシュの頬が赤らみ、心音が速まった。

「ありがとう、ございます」

吐息が触れるほど近くにレオンがいる。それだけで、ブランシュはうまく喋れなくなり、なるべく普段通りに礼を述べるのが精一杯であった。

「……ちょうどいい機会だ。会議について、話しておくか。正式名称は王太子選定会議という。会議に出席できるのは、宰相、大臣が六人、リュテス大司教、ふたりの大元帥、そして国王陛下を足した十一人だ。会議と銘打つだけあって議論も行われるが、名目に過ぎん。宰相や大臣、大元帥らが一票ずつ投票をし、票が綺麗に二分した際には、陛下が最後の一票を投じて、王太子が決まる……というシステムだ」

「そういうことであれば、シャルル様のご意向次第で動く票もございましょう。シャルル様のご内意は、あなたとパンティエーヴル公、どちらにございますの？」

「わからん」

ブランシュの質問に、レオンが端的に答えた。

しかし、それだけでは説明が不十分と感じたか、すぐに言葉を補った。

「もちろん、俺だとて陛下の近侍に賄賂《わいろ》を贈り、ご意向を探っている。王妃陛下や王姉殿下といった、陛下に影響力を持つ方々にも口添えを頼んでいる。だが、陛下は誰にもご内意を明かさない。完全なる、沈黙だ」

そう事情を語るレオンは、なぜか嬉しそうであった。

「シャルル様のご内意が、気にならないのですか？」

「気にはなる。が……。国王というものは、そういうものであろう？　たとえ妻や姉であっても、いかに心許した臣下であっても、内心をあかさない。俺は、自分が唯一頭を下げねばならぬ相手が、そのような御方であることの方を、嬉しく思う」

「その言い方ですと、レオン、あなたはシャルル様の地位ではなく、シャルル様ご自身を尊敬なさっているように聞こえますわ」

「他の奴らには秘密だが、事実、その通りだ。俺は、あのシャルル・ドルー＝オクシタンを、心底、敬仰《けいぎょう》している。体こそ虚弱であられるが、あの方ほど意志の強い方もおられまい」

「シャルル様がご立派な方でよかったですわね。そうでなかったら、あなたは、王位簒奪《さんだつ》でも企《たくら》みそうですもの」

ブランシュが際どい意見を口にすると、レオンが人の悪い笑顔を浮かべる。

あぁ……。つまり、気に食わない王なら、そうしかねない。と、そういうことなのね。

レオンの不遜さに呆れつつ、ブランシュはため息をつき、そしてタルトを一口頬張った。

「シャルル様のご内意は不明……ということは、逆にいえば、臣下は自分の考えで一票を投じることができるのですね。そちらの票は、どのように割れていますの？」

「宰相は、陛下に倣って内心はわからないが表向きは中立だ。リュテス大司教とテュレンヌ大元帥、大臣のふたりが、俺に投票すると確約してくれた」

「では、残る五人は、パンティエーヴル派……ということですか？」

「そうだ。もうひとりの大元帥、サックス伯爵は、昔からマクシムと仲がよいので当然として、残りの大臣四人は……買収されたか弱みを握られたかしているようで、晩餐の招待状を受けとり、動静を探るのがやっとだった」

「では、あなたにとって分が悪い……と、考えた方がよろしいようね」

宰相のリュイヌ枢機卿の出方が気になるけれど……。彼は、シャルル様のご意向に従うつもりなのでしょう。

そうなると、結局は、シャルルの意見次第、ということになる。

そして、ブランシュは、はたと気づいた。

シャルル様は……このままだと、パンティエーヴル公に票を投じるのではないかしら？

宰相以外で多数決を取れば、パンティエーヴル公の方が票数が上だし、何より、彼の妻には、この私がなると決まっているのですもの。

ブランシュの心に、苦痛が生じた。

よりにもよって、私の存在が、レオンの目的の邪魔をしているなんて。あぁ……。結局は、お兄様を騙した一味に、パンティエーヴル公が加わっているのか、いないのか。そのことに問題は帰結するのだわ。

選定会議の前に、真実を突き止められさえすれば、問題ないのだけれど……。

「レオン、選定会議は、いつ行われるのですか？」

「十日後だ」

「そんなに間近でしたの!?」

選定会議の直前ともなれば、票を得るために水面下での運動が、もっとも活発になる頃だ。

あぁ……だからこその、連日の外出だったのね……。その上で、私を楽しませようとまでしてくださって……。

この方が、あまりにも平然としていらっしゃるから、私は、そんな大事な時期だと気づけずにいた。

「ごめんなさい、レオン」

「なぜ謝るのだ？」

「……こんな大事な時期なのに、私を色々なところに連れて行ってくださって……。普通でしたら、それどころではないはずですもの。あなたのお心遣いに、感謝いたします。けれども、もう、私のことはいいですから、あなたはあなたの本分をまっとうしてください」

「俺にとっては、王太子になることも、おまえを楽しませることも、同じくらい重要なのだ。それに、おまえと日中出歩いているからこそ、連日の退屈でくだらない晩餐にも耐えられる。人間、楽しみや癒しがないと忍耐もすぐに底をつくものだ」

「ではせめて、日中の外出はやめて、私かあなたの居室か、書斎で過ごしませんか？　私は、あなたの癒しになるのでしたら……寝台の中でも、…………かまいません、か、ら……」

いやだわ、私ったら、なんてことを言ってしまったの？

これでは、まるで、明日からは毎日昼間に性交しましょうと、レオンを誘ったのと同じことじゃない！

ただ、はじめは外出をやめて欲しくて、次に自分を楽しませるより、もっとレオンが食いつきそうなことは何かを考えただけであった。

「あぁ、私ったら、なんてはしたないことを……！　ごめんなさい、レオン。今の言葉は、お願いです。どうか、忘れてください」

顔を真っ赤にしたブランシュが半泣きになって訴える。

「さて、どうするかな。こんな魅力的な誘いを断るなど、そんな無粋《ぶすい》な真似はとてもできそうにない」

レオンが人さし指をブランシュの頤《おとがい》に置き、真っ赤に染まった顔を上向かせる。

ふたりの視線が甘やかに絡まった。

口づけ、するのだわ。

ブランシュがまぶたを閉ざそうとした時、邸宅からレオンの侍従がやってきた。

「レオン様、ラウル殿がお戻りになりました。そして、アスティから、デニス様とおっしゃる貴族の客人を連れていらっしゃいましたが、いかがいたしましょうか？」

「なんですって！」

甘い雰囲気も吹き飛び、驚愕《きょうがく》にブランシュが大きな声をあげていた。

「マルグリット、どうした？　そんな大声をあげて」

すかさずレオンが——侍従にはわからないよう——ブランシュを制止する。

「いつもは冷静なマルグリットも、ふたりの時間を客人に邪魔されるとあっては穏やかではいられないか。先に客人に挨拶をし、すぐに戻ってくる。ここで待っていてくれ」

そつなくレオンが場を収め、侍従を連れて邸宅へ戻っていった。

ひとり残されたブランシュは、ほう、と息をつき、気を落ち着かせるため緑茶を口にした。

緑茶はすっかり冷めていたが、まろやかな口当たりが心地好い。

一息ついてブランシュが、あらためてデニスがここにやってきたことを考える。

「ラウルが連れてきたというのは、きっとお兄様だわ。いったい、どうしてリュテスまで来たのかしら？　……いいえ、ここで考えていてもしょうがないわ。お兄様が来たのかどうか確かめて、それから、考えても遅くはないわ」

ブランシュが悩ましげにため息をつくと、小間使いがやってきて茶器を新しい物にかえ、ブランシュの前に新たにカップを置き、緑茶を注いだ。

ほどなくして、邸宅からレオンとラウル、そしてデニスがやってきた。

やっぱり、客人というのは、お兄様だったのね……。

デニスは見るからに上機嫌な様子で、ブランシュのように無理矢理連れてこられたのではない、というのは、一目見てわかった。

「やあ、妹よ。会うのは久しぶりだね、元気だったかい？」

朗らかで、いっそ呑気《のんき》とさえ言えるデニスの声を聞き、ブランシュは脱力した。

旅装から一度着替えたのか、デニスは清潔なブラウスと子鹿皮のベスト、そして揃いの真っ赤な上着とズボンを穿《は》いていた。

「ええ、まあ。元気にしていますわ」

一国の国家元首が、首都を離れるという考えなしの振る舞いに、ブランシュが眉を寄せる。

「お兄様、いったいどうして、アスティを離れ、リュテス……いいえ、カンペール公爵の屋敷にいらっしゃったのですか？」

「僕は、おまえのためにここを訪れたんだ。おまえの恋を、成就《じょうじゅ》させるためにね」

「私の恋……を成就……？　いったい、どういうことですの？」

「いや、だから……おまえが王宮から姿を消した時、レオンが残した置き手紙に、そう書いてあったのだ。レオンとそなたが互いに一目惚れして恋に落ちたと。どうしても、二世を誓いたいから、駆け落ちすると……」

「…………」

「だから僕は、おまえとレオンの恋が成就するようにと、追手を出そうとする重臣どもをなんとか押さえて、ふたりの逃避行に手助けしたのだ」

にこにこと、さもいいことをしたという表情で、デニスが言ってのけた。

しかし、それを聞いたブランシュはため息をつき、そしてがっくりと肩を落とした。

「お兄様。私は、お兄様のその、人を信用なさるところは、素晴らしい美点と思います。けれども、なぜ、会ったばかりの者が書いた手紙を、そのまま信用なさったのですか？　それは私をかどわかした者がついた嘘だと、なぜお疑いにならなかったのですか？」

「あ……」

いいことをしたつもりでいたデニスが、ブランシュの指摘に呆けた声を出す。

「私は、レオンに恋をしたのではなく、かどわかされてここまで連れて来られたのです」

「なんてことだ……。僕は、また、騙されてしまったのか……」

叱られた子犬のような顔をして、デニスが天を仰いだ。

ブランシュが絶句し、レオンとラウルが傍《かたわ》らでひそひそと言葉を交わす。

「いやいや、まさか、あの手紙を疑いもしなかったのか」

「なんだか、真面目に計画を立てた俺たちが馬鹿みたいですね、レオン様」

「それを言うな、ラウル。俺だとて、まさか、デニス公がここまでとは思わなかった」

ラウルとの会話を終えると、レオンがブランシュの隣の席に腰をおろした。

そして、慈愛に満ちた表情を浮かべ、優しくブランシュの肩を抱く。

「おまえは……本当に、苦労したんだな……」

労りに満ちたレオンの言葉ではあるが、あまりありがたくは思えなかった。

同情はありがたいが、それはイコール、アスティ公国の恥であったから。

「……私が、結婚を諦めてまで、お兄様の支えになろうと思っていた理由を、ご理解できましたでしょう？」

「骨身に沁《し》みて、理解した。だが、俺はおまえを諦めるつもりはないし、おまえも、自分の幸せを諦める必要はない。しっかりした臣下を見つけデニスの腹心にすれば良い」

「そう……かもしれませんわね。……お兄様とウマの合う、私心なく仕えてくださる知謀に満ちた者が見つかれば、あるいはそういうことも、あるかもしれません」

でも、そんな都合の良い臣下がいるのかしら？

アスティはよく言えばおおらか、のんびりした国柄だ。生き馬の目を抜くような外交の世界でデニスがやっていけるほどの知謀としたたかさを持った人物は少ないであろうし、それだけの人物がデニスに誠心誠意仕える保証はない。

とはいえ、ブランシュはレオンが自分を諦めないと言ってくれたことが嬉しく、無闇にその言葉を無理だと否定したくなかった。

……私、どうして、レオンが私を諦めないと言ってくださって嬉しかったのかしら？

ブランシュが内心で小首を傾げた時、デニスがとんでもない発言をした。

「妹よ、おまえはレオンにかどわかされたというが、僕には、ふたりは愛し合う恋人同士にしか見えないのだが……」

「っ！」

「ほう。それはそれは。アスティ大公から見ても、そう思えるか」

デニスの言葉に、ブランシュが息を呑み、レオンが上機嫌になる。

「そ、そんなこと……」

弱々しい声で言いながら、ブランシュは雷に撃たれたような衝撃に襲われていた。

もちろん、私はレオンのことを、もう嫌いではないわ。こんなに良くしてくださる方を、嫌いでいることなど、難しいもの。

あぁ……でも、お兄様が言ってるのは、そういう意味じゃないわ。私がレオンに恋をしていると、愛していると、言っているのよ。

そうだ、と、すぐに認められない。けれども、反発して否定することもできない。……私は、レオンを、愛している……のね。

こと、ここに至って、ようやくブランシュは自分がレオンを異性として慕《した》っていることを認めた。認めた途端、胸の鼓動が速まり、隣にいるレオンを強烈に意識してしまった。

「…………」

「どうしたんだい、妹よ。黙りこくって。また何か、考え込んでいるのかい？」

にこにこと、人の好い笑顔を浮かべながら、デニスがブランシュの隣にやってきた。

「そうだ。すっかり喉が渇いてしまってね。僕にも、お茶を一杯もらえるかな？」

「えぇ……。お兄様、ごめんなさい。私ったら気が利かなくて」

ブランシュが椅子から立ち上がり、ポットに入った緑茶をカップに注いだ。

デニスとラウル、そしてレオンの分もお茶を入れ、その間にデニスとラウルが椅子に座って、小さなテーブルが満席となった。

ブランシュが再び椅子に座り、ぬるくなった緑茶を口にする。そんなブランシュの一挙手《いっきょしゅ》一投足《いっとうそく》を、左隣に座るレオンが嬉しそうな顔で見守っていた。

なんて、優しい目で私を見るのかしら……。私は、この人に、これほど深く、愛されているのだわ。

ブランシュの全身を歓喜が襲う。

けれども、右の隣を見れば、善人を絵に描いたような兄が座っていた。

レオンのことを愛しているが、同時に、この兄を見捨てることも、ブランシュにはできなかった。兄を見捨てることは、アスティの民を見捨てると、同義だったから。

「……お兄様、私のことはともかく、なぜ、リュテスにいらっしゃったのですか？」

「もちろん、おまえに会いたかったからだよ。僕の、愛しい妹よ。それに、ラウルから、パンティエーヴル公が僕を騙した可能性があると聞いて、シャルル様におまえとパンティエーヴル公の婚約破棄を直接訴えようと思ったんだ」

「騙されたという確たる証拠がありませんと、婚約破棄はできませんのよ。庶民の婚約ならばともかく、これは、国と国との契約なのですから」

「その、証拠のひとつ、シャルル様からの親書を持参したんだ。こんな大事な物を運ぶ役目は、他の人には任せられないだろう?」

そう言うと、デニスが懐を探り、親書を取り出した。

「なぜ、シャルル様からの親書が、婚約破棄の証拠になるのでしょう?」

「それは、投資の話を僕に持ちかけてきたのが、シャルル様だからだよ」

「なんですって!?」

意外な人物の名を聞き、ブランシュが驚きに目を見開く。

「あぁ、親愛なる妹よ。さすがに僕だって、ただのゼーラント商人が持ってきた投資話を鵜《う》呑《の》みにしたわけじゃない。どうか、僕にも弁明の機会を与えてくれないか」

芝居がかった口ぶりで弁解しながら、デニスがブランシュに親書を渡す。

早速ブランシュが親書を広げ、内容に目を通しはじめる。

「親書というより、投資を勧めるパンフレットのような内容ね……」

「そうだな。ゼーラントで新造船が予想以上に早く納品されたが、急なことで投資が集まらない……。そこで、オクシタンに投資しないかという話が持ち込まれた、と……」

後からレオンが親書をのぞき込み、内容を要約する。

「オクシタンでも話が急すぎて、出資者が集まらなかった。アスティとの絆《きずな》を深めるため、お兄様に話を持ちかける……。出航は一週間後。急いで金貨二百万枚を、使者のゼーラント商人、ボニファス・クーンへ預ければ、投資の倍の利益を保証する……」

親書を一読して、ブランシュはため息をついた。

なぜ、オクシタン国王がゼーラント人——しかも一介の商人だ——を、使者とするのか。それに、希望する出資金額と得られる利益、期日が迫っていることだけを強調する内容。保険は、利益の確定日は、利益の受け渡しは、そういった細かい、けれど大事なことがすべて抜け落ちている。どう見ても怪しいことこの上ない誘いなのに……。

首を振って沈黙するブランシュの手から、ひょいとレオンが親書を抜き取る。

そうして、じっと手紙を見つめ、口を開いた。

「………これは、シャルル国王の直筆ではないな」

「手紙を代筆させ、国王がサインだけする、というのは、ままあることですわ」

「そうだな。……だが、仮にも他国の君主に親書を出すのに、代筆はないのではないか？

俺が国王ならば、直筆にする」

ブランシュは、オクシタン国王の人となりを直接は知らない。

しかし、レオンは知っている。その人格を、認めてさえいる。

「シャルル陛下なら、絶対に代筆はさせないということでしょうか？　とはいえ、まだ代筆の可能性は捨てられません。何より最後に押されたオクシタン国王の印璽《いんじ》。これが本物であることは間違いありません」

印璽は、王が公式に出す文書や親書に押される印章だ。

王位の象徴のひとつで、宝冠や王笏と同等に扱《あつか》われる。

母のマルグリットから、各国国王の印璽がどういうものであるか、ブランシュは叩き込まれていた。それは、兄のデニスも同様で、国家元首の最低限の知識、教養であった。

「なるほど、もし、この印璽が本物であれば、アスティ大公がこの手紙を陛下の親書と信じるのも、無理のないことだ」

「レオン、あなた、まさか……。印璽が偽物とでも言いたいのですか？」

ブランシュがあらためて印璽を凝視する。

長い年月——そう、ドルー家が王位に就いてから二百年以上——使われ続けた印璽は、すり減り、独特の欠けや薄れがある。

ブランシュの知識は言っていた。

ここまで自然で緻密な偽物など、そうそう作れる物ではない、と。

ブランシュの反論に、レオンが首を左右に振った。

「違う。印璽は本物だが、手紙が偽物だと言いたいのだ。サインが、シャルル様の筆跡に似せてはあるが、文字に勢いがない」

「では……誰かが、偽の手紙を書き、本物の印璽を押したと……？」

信じられない。そう心の中でブランシュが叫んだ。

印璽は、管理に専門の役人が置かれ、使わぬ時は厳重に保管される。

押印を許されるのは、ただ、国家元首のみ。

この前提が崩れてしまうということは、国家元首にとって、国家運営の礎《いしずえ》の破綻《はたん》と同義であった。

「ブランシュ、現実を見ろ。おまえは大公の娘であるが故に、本物の印璽を統治者以外の人間が使用するという発想がない。いいか、この世に絶対はない。……俺の、おまえに対する愛情以外はな」

ちゃっかりと自分の想いをアピールしつつ、レオンがブランシュに指摘する。

「とりあえず、ここでぐだぐだしていてもしょうがない。陛下にこの手紙を書いたかどうか、直接、聞きに行くとするか」

「えっ!?」

「毎週火曜日……明後日だな、の晩は、陛下主催で舞踏会があるのだ。俺も、当然招待されている。おまえも俺の婚約者ということで、同伴してもらおう」

「そんな、無理です。私が王宮に行けば……さすがに誰かがアスティ公女と気づくでしょう。舞踏会へは、あなたおひとりで行ってください。私は、ここで留守番をしています」

「……いいや、おまえを連れて行く。そう決めたのだ」

「でも……」

言い渋るブランシュに、レオンが耳元で囁いた。

「おまえが行くことに問題はない。俺が強引な男だということは、知っているだろう？　大人しく、俺の決定に従うのだ」

晴れやかな笑顔を浮かべると、レオンがデニスの方へと向き直った。

「デニス、俺が王太子に決まるまで、ぜひ、リュテスに滞在してもらいたい。私は多忙で直接のもてなしはできないが、かわりに、ラウルを君の案内役につけよう。俺の願いを、ひとつかふたつ、聞いてくれたら、リュテスでの遊行費は、すべて俺が出させてもらう」

金貨を餌に釣るようなレオンの申し出に、デニスが瞳を輝かせた。

「もちろんだとも、未来の義弟よ。君の望みなら、いくらでも僕は叶えよう」

「お兄様、なぜレオンを義弟と呼ぶのですか？　私とレオンが結婚すると決まったわけではないのです。一国の君主は、軽率な発言をするものではありませんわ」

ブランシュが柔らかい口調でデニスをたしなめる。

お兄様がこうなのだもの。私は、とても他国に嫁ぐことなどできないわ……。

ふっとこがらしのような悲しみが、ブランシュの心に吹き込んだ。

「いやでも、ブランシュ。おまえは既に……レオンと契《ちぎ》りを交わしたのだろう？　だったら、おまえはもう、レオンと結婚する以外にないはずだ」

身内から性交を匂わす発言をされ、ブランシュが息を呑んだ。

私が傷物になったことを、レオンがお兄様に話したというの!?

羞恥と身の置き所のなさに、ブランシュが真っ赤になった顔を両手で隠す。

指の隙間からレオンを恨めしげに見ると、デニスが拳で手のひらを打った。

「違うよ、我が妹よ。レオンは僕に何も言っていない。僕は、おまえを見てわかったんだ。男を知ると、女は肌が変わるし、体型も変化する。何より、おまえは輝くばかりに美しくなった。——眩しいほどにね」

「そんな風に変わったなんて、嘘ですよね？」

「いやいや、嘘じゃない。本当だよ。美しい妹よ」

心底そう思っているような、真摯な口調でデニスが語りかける。

統治者としては今ひとつでも、デニスは人の心——こと恋心——に関しては、細やかに読み取れる質《たち》なのだ。ブランシュも、言っていないという言葉を信じた。

私が……美しく変わった……？　本当に？

ブランシュがレオンを仰ぎ見る。きらめく青い瞳が、ブランシュを見ていた。

それでも、私は……この腕に飛び込み、すべてを預けることは、できない。

目の前にデニスが現れて、ブランシュは、急に現実を鼻先につきつけられた気分になっていた。一国の統治者としては、あまりにも頼りないデニスを放ってはおけない。その想いが強くなっている。

急に意気消沈したブランシュに、デニスが不思議そうな顔を向ける。

それから、ラウルが主となり、ブランシュにこれまでの状況を説明した。

デニスがアスティ貴族としてここを訪問したこと、そして、ブランシュがマルグリットと呼ばれ、リグリアの貴族の娘ということになっているのも、承知していると。

「そうですか……。では、私はお兄様を、デニス様と、お呼びすればよろしいのですか？」

硬い表情をして答えたブランシュに、レオンが首を左右に振ってみせた。

「いや、その必要はない。デニスには、このままマクシムの屋敷にアスティ大公として訪問し、できればそのまま、選定会議当日まで、滞在してもらうつもりだ」

「そうなのか!?」

これについては打ち合せをしていなかったのか、デニスが驚きの声をあげる。

レオンとラウルが目配せをし、そして、ラウルが口を開く。

「パンティエーヴル公の屋敷にご滞在の間は、私がお供として侍らせていただきます。アスティ大公には、ブランシュ公女の幸せのため、ひと肌抜いでいただきたいのです」

「なんと！　ブランシュのために、僕にもできることがあるのか!?」

「あなた様を騙したという、ボニファス・クーンという商人について調べたいのですが、どうやら偽名のようなのです。クーンの顔を知っているのは、あなた様だけ。そこで、万が一、クーンがパンティエーヴル邸を訪問した際、それを、教えていただきたいのです」

「クーンが訪れなければ？」

「それは、それで仕方のないことです。選定会議が終わった後、たっぷりと大陸一の都、リユテスをご案内いたします」

「わかった」

しっかとうなずくデニスに、ブランシュが不安な目を向ける。

「お兄様、そんな安請け合いをして、大丈夫ですの？」

「大丈夫さ。ラウルは、とても頼もしい男なんだ。なにせ、おまえに会いたいという僕の意向を汲《く》んで、僕がリュテスに行けるよう重臣たちを説得してくれたんだから」

いつの間にか、デニスはすっかりラウルを信用しきっているようだった。

そこへ、レオンが体をかがめ、ブランシュの耳元で囁いた。

「ラウルは俺より頭がいい。デニスをしっかり操縦するさ。それに、本当の目的はクーンを探すことではない。ラウルを、パンティエーヴル邸に出入りさせることとさ」

「あ……っ！」

レオンはパンティエーヴル公のもとに密偵としてラウルを送り込むつもりなのだ。パンティエーヴル公の動向を探るのに、これ以上の人選はないだろう。

「あなたという人は……。本当に、悪巧みがお上手ですこと」

「惚れ直しただろう？」

得意げな顔をするレオンに、〝はい〟と答えることもできず、ブランシュは慌ててうつむき、そして緑茶の入ったカップを両手で持った。

「…………。あなたはきっと、この大陸全土を外交と諜報《ちようほう》で、意のままに操るオクシタン王となるのでしょうね」

ブランシュには、オクシタンの国家を司《つかさど》る女神が、レオンの金茶の頭に王冠を被せる姿が見えたような気がした。

ああ、そういうことなのね。つまり、王太子選定会議そのものが、既に、国王としての資質を問うものなのだわ。

謀略渦巻く選定会議を、軽やかに飛び越える。それほどの人物でなくては、古い家系に替わって新たな家系が王になることを、オクシタンの玉座が、許さないのだ。

そうして、オクシタンは家系が替わるごとに、新しい——活力と知略に満ちた——王を戴いて、更なる繁栄の階《きざはし》をのぼるのだ。

「オクシタン王になったら、か……。おまえは俺が王太子になると確信しているのだな。……これは、最高の応援だ」

レオンが嬉しそうに笑った。その笑顔はきらきらと眩しく、ブランシュは、レオンから目が離せなくなってしまう。

ああ、駄目だわ。好きだと認めた途端、どんどんレオンに惹かれてゆく。

耳当たりの良い声が、好奇心旺盛に輝く青い瞳が、純金のような金茶の髪が、肉厚の色気を湛《たた》えた唇が、すべてが好ましく、そして慕わしいのだ。

心が——いや、魂《たましい》が——レオンに向かうのを、ブランシュは止められない。

恋に溺《おぼ》れそうになったブランシュだが、デニスの声で冷静に返った。

「ブランシュ、初めて見る菓子があったが、なかなか美味い。おまえはもう食べたかい？」

「——どのお菓子ですの？」

「これだ。教会の釣り鐘のような形をしている」

デニスの指さした菓子を見て、レオンが口を開いた。

「それは、カヌレだな。俺の領地ではワインを長期熟成させるために、清澄という工程がある。要は、メレンゲをワインに入れて不純物を取ることだ。卵黄が大量に余るから、卵黄をたっぷり使った菓子を考えた者がいて、それが、今、わが領地で大流行している」

「ほう。カンペール公の領地には、賢い者がいたものだ。なぁ、ブランシュ」

デニスがこどものように無邪気な顔で菓子を頬張る。あまりにも屈託のないその様に、ブランシュとレオンが顔を見合わせて微笑んだ。

まるで、夫婦のようにふたりの心がつながった瞬間だった。

いつまでも、こんな風にレオンと日々を過ごせればよいのに……。

泣きたいような、嬉しいような。

言葉にしがたい感情を胸に溢れさせつつ、ブランシュはレオンにまなざしを注いでいた。


そして、一日が過ぎ、火曜日――舞踏会――の日が訪れた。

その間に、デニスはラウルとともにパンティエーヴル邸への潜入に成功していた。

ラウルからは、一日に一度、カンペール邸に出入りする様々な商人を介して、レオンのもとへ手紙が届く手はずになっている。

大至急の時は、カンペール邸の使用人が直接、そして非常事態の際は、デニスを連れてラウルがカンペール邸に戻る、という風にあらかじめ段取りも決めていた。

書斎で、ラウルから届いた火曜分の――すなわち、月曜に起ったことを報告する――手紙を読んでいたレオンのもとを、不安げな顔でブランシュが訪れた。

「……本当に、私が王宮に行って、大丈夫なのでしょうか？」

ブランシュは、柔らかい黄色のオーバードレスに、白のインナードレス、リュテスで流行の巻髪に、真珠をあしらったヘッドドレスという服装をしていた。

肩から胸を覆うのは、リボンに繊細なレースを縫いつけた一種の飾り襟で、大粒のペリドットとケシパールのブローチで留めてある。

ここ二日で、生来の美しさに、なんともいえない柔らかさが加わったブランシュには、ぴったりの装《よそお》いであった。

「何度も言わせるな。問題ない。あぁ、舞踏会用のそのドレス、とても似合っているぞ」

長椅子の肘掛けに頭を載せ、クッションに体を預けたままレオンが答える。

レオンの方も、あとは上着を着ればすぐに出られるところまで準備が終わっている。

レースが幾重にも縫いつけられたブラウス、金糸を使って織られた赤いズボン、ミルク色の絹地に刺繍《ししゆう》がほどこされたベスト、上質な仔牛の皮を使ったブーツといった具合だ。

「ありがとう。あなたも、とても似合っていてよ。……そうではなくて、今日の舞踏会のことです。私を同伴して、もし正体がばれたら、あなたのお立場が悪くなります」

そして、レオンがアスティ公女を連れているとわかれば、必然的に、マクシムの耳にも入り、パンティエーヴル邸にいるデニスの立場も悪くなる。

ラウルがついているとはいえ、デニスは童子のように頼りなく、際どい場面でうまく立ち回ってパンティエーヴル邸を抜け出すなどという芸当は、ブランシュには不可能に思える。

不安に駆られたブランシュが、切羽詰《せっぱつ》まった顔で尋ねると、レオンが手を振った。

「おまえは、俺が下手を打ったらデニスの身が危ういと心配しているのであろう？」

「お兄様のことは、もちろん心配ですが、あなたのことも同じように……」

「そうそう、デニスからおまえに手紙があるぞ。パンティエーヴィル邸では、宿泊費として毎日金貨三枚徴収されると、ぼやいていた」

ブランシュの弁解を封じるように言葉を重ねると、レオンが封筒を摘《つま》んでこれ見よがしにひらひらさせる。

案外素直にレオンは手紙を渡し、澄まし顔で別の手紙に目を通しはじめる。

舞踏会に行きたくないと言ったら、すっかりつむじを曲げてしまわれたわ……。

ふう、と声を出して息を吐くと、ブランシュはデニスからの手紙を読みはじめる。

パンティエーヴル公には、私が天然痘《てんねんとう》にかかって床に伏し、結婚はできないかもしれないと説明したのね。妥当といえば、妥当な理由だわ。

そして、誠意を示すため、直接、詫《わ》びに出向いて、もし、妹が病死しても借金の話はなしにしないでくれと、懇願した、と……。

パンティエーヴル公は、それを信じたのね。お兄様は、パンティエーヴル公が王太子に決まる瞬間をともに祝いたいといって、リュテス滞在中、公爵の邸宅に留まる許しを得た。うまい言い訳とは思えなかったが、つじつまは合っている。

その後は、パンティエーヴィル公はデニスと供と馬にかかる経費を、一日につき金貨三枚徴収すると申し渡された、と嘆きの言葉とともに続いている。

吝嗇《りんしょく》ね……。損して得取れという言葉を、公爵はご存じないようだわ。

正直、ブランシュはマクシムの行動を知って、興ざめしていた。

デニスの手紙から読み取れるマクシム像は、ブランシュに暗い気持ちしか生じさせない。

眉間《みけん》を寄せて手紙に視線を向けたが、『滞在費はラウルが支払ってくれるそうだ』と、嬉々として書かれた文を読み、今度は兄の不甲斐《ふがい》なさにため息をついた。

最後は、マクシムは僕に辛く当たるが、愛人のフランソワーズ嬢は僕に良くしてくれる。辛いことばかりだがおまえのために耐えてみせるという、健気な言葉で締められていた。

「…………最後の結びはお兄様とは思えないわ。きっと、ラウルがお兄様を上手に説得したり励ましたりして、やる気を出させているのね」

「イヤミか？」

「いいえ。心から感心しましたの。できたら、ラウルをこのままお兄様の教育係として、一生、雇いたいくらいです」

「おまえの頼みでも、それだけは聞けないな。あれは、俺の大切な友人だ」

「わかっております。……そうだったらいいのに、と思っただけですわ」

ラウルがお兄様の腹心となってくれたら私は、後顧《こうこ》の憂《うれ》いなくあなたのもとに嫁げるのでしょうけれど。

ブランシュの秘めた願望は、決して口に出されることはない。

悩ましげに息を吐き、ブランシュは手紙を封筒に戻す。

「なんだ。ずいぶんと景気の悪い顔になったではないか」

「色々と、ままならぬことや悩みが多いものですから。ご不快でしたかしら？」

浮かぬ顔から無理に微笑もうとするブランシュに、レオンが声をかける。

「……今日の舞踏会は、仮面舞踏会だ。みな、顔に仮面をつける。だから、おまえの素顔を知る者がいても、なんの問題もない」

「そうでしたの？　でしたら、もっと早く言ってくだされば良いのに。私、この二日というもの、ずっと不安でたまりませんでしたのよ！」

レオンの言葉に、ブランシュが絶句し、そして感情をあらわにして抗議する。

「だから、あの時、問題ないと言ったのだ。おまえはもっと、自分の未来の夫のことを信用せねばならんな。この俺が、みすみすおまえを危険に晒《さら》すと思うのか？」

余裕たっぷりな表情でレオンが返したところで、侍従が、馬車の支度ができたことを知らせにやってきた。

侍従の手を借りて上着を着ると、レオンがブランシュに腕を差し出した。

「オクシタンの誇る、大陸一の王宮へ、いざ出発……といったところか？」

「やめてください。私、ただでさえ緊張しているんですから」

レオンの腕に預けたブランシュの手が震《ふる》えていた。

「なぁに、どんなことになろうとも、俺がその場を収めてみせる」

「そう、信じることにいたします」

それからふたりは馬車に乗った。カンペール邸から王宮までは、馬車で二十分弱といった距離である。

本当に、大丈夫なのかしら……。なぜかしら、胸騒ぎがするわ。

「仮面はこれだ」

馬車に乗るとすぐに、レオンがブランシュに仮面を渡した。

眉間から鼻の中央部分までを隠す大きめのアイマスクのような仮面で、素材は白い紙だ。金色の絵の具で模様が描かれ、左脇には黒い羽根がついている。

「俺は、こちらをつける」

レオンが取り出したのは、同じく紙製で、顔の上半分をすっぽり覆うタイプで、鴉《からす》の嘴《くちばし》のような長い鼻がついた代物《しろもの》だ。

全面が象牙色に塗られているため、まるで骨のようだ。とはいえ、目の周りに黒いラインが描かれているので、ユーモラスさが漂《ただよ》う。

どちらも、リボンで顔に固定するため、両手が使えるようになっている。

まず、レオンがブランシュの仮面のリボンを結び、そして次はブランシュがレオンが仮面をつける手伝いをする。

仮面をつけたレオンの姿に、ブランシュは思わず吹き出してしまった。

「レオン、とてもよく似合ってるわ。まるで、下級悪魔のよう」

「オクシタンの大公爵を、下級悪魔とは失礼な奴だな。おまえは、そうだな……目が見えないだけに、どんな麗《うるわ》しい顔をしているのかと、想像力をかきたてられる。おまえに岡惚《おかぼ》れした男に、仮面を外されないよう気をつけろ。そんなことになったら……」

「私を、お叱りになります？」

「いいや、仮面をはいだ男に決闘を申し込む。俺に半殺しにされる憐《あわ》れな男を作らないためにも、くれぐれも気をつけるように。あと、胸元は間違っても他の男の目に晒すなよ」

リボンとレースで覆われたブランシュの胸元をレオンが指さす。

「そんなことを心配なさるのでしたら、私を舞踏会などに連れ出さなければ良いのでは？……私は、それでもかまいませんのよ」

「そうはできない理由があるのだ」

「私を、どなたかに紹介する約束でもなさったのでしょうか……？」

「いいや、違う。聡明なおまえならば、すぐにわかるだろうさ。あぁ、別に特に不安になることも心配するようなことでもないから、安心しろ」

そう言って、レオンがブランシュの手を握った。

大きな手の温もりに、ブランシュの体から緊張が抜ける。

いずれにせよ、レオンがこのような仮面をしていれば、招待客の視線はレオンに釘付けになる。正体がばれる可能性は低い。ブランシュは、そう楽観的に考えることにした。

リュテスの王宮は、一階と二階、そして屋根裏からなる巨大な宮殿と、二棟の翼棟、そして衛兵のための別棟と王宮で働く者たちのための宿舎からなっている。

もちろん、他にも厩舎《きゆうしや》や庭を手入れする道具のための物置、食糧貯蔵庫や炭や薪《まき》の貯蔵庫、王宮の維持管理のための資材を置く物置など、小さな建物はいくつもあった。

背の高い鉄製の門から宮殿までは、噴水や四阿《あずまや》を含む広大な庭園が続いている。

——庭園だけで、アスティの王宮より広いかもしれないわね——

オクシタンの持つ力に、あらためてブランシュはため息をついた。

このような王宮を所有し、同時に維持するオクシタンという国家、そしてそれを可能にする現王シャルルの統治手腕に、ブランシュの興味が高まった。

お話はできなくとも、シャルル様のお姿を拝見できるだけでも、楽しみだわ。

レオンに手を握られるうちに、ブランシュはいつの間にか前向きになれていた。

手を通じて、レオンの活力が流れ込んでくるような感覚だ。

玄関の前は、馬車がやってきては貴族が降り、をくり返している。移動はスムーズではなく、賑《にぎ》やかといえば聞こえはいいが、人と馬車で混雑した状態であった。

ふたりは玄関のかなり手前で馬車を降り、ゆっくりと足を進めた。

「ずいぶんと、大きな舞踏会ですのね」

「王太子選定会議の直前だからな。俺とマクシムがどんな顔をしているか、見物したいという貴族たちの願望を、陛下が汲《く》んだのだろう」

「あなたは、ご自分が見世物にされることを甘受《かんじゅ》されるのですか？」

「パンとサーカスが、統治の基本だ。貴族たちのガス抜きのため、俺が国王であっても同じ選択をするさ。この仮面とて、そのためのものだしな」

「私が思っていた以上に、あなたは執政……いえ、人というものを理解しているのですね」

ブランシュが感心しながら、称賛の言葉を口にする。

まさに、その時であった。一台の黒い馬車が、強引に馬車の列に割り込んできた。

周囲の者が眉をひそめる中、レオンとブランシュたちの目の前で馬車が止まった。

すかさず御者《ぎょしゃ》がやってきて、踏み台を用意する。

降りてきたのは、目の周囲をわずかに隠す黒い布製の仮面をした、堂々たる体躯《たいく》の三十代半ばほどの男だった。

深く沈んだ赤の絹地に金の刺繡をほどこした上着と真っ黒いズボン、ベストは金糸の布地で、ブランシュは正直、悪趣味に感じた。

横暴な馬車の乗り付け方もあり、ブランシュは、ひと目でこの男が嫌いになった。

「レオン様、あの方はどなたですの？」

「我らが親愛なる友人、マクシム・ド・パンティエーヴル公爵だ」

軽妙な声の返答に、ブランシュが息を吞《の》んだ。

これが……私の、婚約者……。夫となる人……。

驚愕《きょうがく》に襲われつつ、ブランシュはマクシムをあらためて見やった。

髪は濃い茶で、瞳もブラウン。元々の顔立ちはそう悪くはなさそうであるが、表情が傲岸《ごうがん》と高慢を絵に描いたようで、台無しであった。

何より、ブランシュが怖気《おぞけ》を震ったのは、あまりにもマクシムが巨軀《きょく》だったことだ。腕はブランシュの太腿ほどもあり、この男に抱き締められたら、背骨が折れるのではないかと心配になるほどだ。

しかし、ブランシュの不快感が決定的になったのは、マクシムが同伴した女性を見てからだった。

見事なブロンドを最新の髪型に結《ゆ》い、瞳はエメラルドのような緑で、肌は抜けるように白い。仮面をしていてもなお、美人だとわかる。

年の頃は三十前後か。オーバードレスもインナードレスも深紅で、申し訳程度に幅の狭い黒レースを肩に巻き、豊満な胸を惜しげもなく周囲に晒している。

きっと、パンティエーヴル公の愛人でしょうけれど、まるで、娼婦のようだわ。たとえそうであっても、大公爵の愛人ともなれば、それなりの品位があって欲しい。

男の価値は、選んだ女でわかるというが、その点からすれば、ブランシュの中でマクシムの評価は最低となった。

こんな男が、よりにもよって自分の婚約者であるという事実に、ブランシュは目眩《めまい》がしそうになった。

嫌だわ。絶対に嫌。こんな男のもとに嫁《とつ》ぐなんて、私には、耐えられない。

以前のブランシュだったら、マクシムがどんなにひどい男であろうが、悲壮な決意をして嫁いだであろう。

しかし、レオンとともに過ごすうちに、ブランシュも少しずつ変わっていたのだ。

「これはこれは、カンペール公。あなたが女性を同伴されるとは珍しいことですな」

レオンとマクシムの間には三メートルほどしか距離がないが、まるで二十メートル先にいる人間にするような大声でマクシムが呼びかける。

こんな大声で品のない……。この方は、普段から、こんなに他者を威圧するような喋《しゃべ》り方をするのかしら?

仮面をしているのを幸いと、ブランシュは眉をひそめる。

「ついせんだって、ブレシアに行った際に従姉妹からリュテス見物をさせるよう頼まれた遠縁の娘です。名は、マルグリット・メルドミテ」

レオンの答えに、ブランシュが優雅にお辞儀をしてみせる。洗練された物腰に、周囲から感嘆の声があがった。

マクシムは、レオンの同伴者が若く美しいだけではなく、品格漂う清楚《せいそ》な振る舞いなのが気に入らないのか、不快げに鼻を鳴らした。

「カンペール公は、王太子選定会議の直前というのに親戚の面倒を見られるとは、ずいぶん

「王太子になるのは諦《あきら》めたか？」

と余裕がありますな。それとも、もう、王太子になるかならぬかは、確かに大事ですが、それで手一杯になって他のことに目が届かないようでは、とても国全体を見ることなど、不可能でありましょうからな」

マクシムのあてこすりに、レオンがそんな考えをするおまえには王となる資格がないと皮肉で返し、双方が譲《ゆず》らず睨《にら》み合う。

絵に描いたような一触即発状態を、ブランシュは、はらはらしながら見守った。

こんな場所で騒ぎでも起こしたら、選定会議にどんな影響が出るか……。

ブランシュは、ここにはいない国王と宰相のまなざしを、強く感じた。

この場にいる誰がシャルル様や宰相に報告するかわからないのに。いいえ、報告するに決まっている。その時、レオンに不利な報告をされたら……。

そんなことをさせてはいけない。そうブランシュは考え、レオンの腕に腕を絡めた。

「レオン様、噂《うわさ》に名高いリュテスの宮殿を、早く案内してくださいな。私、これ以上少しも待てませんわ。……パンティエーヴル公爵、失礼とは存じておりますが、この田舎娘の切なるわがままを、寛大な心でお許しくださいませんでしょうか？」

若い娘の特権――天真爛漫《てんしんらんまん》さ――を最大限に発揮して、ブランシュが無邪気にマクシムに微笑みかける。

異国からやってきた娘の、生涯一度であろう楽しみを奪うのは、さすがにマクシムも気が咎《とが》めたか、尊大な声で「いいだろう」と応じた。

「ありがとうございます、パンティエーヴル公爵。私、一生感謝します」

両手を胸の前で組み、ブランシュがおおげさにはしゃいでみせる、

「そなたには、すまぬことをした。だがな、マルグリットよ。いずれ、陛下のお許しをいただければ、そなたはこれから何度でも、この王宮を訪れることができるのだぞ」

レオンの朗々とした声が響き、周囲がざわめき立った。

今まで独身を通していたカンペール公が、結婚を考える女性を同伴している。

これは、王宮を席巻する噂話の元であった。

突如《とつじょ》として、周囲の人々の視線がブランシュに向けられた。特に強い視線を、送ってきたのは、ほかでもない、マクシムが同伴した女であった。

あぁ、あの方は、公爵の愛人ではあっても、妻には決して、なれない方だった。

だから、同格の公爵であるレオンが妻にと求めた娘に、嫉妬《しっと》の目を向けるのね。

「パンティエーヴル公が同伴していた方は、どういう御方なのでしょうか?」

宮殿に入り、長い長い大理石の廊下を歩きながら、ブランシュがぽつりとつぶやく。

「マクシムの愛人、フランソワーズのことか?」

「あの方が、フランソワーズ嬢でしたか。兄の手紙にありました。親切にしてくれる優しい人だと……。あのような方だったとは、意外でした」

「そういえば、そんなことも書いてあったな。ラウルからの報告によれば、デニスはフランソワーズが幼い頃に亡くした弟に雰囲気が似ているのだそうだ。男女の恋愛というより、頼

りない弟の世話を焼く姉のようだとあったな」

レオンの答えに、ブランシュは、さもありなんと、微苦笑した。

「フランソワーズは、二十歳の時からずっと、マクシムの愛人をしている。シャンプラン子爵夫人といって、たいそう気の強い女だ。父親は、元はマクシムの部下の軍人だったか……。未婚の娘を愛人にするのは外聞が悪いから、シャンプラン子爵と形ばかりの結婚をし、その後はずっとマクシムのもとで愛人をしている。フランソワーズはマクシムと結婚したいのだろうが、マクシムは、自分と家柄の釣り合う名家の娘としか結婚できないからな」

「しかたのないこととはいえ、お気の毒ですわね。……ねぇ、レオン。愛した娘の家柄が低く結婚が許されない場合……あなただったら、どうなさいます？」

「愛人にする」

フランソワーズへの多分の同情を込めた質問に、レオンが即答する。

「惚れた女を愛人にしたならば、そのかわり、生涯結婚はしない。公爵家は従兄弟《いとこ》か従兄弟の子に継がせて、その娘と生涯添い遂げる。……それはそれで奇矯《ききょう》な振る舞いと後ろ指を差されるだろうが、しかたあるまい。何も、好き好んで不幸な妻を作る必要もない」

レオンの答えに、ブランシュは目が覚める思いがした。

世間の常識では、こういう場合、妻と愛人の両方を持つのが当たり前なのだ。

お母様のことがあるから故のお言葉でしょうけれど……この方は強く優しいだけではなく、繊細なところもあるのね。

初めて知ったレオンの一面を、ブランシュは好ましく感じた。

けれども、それは、幼い頃にとても悲しく寂《さび》しい思いをしたということでもあって……。

優しくしたい。そうブランシュは心の中でつぶやいていた。この方のそばにいて、滅多《めった》に見せない悲しみや心の傷を、自分の存在で癒やせたら、と願わずにはいられなかった。

長い廊下を歩き終え、大広間の手前にある控えの間にふたりは入った。

控えの間は、広さはそれほどでもなかったが、とにかく豪華であった。瀟洒《しょうしゃ》な壁紙、細工を凝《こ》らした揃いの椅子とテーブル。長椅子にオットマン。暖炉を飾る繊細な細工の燭台《しょくだい》、シャンデリア、そして、部屋の至る所に鏡があった。

既に控えの間にはロウソクの明かりが灯《とも》り、計算し尽くされて配置された鏡の反射により、実際よりもずっと明るく、きらめいていた。

「あぁ……なんて素晴らしい……！」

夜とは思えぬ明るさに照らされた居室を見回しながら、ブランシュが豪華さに目をみはる。

「ここは、カンペール公爵家のための控えの間だ。ゆったりと過ごすといい」

「オクシタンというのは、本当に裕福な国家なのですね。控えの間でさえこのように素晴らしいのですから、その富や文化の高さがうかがえます」

長椅子にレオンとブランシュが座ると、すぐに、部屋付の女官——王宮で働く者は、みな貴族かそれなりの家柄の出だ——が入ってきた。

シードルとワインをレオンが頼み、すぐに給仕係が飲み物を持ってきた。

「もう、さがって良い。酌《しゃく》は自分でする」

レオンが給仕係にふたりきりになりたいという目配せをすると、給仕係は心得たという風に――やや下卑《げび》た――微笑で返す。

きっと、給仕係はレオンと私がここで性交するとでも思ったのでしょうね。

粋を至上とする王宮では、一番たやすい人払いの理由である。

人払いはブランシュの望むところではあったが、あらためてオクシタンの王宮の開放的すぎる風習に、ため息をついた。

これだけは、どうにもなじめそうもない文化だわ。少々、恥じらいがなさすぎるもの。

そう心の中でつぶやくと、ブランシュはワインをボトルから酒杯に注ぎ、レオンに手渡した。自分用にシードルの入った杯《さかずき》を手にして、レオンの左隣にあらためて座った。

レオンは給仕係が去ると、すぐに仮面を外してワインを口にした。

そして、いつものようにレオンが左腕をブランシュの肩に回す。

「先ほどのお話ですけれど……、愛した娘を愛人にして、結婚はなさらないというのは、あなたほどのご身分となれば、なかなか難しいことかと思いますが」

「だろうな。だが、考えてもみろ、別にカンペール公爵家が消えてなくなるわけではない。妻を娶《めと》っても、男子が生まれなければ、結果は同じなのだと周囲を説得すればいい」

「……それはそうかもしれませんけれど……」

「愛した娘を名家の娘ということにして、形式だけを整えて妻にする。……いっそのこと、ロタリンギアの王に頼めば、向こうも俺に貸しを作れて、大喜びするかもしれんな」

そう言って、レオンが朗《ほが》らかに笑声《しょうせい》をあげた。

レオンは笑ってはいるけれど、内容は際どさを含んでいる……。オクシタン王に近しい者がロタリンギアの王を頼ると匂わすことで、宮廷のうるさがたを牽制《けんせい》しようというのでしょうが、いらぬ反感を買う恐れがあるわ。

本当に……この方は、危うい。

だからこそ、私はレオンから目が離せなくなってしまう。

心配でもあるけれど、それ以上にこの方が何を語り、何をなすのか、隣で見ていたい。近くではなく、隣で。手紙のやりとりで事後報告を聞くのではなく、隣にいたい。

ブランシュの心の中に、そんな想いがくっきりと浮かび上がってきた。

何がきっかけだったのか。レオンの繊細さやどんな手を使っても愛した娘と添い遂げようという言葉が、そう思わせたのかもしれなかった。

婚約者がいること、頼りない兄のこと。そしてレオンへの想い。何より、実際に見たパンティエーブル公の姿が、自分の心に正直になる後押しをした。

危うい均衡《きんこう》を保つことで、かろうじて抑えていた思いが、たっぷり水を湛《たた》えたコップに、ひと滴の水が入って溢《あふ》れるように、ブランシュの心を一色に染めたのだ。

「あなたがそう言ってくださって……私、とても嬉しいです」

「おまえと俺の間には、身分の問題はないのにか？」

「身分の問題はありませんけれど、問題は、山積みではないですか」

ブランシュはシードルのグラスを小型の円形テーブルに置き、レオンにもたれかかる。

布越しにレオンの体温を感じると、甘く切ない感情が溢れてきた。

「ねえ、レオン。もし……もし、このまま、私がパンティエーヴル公と婚約解消できなかったとしても、私を妻にするつもりは、ある……のでしょうか……」

何度もレオンが口にしたことでも、自らが口にするのは、緊張した。

兄の顔が頭を掠《かす》めるが、ブランシュはそれを振り払い、考えないようにした。

元々、デニスはブランシュとレオンが結婚することに賛成している。兄が頼りないから見捨てられないと、こだわっていたのはブランシュだけだった。

怖い。理由はわからないけれど、とても怖いわ。国のこともお兄様のことも忘れて、自分のしたいことだけを考えるなんて、初めてのことだから……。

私は、正しい道を選んでいるのかと、不安でたまらない。

まるで、深夜に森の中を明かりにもなしに歩んでいるような気がした。

身を固くして、返答を待つブランシュの肩をレオンが抱いた。

「おまえを俺の妻にする。それについては、何があろうと俺の意志は変わらない。障害があれば、どんな手を使ってでも、排除する」

力強い声だった。

逞《たくま》しい男の胸に抱かれ、聞き慣れた――しかし、熱意は少しも衰《おとろ》えない――言葉を聞くと、暗闇に、一筋の明かりが見えた気がした。

状況をすべて忘れ、ただ、自分の心の望みに従うことは間違いではないと、感じられるようになっていた。

私は、この方が、好きだわ。声が好き。大きくて、温かい手が好き。

口の利き方は乱暴だし、横暴で、強引で、自分のやりたいようにするのに、ショコラの最後のひとつを譲ってくださる繊細な気遣いと優しさが……一番、好きだわ。

もちろん、顔も明るい金茶の髪も、いきいきとした青い瞳も大好きだけれど。

頬を薄紅に染めて、ブランシュがレオンの好きなところを心の中で、数えあげる。

「しかし、諦めろとばかり言っていたおまえが、妻にする気があるかと尋ねてくるなど、珍しいこともあるものだ。……もしかして、とうとう、俺の妻になる決意が固まったか？」

いつもの自信たっぷりなレオンの軽口に、ブランシュが目を閉じて、ぎこちなくうなずく。

「…………はい」

蚊の鳴くような声でブランシュが応じた。

一度、声に出して「はい」と答えると、幾分心が軽くなった。

レオンは、何度も私に愛していると言ってくれた……。私も、彼のように自分の想いをきちんと言葉にしなくては。

しかし、それには思ったより勇気が要った。心臓が、早鐘のように鳴っている。全身が熱く、特にうなじが火照《ほて》っている。

それでもブランシュは心を定めて、顔を上げ、潤んだ瞳でレオンを見つめた。

「レオン。私は、あなたの妻になりたい……と、思っています」

幾度もレオンから告白をされていたけれど……、自分から言うのは、こんなに照れてしまうものだなんて。

答えはわかっているのに、ブランシュは時間が妙に間延びして感じた。

早く、レオン。何か言ってちょうだい。なんでもいいから……。

胸元に両手を当てて、ブランシュが不安なまなざしを向ける。レオンは、目を大きく見開いて、ブランシュを見ていた。

「今、なんと言った？」

レオンが体を捩《よじ》ってブランシュの顔を正面からひたと見据《みす》える。

「あなたの妻になりたい。そう申し上げました」

「それはつまり、ようやく、俺と結婚する気になったのだな!?」

レオンの歓喜の声が控えの間に響き渡る。

「はい」

ブランシュが短く答えると、すぐさまレオンがブランシュを抱き締めた。

「ようやくか！　まったく、おまえときたら、さんざん俺を手こずらせたものだな！　やはり、マクシムを実際に見て、俺の方がいいと思ったか？」

「はい。いいえ……。パンティエーヴル公が好ましくない方と思ったのは本当です。けれども、私は、それ以上にあなたの隣で生きていきたい。そう思ったのです」

「そうか。俺のことを好きになったのだな」

「はい」

甘い声を聞きながら、ブランシュが目を閉じた。

「ずっと……あなたの隣にいたい。いつの間にか、そう思うようになっていました。不思議ですね。最初は、あなたのことは、大嫌いでしたのに」

「それは奇遇だな。俺も、おまえに会う前はおまえは大陸一の愚《おろ》かな娘と思っていた」

「お互い、最初の印象は最悪、というわけですわね。それでも、今はこうしているのですから、不思議なものです」

「それには、まったく同意だな。あの時、シャンベリに寄ると決めたことが、まさか、このような結果になろうとは」

蕩《とろ》けるような笑顔を浮かべながら、レオンがブランシュの頬に口づける。

レオンがシャンベリに寄ったのは、私に婚約を思い止まらせようとしてのことだった。会ったことさえない、他国の公女に直接、忠告をしようだなんて……。

「レオン、私、あなたが本当にお優しい方だと気づきました。王太子選定会議を目前に控え、時間がいくらあっても足りないというのに、あなたは会ったことさえない私のために、わざわざシャンベリまで来てくださったのですね。……ありがとうございます」

「たとえ会ったことのない娘であっても、不幸になるのを見過ごせなかっただけだ。……それに、おまえを攫ったおかげで、マクシムを追い落とすきっかけも手に入った」

にこやかに微笑むと、レオンがブランシュの顎《あご》を持ち上げる。愛しげな瞳でブランシュを見つめながら、レオンが顔を寄せてきた。

柔らかに唇が重なり、優しくブランシュの唇を吸い上げる。温かいものが胸を満たし、ブランシュの目頭が熱くなる。

口づけ……。両想いになって、初めての……。あぁ……なんて、なんて……幸せなのかしら……！　恋など、一生しないものだと思っていたのに……。

恋した人と愛を確かめあった後の口づけに、ブランシュは胸を震わせた。

そして、レオンの唇が、くり返しブランシュの唇をついばんだ。唇が離れる時、わずかに引っ張られるその感触に、肌がざわめき、緩《ゆる》やかな快感を生んだ。

ひたすら甘美で、この瞬間が永遠に続けばいいと思うような、特別な時間だった。

「あぁ……レオン……」

「ブランシュ、俺の、愛しい娘……」

唇が離れるたび、ふたりは睦言《むつごと》を交わした。

手を握り、指を絡め、優しく髪を撫《な》でられる。

何度も口を吸われ、ブランシュの唇は、紅をさしたように赤らんでいた。

白磁《はくじ》の頬は薔薇《ばら》色に染まり、青い瞳は幸福にきらめいている。

表情にも仕草にも、愛し愛される喜びが匂い立ち、それが、ブランシュを絶世の美女より

も輝かせた。

「ブランシュよ、今のおまえは、本当に美しい。……舞踏会などには出ずに、このまま屋敷に帰ってしまおうか」

「まあ、レオン。……嬉しいお言葉ですが、舞踏会に顔も出さずに帰られては、それこそパンティエーヴル公に何を言われるのか、わからないのでは？」

「言わせたい奴には言わせておけばいい。どのみち、俺は、今日の目的は既に果たした」

「今日の目的……？　王太子選定会議のための、情報収集ではないのですか？」

「違う。おまえに、マクシムの奴を直接見せてやろうと思ったのだ。あの最低最悪さは、言葉では、とても伝わらないからな」

平然と嘯《うそぶ》くレオンに、ブランシュは絶句してしまう。

「他にも、おまえにこの王宮を見せたかったし、国王陛下にも会わせたかった。陛下の人となりに、興味があるだろう？」

「はい。……よく、おわかりになりましたわね」

「愛する女が何をしたら喜ぶか、そればかりを考えていたからな」

「まぁ……！」

さりげない愛の言葉に、ブランシュが頬を染める。

この方は、本当に私のことを理解して……いえ、理解しようとしてくださっているのだわ。

人と人が、真に理解しあうことは難しい。けれども、思いやりをもって理解しようとしなければ、何もはじまらない。

「あなたとなら、きっと、よき夫婦になれると思いますわ」

にっこりとブランシュが微笑むと、レオンが少し照れ臭そうな——わずかに安堵《あんど》を含んだ——表情となった。

あぁ……。この方は、幸せな家族を知らないから。本当は、ご自身もわかっていらっしゃらないかもしれないけれど、仲の良い夫婦になれるかどうか、不安だったのね。

その時、ブランシュはレオンを愛しい、と思った。そんな不安や悲しみを、決してレオンに感じさせたくない。そうも思う。

愛しています。あなたを、とても大事に思っています。

そう、ブランシュが口にしようとした時、扉が控えめにノックされた。

レオンがブランシュの上からどき、床に落ちていた仮面をつける、そして、わずかに扉が開いて、女官が遠慮がちに声をかける。

「そろそろ、お時間ですが……」

「わかった。……そんなに遠慮せずとも、見られて困ることはしていない」

レオンの朗らかな声に、扉が大きく開いた。

「さて、行くか」

レオンが朗らかに笑って、ブランシュに腕を差し出す。

なんて、無邪気な笑顔なのかしら。こんな笑顔を見てしまったら、微笑み返さずにはいられないわ。

ブランシュは、にっこりと微笑みながら、レオンの腕に手をかけた。

控えの間から大広間に向かう間、長廊下には、ほとんど人がいなかった。

つまりそれは、ほとんどの者が大広間に行った後だ、ということを意味していた。

仮面舞踏会であろうとも、舞踏会は舞踏会だ。序列の低い者から順番に、大広間に入ってゆく決まりは遵守される。

逆にいえば、序列の高い者ほど、たくさんの人々に迎えられることになる。

そして、序列の高低は単純に出自や爵位で決まるわけではない。それに加え、重臣と近しいか、何より王に気に入られているかが加味された上で定められる。

序列が高ければ、王宮で役職についたり、国王から年金を下賜《かし》されたり、王宮内に住むことを許され部屋や家具も上等なものを付与されるとあって、旨みも多い。

何より自尊心を満たすため、宮廷に出入りする者は、少しでも序列を上げるため、血眼《ちまなこ》になっていた。

いよいよね……。オクシタンの誇る、国王主催の舞踏会、いったいどれほど豪華で華麗なのでしょう。

舞踏会には馴れていても、大陸で一、二を争う覇権国家の舞踏会ともなれば、話は別だ。純粋な好奇心がブランシュの心を高揚《こうよう》させる。

大広間は一階であるが、入り口——名を呼ばれ、最初に大広間へ姿を見せる場所——は、二階にあった。

「レオン・ド・カンペール公爵とそのご友人のマルグリット・メルドミテ嬢」

役人の声が朗々と響き、ふたりが開け放った扉から、踊り場へ一歩、足を踏み出した。

「――まぁ」

出迎える熱気と人いきれ、広大な広間を埋め尽くす着飾った男女の群れ。そして、それを一段高い場所から見下ろす自分たち、という構図にブランシュは驚く。

これは……圧巻だわ。人によっては、多くの人達を見下ろすことに、えも言われぬ快感を覚えるでしょうね。

この瞬間、この場はふたつに分かれている。

一段高い場所から見下ろし、視線を注がれる者と、低い場所から見上げる者と。視覚的にも心理的にも、上下関係を強烈に意識せざるを得ない。

見下ろす者は優越を覚え、見下ろされる者は屈辱を感じる。共通するのは、どちらもより後から入り、より多くの者を見下ろしたいという欲望を育てることだ。

しかし、どうあっても頂点はオクシタン国王で、それだけは、揺るがない。

王は頂点から優雅に臣下が争う様を睥睨《へいげい》するのだ。

さながら、蟻《あり》の巣穴に水を入れ、慌《あわ》てる蟻を眺めるが如《ごと》くに。

ブランシュは、人々の視線がまず――王太子候補である――レオンにじっくり向けられ、その後に、同じ熱量の好奇の視線が自分に注がれるのを感じた。

レオンはそのような視線に慣れているのか、悠然と階段を降りはじめる。ブランシュも、視線を浴びることには慣れていたが、今、この場で目立つことを望んではいなかった。

「レオン……これほどまでに、他人に注目を浴びるものなのですか？」

「いつもは、今日ほどではないな。すまない、正直に言うと、俺も、人生で最大の注目を浴びて驚いているところだ。仮面舞踏会で助かった。驚きの顔を無様に晒さずに済んだ」

「ご冗談を。……ありがとう、レオン、少し緊張がほぐれたわ」

しゃんとした姿勢で、優雅に階段を降りながら、ブランシュが苦笑する。

深紅の絨毯《じゅうたん》が敷かれた大理石の階段を、ふたりが衆目を浴びながら、ゆったりと降りた。

——私がレオンにふさわしい娘かどうか、一挙手一投足を値踏みされている——。

ブランシュの内心はともかく、それは、さながら絵画のように美しい光景だった。

レオンに反感を持つ者からは苦々しい表情で、それ以外の者からは、称賛のため息と感嘆のつぶやきでもって受け入れられる。

そして、広間に降り立つと、レオンは片手をあげて朗らかな声を出した。

「エタンプ侯爵夫人、おひさしぶりです。お元気ですか？」

レオンが大人しめの仮面をつけた、ふっくらとしていかにも人の好さそうな中年の婦人に声をかける。

「カンペール公爵、おかげ様で元気に過ごしておりますわ」

「マルグリット、彼女は、エタンプ侯爵夫人といって、陛下の信任が厚く、王妃陛下の召使

い の管理役をなさっている。とても信頼のできる方だ」

「はじめまして、マルグリットと申します」

「シャルロット・ド・エタンプと申します。なんと愛らしい令嬢でしょう。これから、よろしくお願いしますね」

物柔らかなエタンプ侯爵夫人の口調から、ブランシュは穏やかさと母性を強く感じた。なんて、お人柄の好さそうな方でしょう。

そう心の中でブランシュがつぶやいた時、レオンが口を開いた。

「今後、俺に言えない困ったことがあれば、エタンプ侯爵夫人に相談するといい。侯爵夫人、マルグリットをお願いできますでしょうか」

「レオン様のお願いでしたら、お断りするわけには参りませんわ。マルグリット嬢、何かお困りのことがあれば、どうぞ、遠慮なくこの私に相談なさってくださいな」

「異国からやってきたばかりでオクシタンのことは、あまりよく存じておりません。これからたびたびご迷惑をおかけすることになるかと思いますが、よろしくお願いします」

レオンは、エタンプ侯爵夫人を私の相談相手——宮廷での後ろ盾——に、したいのね。

両陛下の信任の厚い、母性の強い人物とくれば、これ以上の人選はない。

「ありがとう、レオン。エタンプ侯爵夫人は、私の亡くなった母のように、優しく愛情深い方に思えます」

「マルグリット嬢のお母様は、お亡くなりに……？」

「はい。二年ほど前に」

「まあ、まあ。こんなお若い娘さんを残して亡くなられるなんて……きっと、お母様もお辛かったことでしょうね……」

エタンプ侯爵夫人が涙ぐみ、目元をふくよかな指で拭《ぬぐ》った。

その時、係の者が高らかに次の参加者の名前を呼び上げた。

「マクシム・ド・パンティエーヴル公爵とシャンプラン子爵夫人」

マクシムが階上に立つと、周囲がしんと静まり返った。人々は、まずマクシムに注目し、そしてレオンへと視線を向ける。

「あなたの方が、パンティエーヴル公より宮廷の序列は下でしたか」

「マクシムは、いくつかの戦争で武功をたて、将軍の称号を持っているからな。その分、上乗せされているのだ」

衆目を浴びながら、ふたりが小声で会話する。その様は、いかにも初々《ういうい》しい恋人同士が内緒話をしているようだった。

階下を睥睨していたマクシムが、そんなレオンを見て不快げに眉を寄せた。

胸を張り、威風堂々といった様でマクシムが階段を降りてくる。フランソワーズは、服装こそ娼婦のようであったが、身のこなしはキビキビとしていて、姿勢も悪くない。

マクシムが階下に到着すると、ブランシュたちとは離れた場所に陣取る。

すると、すぐに恰幅《かっぷく》の良い男がマクシムに近づいていった。

「サックス伯。つまりオクシタンの大元帥《だいげんすい》だ」

すかさずレオンがブランシュに情報を与える。

確か、王太子選定会議で投票権を持ち、パンティエーヴル公と親しい方だったわね……。

ブランシュが見守るうちにも、いかにもやり手の文官といった雰囲気の男が四人、マクシムに近づいてゆく。

四人は大臣で、サックス伯と同じくマクシムに票を投ずるであろうことを教わった。

その間に、リュテス大司教、そして、宰相のリュイヌ公が大広間に現れる。

残るは、国王ただひとり。緊張と敬意、畏《おそ》れ。それらが渾然《こんぜん》となった静寂《せいじゃく》が広間に漂う。

「シャルル陛下とディアーヌ王妃陛下」

大広間にいる貴族や官僚、配膳係や楽士、それに聖職者までもが、一斉に頭《こうべ》を垂れた。

ブランシュもそれに倣《なら》いつつ、階上からの眺め、どんな風であろうかと想像した。

きっと、壮観でしょうね。これほどまでに強烈に王の権威を示し、臣下は臣下に過ぎないとすり込む手段は、ないかもしれない……。

「もう、顔を上げていいぞ」

ややあってから、レオンがそう小声で囁《ささや》いた。

既に、シャルルは大広間の上座、一段高い場所に置かれた、王権を象徴する巨大な椅子に、王妃と並んで腰かけていた。

シャルルの被った仮面を見て、ブランシュは吹き出しそうになった。

「トランプのキングを模《も》した仮面だなんて……。陛下は、とても機知に富んだ方でいらっしゃるのですね」

シャルルの仮面――すっぽりと頭部を覆う被り物だ――姿に、レオンも苦笑している。

「しかも、王妃陛下はクイーンとは。おふたりとも、まるで、トランプからそのまま抜け出たようではないか。……だが、この王宮で、仮面舞踏会といえど、王の仮面を被れるのは、ただひとり。……これはまた、陛下もなかなか考えておられる」

レオンのつぶやきに、ブランシュの表情が引き締まった。

ウィットのようでいて、さりげなく王の権威を示すなんて。

あらためてシャルルの凄みを、ブランシュは感じた。

椅子に座っておられるから、正確な身長はわからないけれど、中肉中背で、特に威圧感があるわけではないわ。けれども、独特の落ち着きと存在感が、確かにあの方にはある。

遠目でも、中肉中背のシャルルの体は、大きく感じるのだ。

「評判通りの方ですわね。オクシタンのため、ここ十年は産業の発展に力を入れ、小競り合い程度の戦はあっても、本格的な戦争にならぬよう、配慮されていると聞いております。そのおかげで、わが国もこの十年、平和を保てました」

「それはそうだな。それがわかってるから、俺も、マクシムの風下に立ち続けてるのだ。もし、戦争があれば、俺はあいつ以上の手柄をたてて、舞踏会であいつを見下ろしてやる」

レオンが苦虫を嚙み潰したような顔をする。

「ご立派ですわ。人によっては、武功を——序列を——あげるため、戦争となるよう王に訴える者さえもおりますでしょうし、過去の歴史でも、それで戦争が起きましたもの。戦争というものは、私はなくならないと思っています。人の欲には限りがありませんもの。……けれども、戦争を起こさないよう努めること、起こってしまった場合、いかに早く終わらせるか努めることにより、戦争のない状況を作り続けることは。可能だと思います」

そう言いながら、ブランシュはシャルルを見つめていた。

「あの方は、私の理想を体現された方でもあります。……私もあなたと同じように、陛下を尊敬いたしますわ」

「それはありがたい。俺も、陛下の政策には全面的に賛成している。だが、時には戦争も辞さない覚悟で交渉にあたることも必要だと考えているが、その点はどうかな？」

「それはそれで正しい姿勢かと思います。自国の国民が不当に侵害された場合など、毅然《きぜん》とした態度で守らずして、どうして国民の信頼を得られましょうか」

静かに会話をするふたりを、エタンプ侯爵夫人が驚きの目で見る。

「レオン様は、ずいぶんと、しっかりした方をお選びになりましたわね。レオン様と対等にお話しされる令嬢を、どうやって見つけられましたの？」

「マルグリットを褒《ほ》めてくださってありがたいことです。が……、少々、話題が舞踏会にはそぐわないものでしたか。私たちも、皆に倣って舞踏会を楽しみましょう」

レオンがさりげなく話題を変えたところで、楽士たちが音楽を奏ではじめた。

「音楽がはじまった。……さて、一曲お相手願えますかな、マルグリット嬢？」

レオンが恭《うやうや》しくお辞儀して、右手をブランシュに差し出す。

ブランシュがレオンの手に自らの手を重ね、そして広間の中央へと歩いていく。

ふたりが並んで歩くと、周囲にいた人々が、退き道を作った。

「ところで、おまえ、ダンスは得意か？」

「恥ずかしくない程度には……。そういうあなたは、ダンスは得意そうですね」

「見てもいないのに、わかるか」

「むしろ、あなたのような方がダンスが下手な方が驚きますわ。どうぞ、しっかり私をリードしてくださいね」

「女性が美しく見えるように踊るのは、大得意だ。期待していろ」

人々の視線を受けながら、ブランシュはレオンの肩に手を置き、身を委《ゆだ》ねた。

これから、私は値踏みされるわけね。レオンの妻に、ふさわしい女かどうかを。

でも、今の私は、他の方にどう思われようとも、全然、気にならないわ。少しでも、レオンの目に美しく映るようにと願うだけ。

レオンが足を一歩踏み出すと、それに合わせてブランシュは一歩引く。レオンが引けば、ブランシュが踏み出し、ステップを踏む。

「レオン、あなたは、本当にお上手ですね。とても踊りやすいわ」

「おまえの方こそ、なかなかのものだぞ。初めて踊るのに、ふたりの呼吸がぴったりだ」

レオンが大きく足を引き、くるりと回って方向転換する。ブランシュは優雅な姿勢を崩さずに、レオンの動きについていった。

ダンスの基本は、ふたりの呼吸がぴったり合うことだ。見つめ合うまなざしと、触れる手や肩から、相手の意志をくみ取り、そして同じタイミングで動く。

ステップには基本があるし、パターンも決まっているから、息が合えば問題ない。

相手の足を踏んだり、ぶつかったりするのは、相手に意識を向けないのが原因だ。

そして今、恋するふたりはお互いしか見えていない。息が合うのも、当然だった。

「素敵ねぇ……。カンペール公爵と踊っているのは、どちらのご令嬢ですの？」

「まだご存じありませんでしたの？　カンペール公爵の婚約者ですよ」

「確か、リグリアの御方だとか」

「どちらの家門のご出身かしら？　リグリアといえば、エステ家が有名ですけれど」

主に女性たちから声があがり、男性はといえばブランシュの若々しくバランスの取れた肢体に視線を向けていた。

しかし、喋り声も視線も、ブランシュを煩《わずら》わせることはなく、ただ、レオンとのダンスを楽しんでいた。

「あぁ……私、こんなに上手に踊れるのは、初めてだわ」

「それはもう、リードが最高だからな」

「しょってる……とは言いませんわ。本当に、最高です。ダンスの教師《せんせい》と踊るより、ずっと上手に、楽しく、踊れるわ」

年相応の、弾けるような笑顔をブランシュが浮かべる。くるり、くるりと回るブランシュは、花のような可憐《かれん》さだ。

曲が終わり、次の曲、そのまた次の曲となっても、レオンとブランシュは踊り続ける。

視界の端で、エタンプ侯爵夫人を中心に、人の輪ができている。好奇心旺盛な人々に、ひっきりなしに話しかけられて、エタンプ侯爵夫人はてんてこまいのようだった。

エタンプ侯爵夫人が「あのご令嬢は、公爵の特別な方のようですわ」という言葉に、悲しげにふたりを見る娘や、涙ぐむ娘が続出した。

しかし、おおむね男性は、レオンに本命ができたことを喜ぶムードが漂っていた。

純粋に祝福する者、これでやっと意中の相手とつきあえると、チャンス到来に燃えている者と、理由は様々であったが。

すっかりレオンとブランシュが、今日の仮面舞踏会の陰の主役となっていた。

王太子選定会議直前、しかもレオンに不利な状況という噂を払拭《ふっしょく》するかの如く、レオンは朗らかで、愛する娘を手に入れた喜びで輝いていた。

そんなレオンの姿に、マクシムは不愉快そうに給仕の盆からワインの杯を取り、深紅の液体を呷《あお》る。

「マクシムを見たか。先ほどから、踊りもせず喋りもせず、ワインを飲んでばかりだ。今日の主役は自分と信じていただけに、俺たちばかりが注目されて、おもしろくないらしい」

レオンが人の悪い笑みを浮かべたところで、曲が鳴りやんだ。

ここまでで、もう、三曲連続でふたりは踊り続けていた。

「……そろそろ、休むとするか。俺もワインが飲みたくなってきた」

踊りの輪の中から抜け出すと、ふたりはエタンプ侯爵夫人のいるテーブルへと向かった。

舞踏会の時は、踊るためのスペースと歓談を楽しむための場所に分かれている。

歓談のための場所には、小型のテーブルがあり、飲み物を楽しめるようになっている。

「おふたりとも、とてもお上手でしたわ」

エタンプ侯爵夫人がにこにことふたりに話しかける。エタンプ侯爵夫人とお喋りしながらワインやシードルで喉を潤していると、そこへ国王の筆頭侍従がやってきた。

「カンペール公爵、陛下がお呼びでございます。お連れ様もご一緒に、とのことです」

「陛下が。もちろん、今すぐ参りましょう。いくぞ、マルグリット」

レオンの同行者であれば、挨拶《あいさつ》くらいはするであろうと覚悟はしていたものの、実際にシャルルと顔を合わせることになり、ブランシュは緊張していた。

ああ……。あの、オクシタン国王に、いよいよ、直接、お目にかかれるのね。

「久しぶりだな、カンペール公爵」

大広間で一番の上座、誰よりも高い場所に、シャルルは座していた。

仮面から漏れる声は、少しくぐもってはいたが、発音の美しい豊かな声であった。

「陛下にお会いしたのは、私がリグリアに発《た》つ前ですから、ひと月ほどになりましょうか」

「リグリアには代理父となりに行ったのに、ずいぶんと美しい娘を連れ帰ってきたと聞いた。今宵《こよい》は、その話でもちきりよ」

「いずれ、正式に陛下より結婚のご許可をいただくつもりでおりました」

なごやかに、レオンとシャルルが言葉を交わしている。そのレオンより一歩引いて、ブランシュは静かに――全身の神経を使って――シャルルの一挙一動を観察していた。

第一印象より、ずっと物柔らかに感じるわ……。しなやかで、強風にも折れない、柳のような強さ……というのかしら。

いずれレオンが王太子となれば、ブランシュはシャルルに父に等しく仕えることになる。この時、ブランシュは完全に、いずれレオンの妻となる立場と自己を認識していた。

現実には、ブランシュの婚約者は、まだマクシムであるにもかかわらず。

「カンペール公、そなたがそうまで惚れ込んだ娘を、私と王妃に紹介してくれ」

「……マルグリット・メルドミテと申します。本日は、両陛下にお会いできましたこと、心より光栄に存じております」

ドレスの裾を摘んで、優雅にブランシュがお辞儀をしてみせる。

「ほう。なんとも可憐な令嬢だ。そうは思わないか、ディアーヌ」

「そうですわね、陛下」

穏やかで絹のような声がシャルルに応じる。

王妃のディアーヌは、オクシタンと西方で接するビアナ国の王女であった。ディアーヌの父である現ビアナ国王は、ブランシュの母マルグリットの従兄弟にあたり、ディアーヌとブランシュは親戚である。

「マルグリットはいくつなのですか？」

「十八歳でございます、王妃陛下」

「人生が一番楽しくてしょうがない頃ですね。……ところで、リグリアにメルドミテという家はあったかしら？　どちらの家門から分かれた家系か、教えていただけますか？」

純粋に、ディアーヌは疑問を口にしているようだった。

しかし、痛いところのあるブランシュにとっては——いずれ正体を明かさなければならないということもあり——、どう答えるのかは、難しい問題であった。

レオンを横目で見たが、レオンもどうやら、自己紹介のみで会話は終わると思っていたのか、ディアーヌが家柄について質問することは予想外のようだった。

しかたがないわ。ここは、私が切り抜けるしかないのね。

「アスティ大公家です。先祖は、故郷《南海の真珠》を忘れぬため、この名をつけたと聞いています」

「なるほど、だから、マルグリット・メルドミテというわけか」

ディアーヌにかわり、シャルルが言葉を紡《つむ》いだ。

ブランシュは、ひたひたと満ちる潮のような不安を感じていた。

手に、じんわりと嫌な汗をかいている。

どうせ嘘をつくのなら、最初からきちんと口裏を合わせておけばよかった。レオンの立場で、王や王妃と会話しないわけがないんですもの。

例えば、控えの間で、そして舞踏会がはじまってから。

いくらでも、その時間はあったはずなのだ。しかし、ブランシュもレオンも恋に夢中で、いつもの冷静さと慎重さを失していた。

「レオン……」

早く、両陛下の前から退出しなければ、とブランシュがレオンの手をそっと握った。

「……どうした？　あぁ、マルグリット、両陛下の前で緊張しているのか」

うまくレオンが調子を合わせてきた。よほど具合でも悪くない限り、オクシタン国王と直接話せる機会を棒に振る者はいない。

「陛下、申し訳ございません。マルグリットを控えの間で休ませたいのですが」

「なんと、気分が悪いと。……誰か、椅子を持て。この令嬢を休ませてやれ」

レオンの言葉に、シャルルが破格の厚意で返す。

大変に光栄なことではあるが、今のブランシュたちにとって、都合の悪い流れであった。

嫌な予感を裏付けするようなシャルルの言葉に、ブランシュの心臓が早鐘のように脈打つ。

「陛下にお仕えする方々のお手を煩わすわけには参りません。ひとりで控えの間に戻ります」

「それは残念、では、控えの間に戻る前に、ひとつ、質問をしても良いか？」

穏やかに、あくまでも穏やかにシャルルが応じた。

「はい、陛下。なんなりと」

「そなたは、私の古い知りあいの若い頃に姿形がよく似ている。その髪の色、柔らかな声や話しぶりまでも、そっくりだ。彼女もまた、名をマルグリットといった。そう、大陸に貞女の鑑《かがみ》と知られた、アスティ大公妃にそなたは似ているのだよ」

突然、母の名を口に出されて、ブランシュは雷に打たれたような衝撃を受けた。

心臓が早鐘のように鳴っている。動揺のあまり、膝が震えそうになる。

いっきに冷たくなったブランシュの手を、レオンが励ますように強く握った。

――ここが、正念場だぞ、ブランシュ――。

そんなレオンの声が、聞こえたような気がした。

レオンは、にこやかな微笑を口元に湛えてはいたが、その笑顔は、ブランシュからしてみれば、わずかに不自然さが漂っている。

「アスティ大公妃は、私たちの結婚式にも参列してくれたので、ディアーヌとも旧知の間柄。マルグリットはアスティ大公妃とよく似ていると、先ほどからディアーヌと話していたのだ。もしや、アスティ大公妃と縁の者ではないのか……とな」

そして、あらためてシャルルがブランシュを見やった。

「そなたには、アスティの訛《なま》りがある。そなたは真実、マルグリット・メルドミテという者か？　もし、そうであるなら、無粋ではあるが、その仮面を外し、私に顔を見せて欲しい」

この瞬間、ブランシュとレオンは、完全に追い詰められていた。

確かに、私はお母様に似ているわ。陛下が、今の私と同じ年頃のお母様を知っていたことから、まさか、お疑いになられるなんて……。

さすがは、オクシタン国王と、ブランシュはその慧眼《けいがん》に恐れ入るしかない。

このまま……、嘘をつき通さなければ。でも、どうやって？

いつの間にか、シャルルの背後に宰相がいた。その傍らに、ブランシュとマクシムの婚約を認めた書状をアスティに届けた使節が控えている。

いつの間に……！

ブランシュが気づいた時には、シャルルの包囲網に囲まれていた。

どう説明すれば、この窮地——いや、事情が判明すれば、罰せられるのはレオンだけだ——を脱せられるか。愛しい人を守るため、ブランシュは必死で考えた。

「それは……陛下……」

ブランシュが苦渋していると、レオンが前に一歩進み出た。

「恐れ入ります、陛下、マルグリットの顔には、つい先日負った傷がございます。そのような状態で素顔を衆目に晒すのは、若い娘にとってはこの上なく辛いこと。できましたら、別室にて、人払いをした上で、仮面を外すことをお許しください」

この瞬間、レオンはこの娘の真実の名はマルグリットでないと、暗に認めたことになった。

陛下を謀《たばか》った不敬に気づいた者たちの間でざわめきが生じ、それは波紋のように周囲へと広がってゆく。

レオンの言葉に、シャルルが「あぁ」と、淡々とうなずいた。

「それでは、ここで素顔を晒させるのは酷というもの。では、会議の間に移動しよう。ディアーヌ、そなたはこのまま舞踏会を楽しむが良い。リュイヌ公、そなたは同行するよう」

そう告げると、シャルルが玉座から立ち上がった。

シャルルと宰相のリュイヌ公が先を行き、その後に使節が続いた。

「レオン、あなた……どうしてあのようなことを……」

「こうなっては仕方がない。真実を告げるのが一番だ。大丈夫、俺が、なんとかする」

レオンは既に腹をくくったのか、その声は普段と変らず、朗らかだった。

「考えようによっては、例の投資の件を、陛下と宰相に——内密に——説明する絶好の機会を得たということだ。そうは思わないか？」

「……レオン、あなた、どこまで楽観的なの？」

この状況でも、レオンはいつものレオンであった。

そのことをブランシュは頼もしく思いつつ、呆《あき》れてしまったのも確かだった。

「おまえという女の心を手に入れられた。それ以上にこの世に難しいことなど、俺にとってはありはしない」

「私は……あなたが罪に問われないよう、精一杯務めます」

ふたりが並んで歩き出すと、その背後から——ふたりを見張るように——シャルルの侍従が続いた。

会議の間は、宮殿の右手奥、右翼棟に近い場所にあった。

大きな長テーブルが中央に置かれ、背もたれのついた椅子が短辺の上座にひとつ、長辺に向かい合せに並べてある。

燭台の明かりがほのかに室内を照らし、壁にはオクシタン歴代国王の肖像画が飾られ、会議に出席する者へ監視するかのような視線を向けている。

なんて独特の雰囲気なの。……いやでも、緊張してしまうわ。

疚《やま》しいところのあるブランシュは、これから起こることを想像し、緊張した。

上座にはシャルルが座り、一番近い横並びの椅子に宰相、そして使節が続いた。

レオンが宰相の正面に座し、その隣にブランシュが腰を降ろした。

侍従は、シャルルの仮面を取った後は、静かに扉の前に立っている。

シャルルが仮面を外したので、宰相も仮面を外し、レオンと使節もそれに倣った。

宰相は、いかにもやり手といった、鋭い、鷹《たか》のような風貌をしていた。

そして、シャルルはといえば、予想外に整った顔をしていた。穏やかで、善良そうな雰囲気だが、どこかとらえどころがない。人が好い以上の、何かを感じさせる。

韜晦《とうかい》や腹芸が得意……といったところかしら。この方は、聡明さと忍耐力、そして強固な意志を持っている。決して、侮《あなど》ってはいけない方だわ。

気を引き締めるブランシュの耳に、宰相の冷ややかな声が聞こえた。

「カンペール公、あなたのご要望通りにいたしました。それは、あなたの地位を慮《おもんぱか》ってのこと、陛下の破格の厚遇であることを、まずはご理解いただきたい」

「もちろん、承知しております」

レオンが、真摯な様子で答える。ブランシュは、この場をレオンに任せるか、自分も発言するか迷い、沈黙を選んだ。

「まず、この娘の名を偽りましたことを、心からお詫びいたします。しかし、私たちには、そうしなければならない、理由があったのです」

「その理由とは？」

レオンの言葉に、宰相が返す。

シャルル様は、尋問は宰相に任せるおつもりなのね。その間は、レオンと私の言動を観察するのでしょうけれど……。

「ブランシュ、仮面を取って、自己紹介を。それだけでいい」

レオンが小声で囁いた。ブランシュはリボンを解き、仮面を外した。

仮面を外すと、ブランシュは顔を上げ、堂々と正面を向いた。

「初めまして、シャルル国王陛下、リュイヌ公爵。私は、ブランシュ・ド・アスティ。陛下のご慧眼の通り、亡くなったアスティ大公妃の娘でアスティ第一公女です」

使節が低い声で〝ご本人でいらっしゃいます〟と告げる。

「公女、こちらを向いてくれ。……あぁ、やはりあの方に似ている。その青い瞳など、まるで、生き写しのようにそっくりだ」

シャルルの声は、懐かしさに溢れていた。

ブランシュを見るシャルルの目は、とても優しく、ブランシュではなく、その面影の中にある若かりし日のマルグリットに向けられているかのようであった。

「あの方の娘が、このように美しく育ったか。時の経つのは早いものよ。……そなたを見ていると、私も、少年の頃に戻ったかのような気がする」

噛み締めるような口ぶりに、ブランシュは、どこかもの悲しさを感じた。

どうしてかしら。シャルル様が、とてもお年を召したご老人のように見えるわ。

「ありがとうございます、陛下」

何かに引っかかりつつも、ブランシュは、心からシャルルに礼を述べた。

「――では、なぜアスティの公女殿下ともあろう御方が、通達もなしにリュテスに参られたのですか？　それだけではない。あなた様は、パンティエーヴル公の婚約者のはず。それが、なぜカンペール公とともに王宮を訪れ、しかも名を偽ったのですかな？」

猛禽《もうきん》類のような宰相の瞳が、ひたとブランシュを見つめていた。

レオンより与《くみ》し易いと判断したか、宰相は照準をブランシュに定めたようだ。

前言通り、レオンがすかさずブランシュを庇《かば》う。

「私がお答えいたしましょう、リュイヌ公。公女殿下におかれては、恥を晒す内容を含みます。女性の口から言いにくいことを言わせるのは、男として、名折れですから」

レオンの言葉に、ブランシュが軽く眉を寄せた。

私の恥を晒すとは……。まさか、もう処女ではないと、レオンと性交した後に掠われたと、ここで明言するつもりなのかしら？

そんな事実をブランシュの口から説明することは、外聞が悪すぎて、とてもできない。

膝の上に手を重ね、神妙な顔をしてうつむきながらも、ブランシュはひやひやしていた。

「……私がリグリアから帰国する途中、縁あってアスティ大公と知りあいになり、王宮に招かれました。私と公女殿下が出会ったのは、その時が初めてです」

ここまでは、真実のみをレオンは話している。

嘘をつく時は、真実を話せ、というのは、けだし真理である。九割の真実に、一割の嘘。真実の光に目が眩《くら》み、闇に潜《ひそ》んだ嘘は、見逃されやすい。

「大公陛下のご厚情により、その日は王宮内の一室に泊まることを許されました。……その晩のことです、公女殿下が、供も連れずおひとりで私の居室を訪れたのは」

レオンの説明に、宰相の眉が上がった。シャルルも眉をひそめる。

ふたりの顔には、〝若い娘が夜這《よば》いをするなど〟という表情が浮かんでいた。

「彼女は、大公陛下には内密にと言って、この書状を持参しておりました」

レオンが懐から、あの、デニスがアスティから持参したシャルルの親書を取り出し、宰相へ手渡した。

「これは国王陛下が大公陛下に、投資を勧める内容の親書です。公女殿下は、印章こそ本物だが、とても国王陛下が書かれる内容とは思えない、と前々からいぶかしんでおられたそうです。そこに、私がシャンベリを訪れたため、千載一遇《せんざいいちぐう》の好機と、私のもとへ相談に訪れた。こと、内容が国王陛下や兄君のご名誉に関わるため、余人に知られることを、極端に恐れておられました。そのために、誤解を招く恐れのある行動を、あえてされたわけです。……私は、正直、かなり落胆しましたが」

レオンの言葉に、その場にいた男たちが、にやりと笑った。

まあ、レオンったら、こんな時にふざけたことを……。

そう思わなくもなかったが、このひと言で、場の緊張が緩み、ブランシュの名誉が回復されたことも確かであった。

「私は、こちらの親書を一読しまして、公女殿下のお考えに賛同いたしました。……手紙の筆跡もご署名も、私の知る陛下の物とは、違っていたからです」

「…………なるほど」

親書に目を通し終えたか、宰相が、侍従を介してシャルルに親書を渡した。

あぁ……確かに、レオンの言う通り、これは、絶好の機会であったわ。シャルル様と宰相と。選定会議の前に、誰にも疑われずに真実を伝えることができたのだから。

ふと、ブランシュの脳裏にマクシムの姿が浮かんだ。

こうなっては、パンティエーヴル公の罪を暴《あば》かなければ、私とレオンが結婚することはできないでしょう。あの男と結婚するか、レオンと結婚するか、今が、人生の正念場だわ。

「…………ふむ」

シャルルは表情も崩さずに親書を読み終えた。

この親書が本物か、偽物か。シャルルの表情から、ブランシュは読み取れなかった。

さすがは、オクシタン国王だわ。韜晦《とうかい》が、お上手でいらっしゃる。

シャルルが発言しないことで、レオンが弛めた空気が、再び引き締まった。

否が応でもブランシュは、この場を支配するのがシャルルだと認識させられる。

宰相が、シャルルの無言の意向を受け、レオンに話の続きを促した。

「この親書の真偽を確かめる方法は、陛下に直接おうかがいする以外にない、と私たちは結論を出しました……。そして、公女殿下がお心を痛めておられたことは、もうひとつございました。それは、ご自身の婚約のことです」

「公女殿下は、我が国のパンティエーヴル公爵と婚約されていますな」

「はい。……そもそも、その婚約は、親書にある投資が原因で成ったものです」

そうして、レオンがブランシュの婚約に至った経緯を簡潔に説明する。

「公女殿下は、大公陛下にもちかけられた投資は詐欺《さぎ》で、その真の目的は、公女殿下をパンティエーヴル公に嫁がせることにあった……とおっしゃりたいのですか？」

リュイヌ公の瞳が燭台の炎を受けて鋭い光を発した。

「それは……」

「カンペール公、私は、公女殿下ご自身のお考えを聞いております」

ブランシュを庇おうとしたレオンを、すかさず宰相が制止する。

こうなっては、私が答えるしかなさそうね……。

レオンの説明を聞いたことで、どういう風に虚実《きょじつ》を混ぜたか見えてきた。

「私は、必ずしもそうだ、とは思っておりません」

「それは、どういうことですかな？」

「証拠がございませんから」

「なるほど」

「いたずらに、貴国の大公爵――しかも王太子候補とまでなられた御方――を、貶《おとし》めるようなことは、考えたくもございません。けれども、ゼーラント商人のクーンとパンティエーヴル公爵が昵懇《じっこん》である、ということまでは、否定いたしませんけれど」

「………なるほど。それが公女殿下のお考えですか。では、重ねてお聞きしますが、なぜ、リュテスにご自身がやってこられたのですか？　その上、隠密での訪問にもかかわらず、王宮に偽名を使ってやってきた。これは、答えようによっては、オクシタンとアスティの、外交問題になりますが」

正直に答えるならば、どちらもレオンに無理矢理……なのだけれど、それを言うわけには、いかないわ。

愛した男に不名誉な罪を負わせるか、無罪放免にするか。それは、今、この瞬間、ブランシュの双肩にかかっている。

シャルルと宰相と、海千山千《うみせんやません》の怪物を相手にして、ブランシュの指先は冷え、心臓はまるで耳元にでもあるように、大きく鼓動を打っている。

ブランシュは、自分を落ち着かせるため、一旦息を深く吐き、そして吸い込んだ。

「……隠密にオクシタンに参りましたのは、その方が、良いと判断したからです。私が公式にリュテスを訪問しましたら、パンティエーヴル公と会わないわけには参りません。私は、彼を疑っていることを、気取《けど》られたくありませんでした。偽名を名乗り、王宮に参りましたのは、一度、パンティエーヴル公を自分の目で見たかったからです」

「なるほど。それでは、あなたがリュテスにいらした目的は？」

「カンペール公爵の協力を得て、パンティエーヴル公がクーンと共謀していたという証拠を得られましたら、直接、陛下に婚約の破棄をお願いするつもりでございました」

「……証拠がなければ？」

「その時は、しようがありません。パンティエーヴル公の、三番目の妻となりましょう」

ブランシュは背筋を伸ばし、姿こそ凜《りん》としていたが、その声は恐怖に震えていた。演技ではなく、そう口にするのも憚《はばか》られるほどに、マクシムの妻になるということが、嫌悪と恐怖の対象だったのだ。

「その覚悟がおありになるのならば、良いでしょう。しかし、なぜ、よりにもよってカンペール公に協力を仰がれたのか……」

「それは、私の手と目と声の届く場所に現れたのが、彼だったからですわ。もし、リュイヌ公、あなたでしたら、私はあなたに助力を請うたでしょう」

「では、カンペール公、あなたはなぜ、公女殿下の要請を承諾なされたのだ？」

「若く麗しい乙女の頼みを断っては、男がすたります」

澄まし顔で答えたかと思うと、レオンの表情がいたずらっこのそれへ一変する。

「それに、あのパンティエーヴル公の鼻をあかす機会を、みすみす見逃す私とでも？……つまり、私たちは利害が一致したのです」

悪びれないレオンの態度に、やれやれという風に宰相が肩を竦《すく》めた。

すると、年若い甥《おい》を諭《さと》す叔父のように、柔らかにシャルルが語りかける。

「カンペール公よ、そなたが、パンティエーヴル公を毛嫌いしているのはわかっているが、その言い草は、まるで、こどものようではないか」

「わかっています。しかし、そもそもあやつが、ことあるごとにつっかかってさえこなければ、私とて、大人の態度を取れるものを」

仏頂面で返すレオンの様は、年相応、いや、それどころか少年のようだった。

意外だわ。普段のレオンからは、別人のよう。……それだけ、シャルル様に甘えているのでしょうけれど。

シャルルはレオンに苦笑で返し、そして、静かに「さて」と言った。

「公女とカンペール公の言い分はわかった。私としては、王太子選定会議の前に知ることができて良かったこともあった。よって、公女が身分を偽ったことは、不問にしよう」

その言葉に、ブランシュは、心の底から安堵した。

「ありがとうございます、陛下」

緊張が緩み、泣き笑いの笑顔をブランシュが浮かべる。

「だが、公女には、このまま王宮に留まってもらう。好きなだけ王宮に逗留《とうりゅう》してかまわないが、カンペール公と個人的に会うことは、叶わぬと思われよ」

「…………っ！」

その言葉に、ブランシュが鋭く息を呑み、同時に体が強ばった。

シャルル様は、レオンと、もう、二度と会うな……と、おっしゃっているの？

呆然とするブランシュの耳に、レオンの強ばった声が聞こえた。

「なぜでございますか、国王陛下？」

その問いに答えたのは、シャルルではなく、宰相であった。

「なぜもなにも、公女殿下は、パンティエーヴル公の許婚ですぞ？　婚約者以外の男のもとに身を寄せるなど、許されることではない」

「しかし、私は、いえ、私たちは……」

テーブルの下でレオンがブランシュの手を握った。ブランシュもレオンの顔を見つめたまま、その手を握り返す。

大きくて、温かい手だった。当たり前のように、ブランシュを守り、導く手だ。

この手が自分から失われる。

そう思っただけで、ブランシュの胸が、引き裂かれたように痛んだ。

「陛下、私は、レオンと離れたくありません。私は、この方を……」

愛している、というブランシュの言葉を、シャルルが途中で制した。

「公女、それ以上は、言ってはならぬ。言えば、そなたの令名に傷がつく。カンペール公も罪に問われることとなろう。私は、そのような事態は決して望まぬ」

大陸で一、二を争う王にふさわしい威厳をもって、シャルルが言った。

言い方こそ厳しいが、内容はブランシュに自重を求め、レオンの罪を見逃すつもりであるということだった。

それをすぐに理解はしたものの、それでも、ブランシュの胸は引き裂かれたように痛む。

「そなたたちがどのような関係かは、言われずともわかっている。……決して、悪いようにはせぬ。だから、今はカンペール公を信じて待つのだ。わかったな」

「はい……」

オクシタン国王直々にここまで言われては、ブランシュも引くしかなくなった。

ブランシュがうなずくと、シャルルがレオンに視線を向けた。

「カンペール公、そなたの責任は重大だぞ。三ヶ月後のパンティエーヴル公と公女の結婚式までに、ふたりの婚約を破棄するに足る証拠を揃え、大法官に訴えねばならぬのだから」

「では、証拠さえあれば、ブランシュの婚約破棄の申し立てを、受けてくださると？」

レオンがブランシュの手を握りながら、シャルルに尋ねる。

「もちろんだ。アスティ大公を騙したこと、その上でその者が公女を娶るとなれば、アスティ公国のわが国への心証が悪くなる」

「……この件、公にしてもかまわないと？」

「公女自身が不信を抱いたのだ。隠し通すことは不可能だろう。風聞が広がり、アスティの反オクシタン派が増え、ロタリンギアに介入の口実を与える原因となるのが、一番まずい」

「その可能性は、否定いたしません。アスティも、決して一枚岩ではございませんから」

アスティは大国に挟まれているだけに、重臣たちの間でも、親オクシタン派と親ロタリンギア派がある。

これを契機に、中立の立場の者が反オクシタン派となることも考えられ、場合によってはパンティエーヴルを裁かないオクシタンに対して、ロタリンギアの助力を得て、宣戦布告という世論の流れになることもありうるのだ。

ブランシュとシャルルがまなざしを交わし、そして、シャルルが口を開いた。

「そういうことだ。……騙した事実は消えぬが、その陰謀を義侠心により明らかにした者が公女と結婚すれば、アスティのわが国への感情も、多少は和らぐであろうよ」

「承知いたしました。この、レオン・ドルー＝カンペール、陛下のご期待に応え、パンティエーヴル公の陰謀を、見事暴いてみせましょう」

芝居がかった口ぶりでレオンが大口を叩く。

ふざけた態度に、宰相は眉を寄せていたが、シャルルは気にした風もなく、レオンに「任せたぞ」と声をかけていた。

「では、公女にはこのまま王宮の左翼――王妃の棟――へ行ってもらう。ディアーヌには、私から、よく言っておく」

これで、話は終わりであった。静まり返った会議の間に、大広間で楽士の奏でる舞踏曲が、遠く微《かす》かに聞こえている。

「陛下、五分だけ、私と公女をふたりきりにしていただけませんでしょうか」

最後に、レオンがシャルルに頼む。

「よかろう。しばしの別れを惜しむといい」

シャルルらが会議の間を去り、後にはブランシュとレオンのふたりが残された。

「……すまなかったな。俺が、無茶をしたばかりに……」

「こうなっては、仕方のないことです」

レオンを責めずに、そう答えたものの、ブランシュはこれからレオンと会えないかと思うだけで、心にぽっかりと大きな穴が空いたようだった。

「あぁ……レオン。私、あなたと離れたくない。いつの間に、私、こんなにあなたを好きになっていたのかしら？」

「俺も同じ気持ちだ。おまえと別れることが、これほど辛いとは……」

レオンの手がブランシュの頬に伸び、顔が近づいてくる。ブランシュが目を閉じると、唇に柔らかく温かいものが触れる。

レオンは口づけながら、ブランシュを抱き締める。

この温もりから……離れなければいけないなんて……！

悲しみが胸にこみ上げ、目頭が熱くなり、鼻の奥がツンとした。涙を流すブランシュに、レオンが慰めるように優しくキスをする。

二度、三度と唇をついばむと、レオンの舌が、ブランシュの唇を割ってきた。

時間を惜しむように、性急に舌を絡め、舐め、歯列をなぞり、口腔《こうこう》を探る。

残りわずかな時間で、ブランシュのすべてを味わい尽くそうとでもいうように。

レオン……あぁ、レオン……。

「ん、……っ。んん……っ」

ブランシュもまた、つたないながらも全力でレオンの舌を受け止める。

このまま、時が止まればいいのに……。

ブランシュの願いも虚《むな》しく、レオンの舌が去り、そして唇が離れてゆく。

口づけを終えると、レオンがブランシュの目に唇を寄せ、涙を舌ですくい取った。

「絶対に、証拠を探し出し、証人を見つけ出す。……それまで、待っていてくれ」

「待ちます」

いつまでも、と、答えたかったが、三ヶ月後にはマクシムとの挙式が控えている。

強い不安に駆られ、ブランシュが震え声で尋ねた。

「……もし、パンティエーヴル公の妻となっても、私を、迎えに来てくださいますか？」

「もちろんだ」

レオンがしかとうなずいた時、廊下から扉がノックされ、宰相の「時間です」という冷たい声がした。

終わりの時がやってきた。

ブランシュは意を決して、自分からレオンに口づける。

触れるだけのキスを終えると、レオンが目を細めてブランシュの顔をのぞき込んだ。

「……おまえの方から口づけしてくるのは、初めてだ。こんなに嬉しいことはない」

レオンが笑顔でブランシュの手を握った。ブランシュがレオンの手を握り返す。

この方は、こんな時でさえ、私を励まそうとしてくださるのだわ。私も……。

辛さを堪《こら》え、ブランシュもレオンを心配させまいと、笑顔を浮かべる。

ふたりはしっかり手を握り、廊下に出る。廊下には侍従だけが待っていて、そのままふたりを左翼棟へと案内する。

ふたりは、ずっと手を握ったまま廊下を歩く。

「明日、両陛下の許可を得て、おまえに必要な物を運ばせよう。少しでも不自由なことがあれば、すぐに俺に伝えるのだぞ」

「ありがとう、レオン。お心遣いに感謝いたします。……そうだわ。お屋敷に戻られたら、私の小間使いに言って、ポプリを受け取ってくださいませんか?」

「ポプリ? わかった。だが、なぜ今、ここでそんなことを?」

「あなたへの贈物です。あなたとリュテスに行った時に買っていただいたクローブで作りましたの。たいした物ではありませんけど、今の私があなたに贈れる物といったら、それくらいしかなくて……」

「俺に、おまえが、贈物を……。ありがとう。どんな金銀宝石よりも、俺にとっては価値のある物だ。一生、大事にしよう。何せ、おまえからの初めてのプレゼントだからな」

レオンが破顔一笑する。その笑顔は、こんな時なのに――こんな時だったからか――、少年のように無垢《むく》で純粋だった。

「本当は、私が直接お渡ししたかったのですが……」

次に会えるのは、いつになるのかわからない。レオンが証拠を揃えられなければ、そんな機会は一度も訪れない可能性もあるのだ。

レオンのことだから、そんなことはない。きっと三ヶ月後の結婚式までには、ちゃんと証拠を揃えてくれるに違いないわ。

私は、それを信じましょう。レオンを信じる以外に、私にできることはないのだから。

ブランシュが心の中でそう決意する。その時であった。

「カンペール公、こちらから先は、ご遠慮ください」

宮殿と左翼棟の境界で、侍従がレオンに告げた。そうして、左翼棟へブランシュを案内すべく現れたのは、エタンプ侯爵夫人であった。

「王妃陛下より、王宮であなたの世話をするよう私が言いつかりました。……カンペール公、これはいったい、どういうことですか？」

人の好いエタンプ侯爵夫人は、これからブランシュが王宮に身を寄せることに、何か、悪いことがあったのではないかと気を揉んでいるようだった。

「エタンプ侯爵夫人、あなたが心配なさるようなことはありません。けれども、私の最愛の人を、よろしく頼みます」

レオンがエタンプ侯爵夫人の手を取り、ふっくらした手の甲に口づける。

「わかりました。……では、行きましょうか、マルグリット嬢」

「……はい」

ブランシュがレオンを見上げた。

シャルル様は、私の身分を、今のところは公にする気はないのね。

そのようだ。真実を察した者には、箝口《かんこう》を命ぜられるだろう。

まなざしだけで会話すると、ブランシュはあらためてレオンに向き直った。

「あなたが迎えに来る日を……私、待っています」

「ああ。俺も、なるべく早く迎えに行けるように努めよう。あまり気に病まずに、王宮での生活を楽しむといい。……おまえには、いつも、笑っていて欲しいからな」

レオンがブランシュの手を取り、白い陶器のように滑らかな手の甲に口づけた。

あぁ、これで、しばらくレオンに会うことができないのね。

レオンの唇が、温もりが離れてゆき、ブランシュはどうしようもなく寂しかった。

無理に泣き笑いの笑顔を浮かべるブランシュに向かって、レオンが軽やかに手をふり廊下を去っていく。その後には、監視するようにぴたりと侍従がついている。

広い背中が見えなくなるまで、ブランシュはその場にたたずみ、レオンの姿を少しでも焼きつけようとまなざしで追い続けたのだった。

舞踏会から途中で退出し、レオンはひとり、カンペール邸に戻った。

ブランシュのいない馬車が無性に寂しく感じたが、それよりも今はするべきことをしなければと、それだけに意識を集中した。

屋敷に到着すると、レオンはすぐに使用人を集め、真っ先にブランシュの小間使いにポプリを持ってくるよう命じた、
それから、ブランシュの荷物をまとめるよう指示を出し、執事に王妃とエタンプ侯爵夫人への贈物の手配を命じ、軽食の用意をさせた。

「マルグリットは、王妃陛下のもとで行儀見習いをすることになった」

レオンがそう告げれば、使用人たちは誰ひとりとしてそれを疑わない。

邸宅に帰って一時間後には、レオンは入浴を済ませ、シチューと薄切りのパン、鴨《かも》のロースト、パテ、色とりどりの野菜のピクルスを赤ワインで喉に流し込んでいた。

「さて、と……。どこから手をつければ、一番早く目的に到達できる？　どうすれば、完璧に証拠が揃うんだ……？」

部屋着の上にガウンを羽織り、書斎にこもってレオンがひとりごちる。

そして、一昨年――デニスが親書をもらった時期だ――の、印璽官が誰だったか、未だ調べていなかったことを思い出した。

「こういうことは、いつも、ラウルがやってくれたからな……」

苦笑して、レオンは執事を呼んだ。執事は既に夜着に着替えていたが、レオンの要望に応え、執事が管理している書きつけをまとめた物を持ってきた。

「印璽官は、この時はお二方いらっしゃいました。おひとりは、フォワ伯爵ガストン様、もうお一方は、シャンプラン子爵のジャン様です」

「……シャンプラン子爵？」

意外な名前が出て来て、レオンは執事に鸚鵡《おうむ》返しした。

「さようでございます」

恭しい執事の返答を聞いた瞬間、レオンは哄笑《こうしょう》していた。

「シャンプラン子爵か！　これはいい!!　だから陛下も宰相も、俺たちに有利な計らいをしてくれたのだな」

ひとしきり笑った後、レオンは執事に退出を許した。

シャンプラン子爵というのは、フランソワーズの名だけの夫のことだ。

オクシタンでは、未婚の娘を愛人にするのは道徳に反するという考えがある。

だから、身分の高い者は、気に入った未婚の娘がいると、適当な――形だけの夫であることを了承する——男と結婚させ、その後、愛人にするのだ。

偽物の親書に本物の印璽が押されていたことに、シャルルも宰相も気づいていたのだ。そして、二年前に誰が印璽官であったかも知っていた。

「つまり、シャルルと宰相は、あの時点でマクシムの関与が濃厚と判断していたのだ。

「つまり、陛下と宰相は、俺を告発者として、利用しようというわけか。そして、最愛の女を人質に取り、俺の尻を叩いた、と……」

——久しぶりに、燃えてきたな——。

陛下と宰相に、いいように使われるのは不快ではあるが、我慢できないほどではない。いや、むしろ、ふたりが驚くような結末を用意してやろうではないか。

そう心の中で嘯いて、レオンが挑戦的な笑みを浮かべる。

能力をふりしぼり、全力で挑まなければ解決しない問題の出現に、レオンの闘争心がこれ以上ないほどに昂っていた。

やる気になったレオンの目に、小間使いが持ってきたポプリがとまった。

ポプリを飾るリボンと薔薇型の留め具に、レオンは見覚えがあった。初めての晩、ブランシュの髪を飾っていた物だ。

「あの晩、——俺がおまえに惚れた瞬間——身につけていた物、か……。初めての贈物としてこれ以上の物はない」

レオンがポプリを顔に近づけて、匂いを嗅いだ。

爽やかなオレンジの香りがレオン好みで、ブランシュの女性らしく繊細な心遣いを感じた。

「俺が、柑橘《かんきつ》系の匂いが好きだと気づいていたか……。それにこのクローブ……リュテスのカフェに行った日には、もう俺のためにとこれを用意していたんだな」

もし、今、目の前にブランシュがいたら、抱き締めて情熱的なキスをする。そしてそのまま、愛の営みをしただろう。

けれども、ブランシュはこの場にいなかった。

その晩、レオンは明け方近くまで書斎にこもった。朝にはいつも通りの時間に起床し、念入りに身支度を整え、王宮へ向かう。

王妃に謁見《えっけん》を願い出て、贈物を渡すと、ブランシュ——マルグリット——の衣服や装身具、生活に必要な細々とした物を届ける許可を得た。

レオンから王妃への贈物は、肌触りの良い布地や綺麗なリボン、繊細なレースといった、上質であるが高価すぎない、けれども女性が喜びそうな品々であった。

「こういう、陛下や他の廷臣らが誤解しようのない贈物を用意できるところが、あなたのソツがなさすぎて可愛《かわい》げがないほど、見事なところですね」

ディアーヌは、いつもレオンに対して遠慮ない——どちらかといえば辛辣《しんらつ》な——口を利く。

「お褒めいただき、光栄です。王妃陛下」

皮肉を込めた褒詞《ほうし》に、にやりと笑ってレオンが返す。

要は、レオンとディアーヌには、多分に似たところがあるのだ。それが、ふたりの間に姉と弟のような、ある種の友情に似た親密さを生じさせている。

王妃の御前から退くと、レオンはエタンプ侯爵夫人に会った。

エタンプ侯爵夫人には、上質な白蠟燭《しろろうそく》――王宮に居住する者の間では、通貨代わりになることもある――を、贈物として渡し、ブランシュの様子を尋ねた。

「ずっと、ふさぎ込んでいます。食欲もないようで、お食事もあまりお召し上がりになりませんでした。私も心配しているのですが……」

「マルグリットには、あまり気を落とすなと伝えてください」

「わかりました。……カンペール公爵、あの御方は、いったい、どういうご身分なのですか？　王妃陛下からは、王族に等しい客人としてもてなすように、と言われていますが」

「決まっています。未来の、オクシタン王太子妃ですよ」

軽やかに返し、レオンがエタンプ侯爵夫人にウィンクしてみせる。

エタンプ侯爵夫人は、レオンの人を食ったような答えにため息をついた。

「……マルグリット嬢の居室は、左翼棟の二階、右から五番目です。カンペール公爵は、ゆっくりと左翼棟を出て、そのあたりを歩いてくださいませ。お声は交わせずとも、お姿だけでも見られれば、きっと、マルグリット嬢も少しは元気になられるでしょうから」

「ご厚意に感謝いたします。エタンプ侯爵夫人」

レオンはエタンプ侯爵夫人の手に接吻《せっぷん》すると、言われた通りに左翼棟を出た。

秋咲きのバラが、庭園を彩《いろど》り、芳香を漂わせる。

抜けるような青空の下、ゆっくりとレオンは左翼棟の前を歩いた。

ひとつ、ふたつ、みっつ、四つ。そして、五つ。

二階の右から五番目の窓を見上げると、黒髪の娘がこちらを見下ろしていた。

空中で、レオンとブランシュの視線が交わる。

二階の窓はガラスがはめ殺しになっていて、開くことはない。

言葉を交わすことはもちろんできず、ふたりはただ、黙って互いの姿を——万感の想いを込めて——見つめるだけだ。

「…………」

このまま時が止まればいい。

たった一晩離れていただけなのに、こんなにもあの娘が懐かしく感じるとは……。

そう思った瞬間、レオンは、自分らしくない、とすぐさま自嘲《じちょう》した。

逢瀬《おうせ》の時間は短く、すぐにエタンプ侯爵夫人がやってきて、ブランシュを連れて行った。

窓を見上げていたレオンは、左手を握り締め、そして開いた。

この手が、なぜ、ブランシュの髪に触れ、手を握り、柔肌を愛撫していないのか、心底、不思議に感じる。

「こんなことは間違っている。つまり、間違いは、正さねばならない。それも、できるだけ早急に、だ」

あらためてそう嘯くと、レオンは宮殿へ向かった。

そうして、印璽官の仕事場に行き、シャンプラン子爵に面会を申し出た。

小半時ほどでシャンプラン子爵と面会を終えると、レオンは一旦邸宅に帰り、以前ブランシュとリュテスの街へ行った時の服装に着替えた。

あの時と同じように街に出て、あらかじめラウルと落ち合う場所として定めてあったエーヌ川南岸地区の薬局へと移動した。

薬局の店先からは、甘いシロップとハーブ、ドライフルーツの香りが微《かす》かに漂っている。

「義弟たちは、二階でレオン様を待っております」

レオンの姿を見ると、カウンターの奥にいた薬剤師が声をかける。

この薬剤師の妻は、ラウルの姉だ。薬剤師が独立するに当たり、店を構えるための資金をレオンが出資したため、このように便宜を計ってもらえる。

レオンが階段をのぼっていると、階上から、女のヒステリックな声が聞こえてきた。

「私をこんなところに連れ込んで、いったい、どうなさるおつもりですの!? デニス様、事と次第によっては、マクシム様に訴えますわよ!?」

「すまない、フランソワーズ殿。だが、僕たちは、いかがわしい目的であなたをここに連れて来たわけではない。それだけは、信じて欲しい」

激高《げっこう》した声の後に、デニスが懸命に説得する声が続いた。

レオンは二階に上がると、デニスたちがいる居室に足を踏み入れた。そして、帽子を脱いでフランソワーズに語りかける。

「シャンプラン子爵夫人。あなたをここに呼んだのは、俺があなたと話をするためだ」

「………カンペール公爵……！」

レオンの顔を見たフランソワーズが、目を丸く見開き、そしてデニスを見やった。

「いったい、これは、どういうことですの？」

そうデニスに尋ねたフランソワーズの声は震えていた。

「よりにもよって、カンペール公爵とこんな場所で会うだなんて……。このことがマクシム様に知られたら、私は、この身を八つ裂きにされてしまいます!!」

フランソワーズの言葉に誇張はあったものの、暴力を振るわれるであろうことと、それへの恐怖は、本物であった。

今日のフランソワーズは金髪を緩やかに編み、肩から胸元は白い絹の布で覆われていた。オーバードレスはシックなブルー、アンダードレスは柔らかな卵色で、ドレスを飾るリボンはベージュに白と、全体的に品良く控えめな装いだった。

これが、この女の本来の好みなのだとしたら、マクシムは愛人に、ずいぶんと無理をさせているのだな。可哀想《かわいそう》に……。

レオンはフランソワーズに憐れみを覚えたが、顔には出さずに口を開いた。

「……マクシムに八つ裂きにされなくても、いずれ、宰相に八つ裂きにされるだろう」

「なんですって？　……私が、いったい、何をしたというのですか!?」

「詳しくは、これに書いてある。シャンプラン子爵から預かったものだ」

レオンが上着のポケットから、封筒を取り出し、寝台に腰をおろしたフランソワーズに手渡した。

デニスはフランソワーズのすぐ近くに立ち、ラウルは扉のすぐ脇の壁に、半ば寄りかかるようにして立っている。

フランソワーズは、いぶかしげに封筒を受け取り、表に書かれた宛名を見た。

「確かに、ジャンの字だわ……」

フランソワーズがシャンプラン子爵からの手紙を読む間、レオンはラウルにシャンプラン子爵と会ったこと、そして話の内容を簡潔に説明した。

「印璽を押したのは、やはり、シャンプラン子爵であった。彼は、マクシムに脅《おど》されていたのだ。言うことを聞かないと、妻が、どうなっても知らないぞ、と」

「……シャンプラン子爵とフランソワーズは、形ばかりの夫婦。ともに暮らしたのは、結婚して最初のひと月ほどだけだ、と聞きましたが……」

「それでも、シャンプラン子爵は、妻を愛しているのだそうだ」

レオンは、ぱっとしない風采《ふうさい》のシャンプラン子爵を思い出していた。

印璽の不正使用がシャルルと宰相に知れたと教えられ、蒼白《そうはく》となりつつも、シャンプラン子爵はフランソワーズに咎《とが》が及ばないか、それだけを気にしていた。

『フランソワーズは、気が強いが、情に厚い、優しい女です。形ばかりの夫の私に、今でもまめに手紙を送って参ります。決して、弱音を吐くことはありませんが、手紙の最後にはいつも、早く私の領地でのんびり暮らしたいと書いてきます。……私も、宮廷での生活は疲れるばかりで向いていません。パンティエーヴル公がフランソワーズに飽きましたら、私も職を辞し、ふたりで田舎暮らしをしようと、そう約束しておりました』

田舎の小さな屋敷で、質素で清潔な衣服を身につけ、時には敷地内で飼う鶏や牛に餌《えさ》をやり、菜園で野菜を育てる。

春には苺《いちご》を摘《つ》んでジャムを作り、秋には森で栗を拾い、手ずから焼いた栗入りのパンやケーキを夫に供する。

そんな生活が、フランソワーズの望みであると、レオンはにわかには信じられなかった。

しかし、真剣な顔で夫からの手紙を読むフランソワーズを見ていると、それはそれで真実かもしれないと思い直していた。

類稀《たぐいまれ》な美貌を持つからといって、華やかな生活を望むとは限らない。

若いうちは誰しもそれに憧《あこが》れるが、年を重ねて、そんな生活に疲れることもある。

そもそも、生まれつきそういう生活が向いていない者もいる。

レオン個人は、そういう場でこそ本領を発揮するが、そうではない人間がいてもいい、そう考えていた。

「……ああ、ジャン。あなた、なんてことを……」

フランソワーズがゆっくり瞬きすると、緑の瞳から大粒の涙がこぼれ落ちた。

「フランソワーズ殿、どうされましたか？」

「なんでもありませんわ、デニス様。私は、夫に深く愛されている。そのことがわかり、ただ、嬉しかったのです」

フランソワーズは小さな布袋からハンカチを取り出して目元を拭うと、レオンに向き直り、まっすぐに視線を向けてきた。

「事情は、この手紙を読んで把握しました。……それで、私にどうしろというのですか？」

「俺に協力してもらう。……もちろん、マクシムは裏切ることになるが」

「……それは……。そんなことをしたら、私は、いえ、私たちは怒り狂ったマクシム様に何をされるかわかりません。ジャンの領地は、マクシムの領地の目と鼻の先なのです」

「だったら、領地に戻らなければいい。いずれ、シャンプラン子爵のやったことが公になれば、犯罪者として裁かれ、爵位も領地も取り上げられるのだぞ」

「…………」

端的にレオンが起こりうる未来を指摘すると、フランソワーズが黙った。

「どのみち、シャンプラン子爵はオクシタン国内に居場所はなくなる。いずれ国外へ行く羽目になるのならば、アスティ公国に行き、デニスの庇護下に入れば良い」

「デニス様の……？」

フランソワーズは、目の前にいる頼りない男が一国の君主であることを、今更ながらに思い出したようだった。

「デニスも、俺の頼みならば、快く引き受けてくれるだろう。なあ、デニス？」

「え？　あ、あぁ。もちろんだよ。……でも、このことについて、シャルル様は目を瞑《つぶ》ってくれるだろうか？」

「国王陛下と宰相には、俺から国外追放で済ませるよう頼む。罪を悔《く》いて、正直にすべて告白し、俺に協力したとなれば、その点を考慮され、恩情をかけてくださるだろう」

レオンには、そうなるという勝算がある。

「そうですか……。わかりました、カンペール公爵。私は、あなたに従います。だから、ジャンが極刑に処されないよう、どうか彼を、助けてください」

フランソワーズが胸元でハンカチを握り締め、血を吐くような声で訴える。

「それは、今後の協力次第だ。……しかし、ひとつ聞いてもいいか？　それほどまでに夫を愛しているのならば、なぜ、マクシムのもとに居続けた？」

レオンがふと、疑問を口にする。するとフランソワーズが暗い目をしてうつむいた。

「ジャンを……人質に取られていたのですわ。私がマクシム様に逆らえば、ジャンを戦地に赴任《ふにん》させる、と。大元帥のサックス伯とマクシム様は懇意にしてます。私がマクシム様のもとを去れば、サックス伯は、ジャンを戦地に向かわせたことでしょう」

「……確かに、シャンプラン子爵は、戦場向きではないな」

レオンの言葉に、フランソワーズがうなずいて返した。

「穏やかで、少し気弱ですが、優しい方です。……私のような女を、今でも、愛しい妻と呼んでくださいます。それだけを頼りに、私は、どんな辱《はずかし》めにも屈辱にも耐えてきました。

けれども、その結果がこの仕打ち！　あぁ、ジャン、あなたは、私のことなど見捨ててくださって良かったのに」

フランソワーズは寝台に伏して、肩を震わせて泣き出した。

マクシムの辱めというのは……、舞踏会で娼婦のようなドレスを着せることにはじまり、他にも色々、とても人には言えぬこともされたのであろうな……。

嗜虐嗜好《しぎゃく》のある男が、閨房《けいぼう》で何をするか、男であるレオンには容易に想像がついた。

それは、デニスやラウルも同様で、苦い表情を浮かべている。

デニスは嗚咽《おえつ》するフランソワーズを慰めようと、必死になっていた。

慰め役はデニスに任せ、ラウルとレオンは密やかに会話を交わす。

「……レオン様、つまり、パンティエーヴル公は、愛し合う夫婦を引き裂いて、双方に互いの配偶者を人質にして脅していた……というわけですか」

「おそらく。マクシムとしては、自分が気に入って愛人《あくらつ》とした娘に袖にされたわけだから、腹立たしいのはわからんでもないが、……なんとも悪辣な真似をすることだ」

いや、マクシムにとっては、自分に愛が向けられているかどうかは、どうでもいいことなのだ。便利に嬲《なぶ》れる女がそばにいる。そのことだけが、重要だったたか……。

レオンは自分の想像した内容の、あまりの残酷さに、思わず眉を寄せた。

「フランソワーズが何をされてきたのか、あまり、想像したくないな」

「同感です。しかし、十年もそれに耐えてきたとは、ずいぶんとお強い方だ。いえ、それだけ夫君を愛していたのでしょうか。はなから愛人になるための結婚で、わずかひと月ほどしか夫婦としては暮らしてないというのに……」

「たまたま、ふたりの相性がとびきり良くて、おまけにそのひと月が、よほど幸せだったのだろう。……その気持ちは、わからんでもない」

レオンは、ブランシュのことを思い出していた。

ブランシュと過ごしたのは、二週間ほどだったか……。だが、すべての瞬間が充実して、輝いていた。

——会いたい——。我が身の半分をもがれたようとは、このことを言うのだろうな。

会えない恋の切なさに身を焦がすレオンとしては、出会いはどうあれ、愛し合う夫婦を引き裂き、その愛を脅しの道具に使う行為は、気分の良いものではなかった。

「ラウルよ、どうやったらマクシムを完膚無《かんぷな》きまでに叩きのめせる？」

「真実を明らかにするだけでは、レオン様は、足りないとおっしゃるので？」

「それだけでは、とても足りん。いずれにせよ、詐欺の片棒を担ぐ男を、こちらもペテンにかけたところで、なんの問題もない」

まるで悪びれたところもなく、レオンが言い放った。

ラウルはさすがはわが主、というまなざしをレオンに向けると、宙に指先で図形を描きはじめる。

レオンもまた、ラウルに任せきるつもりはなく、自身でも考えていた。

――まずは、戦略か。結末をどこに持ってゆくかを、俺が決める。そして、証拠や証人は、それに合わせて揃えればいい――。

レオンの顔に、悪魔のような笑みが浮かぶ。

しかし、その笑みはあくまでも美しく、力に満ち、見た者が惹かれずにはいられない魅力に溢れていた。

ブランシュがオクシタン王宮の高貴な囚人となって、八日が過ぎていた。

エタンプ侯爵夫人は、知人のいないブランシュを何かと気遣い、時間があればブランシュの居室を訪れていた。

食事も朝と昼は与えられた居室で食べるが、晩餐はディアーヌの食卓に呼ばれた。晩餐用のドレスをまとったブランシュの胸元には、常にスピネルのブローチが輝いている。どんな曰《いわ》くがあろうとも、これは、レオンからの贈物、ブランシュにとっては宝物のひとつであった。

晩餐での話題は、芸術やファッションといった晩餐にふさわしいものが多かったが、たまに、ディアーヌが興に乗ると、シャルルの治世における外交の裏話や、大国ならではの交渉の技術について語ることもあった。

「……オクシタンでは、王妃も政治に介入することを推奨されています。どうしてか、わかりますか、マルグリット？」

「いいえ」

「それは、陛下の無謬性《むびゅうせい》を守るためです。政策が失敗した時は、王妃の提言がまずかったせいにできますからね。そうやって、王妃は陛下をお守りし、お助けするのです」

そう語るディアーヌは、ブランシュに王妃教育をしているようでもあり、オクシタン王妃という重責の愚痴《ぐち》をこぼしているようにも見える。

ブランシュにとって、ディアーヌと過ごす時間は、興味深く充実したひとときだった。

何より、将来自分が王妃になると考えれば、貴重な学びの時間であった。

こうしてブランシュが日々を過ごす間、レオンは毎日、左翼棟の前に現れ、ふたりは密かにガラス越しの逢瀬を重ねていた。

初めてレオンが訪れた日、エタンプ侯爵夫人といたブランシュは、小間使いが夫人にレオンの来訪を告げるのを聞いた瞬間、「会わせてください！」と口にしていた。

「それは、両陛下から堅く禁じられております」

「お願いです。ひとめ、見るだけでもいいのです。どうか、どうか……」

エタンプ侯爵夫人にすがりつき、懇願する。エタンプ侯爵夫人は、ため息をつき「内緒ですよ」と念を押してから、レオンを居室の窓から見える位置に誘導してくれたのだった。

レオンは、訪れるたび、何かしらブランシュへ贈物を持ってきていた。

それは、いい匂いの香水であったり、刺繡やレースで飾られたハンカチといった、いくつあっても困らない小物や、カンペール家の料理人が作った菓子であったりした。

本当に、レオンは気の利く方だわ……。

レオンのさりげない気遣いに、ブランシュの胸がほんのりと温かくなる。

贈物の中にはレオンからの手紙が入っていて、それが、ブランシュにとって、何より嬉しいプレゼントであった。

手紙の内容は、デニスの近況を知らせるものであったり、庭の薔薇が綺麗に咲いたから、一緒に見たいといった日常の報告で、肝心の証拠集めについては――万が一、他人に見られても問題ないようにだろうが――一切、触れられていない。

手紙の最後は、常に万事順調だから何も心配するな、という言葉で結ばれていた。

「あの方のことだから、実際に順調なのでしょうけれど……、詳細がわからないのでは、不安でしょうがないわ……」

窓辺から庭を見下ろしながら、ブランシュがため息をついた。その胸には、レオンから贈られた銀の花かごのブローチが留まっている。

そろそろ、レオンが王宮を訪れる時間だ。このところ毎日、ブランシュはこの時間になると、窓辺に立ち、カンペール家の馬車の訪れを待つ。

その時、ブランシュの居室の扉がノックされ、エタンプ侯爵夫人の声がした。

「マルグリット嬢……王妃陛下のお越しです」

ディアーヌの訪れに、ブランシュが慌てて居ずまいを正した。

すぐに扉が開いて、エタンプ侯爵夫人の後に、侍女を従えたディアーヌが立っていた。

「マルグリットとふたりで話したいから、おまえたちは席を外しなさい」

扇《おうぎ》を手にしたディアーヌが人払いを命じた。

「わざわざお越しいただかなくとも、お呼びくだされば、私の方からうかがいましたのに」

「あそこでは、完全な人払いは難しいもの。あなたなら、おわかりになるでしょう？」

瞳に知的な光をきらめかせながら、ディアーヌが微笑んだ。

通常、王妃ともあろうものが、臣下の居室に直接足を運ぶことはない。

しかし、それをやってしまうのがディアーヌだった。

ディアーヌは、優雅にブランシュの寝台に腰をおろすと、聖誕祭の早朝、贈物の包みを開ける童女のような顔で口を開いた。

「今日、カンペール公はここには来ません。愛しい人の姿を見られず、残念でしたね」

「っ……。王妃陛下は、私たちのことを、ご存じだったのですか？」

「エタンプ侯爵夫人は優しいけれど、私同様、陛下の忠実な僕《しもべ》だということです」

わかるでしょう？　と、言わんばかりに、ディアーヌがにっこりと微笑んだ。

「さて、私はここに、こんなことを言うために来たのではないの。――昨日、レオンが陛下に謁見を申し出て、あなたを王太子選定会議に同席させて欲しいと陛下に頼みました」

「レオンが……？　いったい、なぜ？」

「カンペール公は、会議のはじまる前に、パンティエーヴル公とあなたの婚約破棄について陛下のご許可を得るつもりのようです」

「まさか、もう婚約破棄できるほどの証拠や証人を、揃えたというのですか!?」

驚きに目を丸くするブランシュに、ディアーヌが艶然《えんぜん》と微笑み返した。

「おそらくは。私も陛下も、詳細は、聞いておりません。……さて、カンペール公の要望で

すが、陛下はそれを却下なされました」

「…………っ!」

ブランシュが鋭く息を呑む。胸が切り裂かれたように痛んだ。

理屈ではしかたのないこととわかっていたが、ブランシュは、間近でレオンを見て、声を聞き、まなざしを交わす機会を失ったことに、失望した。

「そう……ですか……」

「落胆するのは、まだ早くてよ。陛下は、私が侍女をひとり連れて会議に同席することは、許可なされました。……良かったですね、ブランシュ公女。特別に、陛下はあなたとカンペール公が婚約破棄前に顔を合わせることを、お許しになりました」

「……！　ありがとうございます、王妃陛下」

「なんて嬉しそうな顔をするのかしら。それほどカンペール公に会いたいのですか？」

「はい！」

「可愛らしいこと。では、話はこれで終わり。選定会議はじきにはじまるわ。あなたは、ここで侍女にふさわしい服装に着替えるの。準備ができたら私の居室へいらっしゃい」

用件を済ますと、ディアーヌが軽やかにブランシュの居室を出て行った。

入れ違いに、自分の小間使いを連れたエタンプ侯爵夫人がやってきて、ブランシュが侍女となる服を選び、そして小間使いに着替えを手伝わせた。

エタンプ侯爵夫人が選んだのは、ミッドナイトブルーのオーバードレスにロイヤルブルーのアンダードレスだ。

襟元と袖口に幅広のレースがあしらわれ、白絹と銀糸で織られたリボンがアクセントになっている。白絹の布をふわりと被り、銀の花かごのブローチで胸元に固定する。

「カンペール公が用意されたドレスは、華やかな物が多いから、どうしようかと思いましたけれど……これなら、控えめで清楚で、王妃陛下の侍女らしくなりましたわね」

小間使いにブランシュの髪を結わせながら、エタンプ侯爵夫人がほっとした顔をする。

用意が整うと、ブランシュはディアーヌの居室に移動する。

ディアーヌは小間使いと衣装係による着替えの最中だ。鮮やかな深い青緑色のドレスが、ディアーヌをさながら鳥の女王、孔雀《くじやく》のように気高く美しく見せていた。

「お綺麗ですわ、王妃陛下……」

「ありがとう、マルグリット。あなたもとても可愛らしくてよ。若い娘は、清楚な装いが、一番ね。肌や髪の美しさが際立って、それが何よりの装身具だから」

ブランシュを笑顔で褒めたディアーヌには、成熟した女性の美しさが漂っている。

「……まあ、王妃陛下とマルグリット嬢が並ぶと、まるで、姉妹のようですわね。御髪《おぐし》の色が似ていらっしゃるからでしょうか」

ブランシュとディアーヌを見た衣装係が、にこやかに感想を口にした。

「マルグリットは、私の遠縁ですもの、似ていて当然でしょう」

「では、マルグリット嬢はビアナ王家に縁《ゆかり》の御方なのですか」

衣装係の女官が、目を丸くした。

「そうでなければ、カンペール公が花嫁にと思い定めるはずがないでしょう。彼は、突飛《とっぴ》な行動を取るようでいて、その実、伝統や常識を大事にしているのよ。……常識を理解していなければ、意識して常識外れのことはできないものですからね」

「王妃陛下は、レオン様のことを、よく、理解していらっしゃるのですね」

ディアーヌの言葉は、ブランシュにとって新鮮で、同時にレオンという人間の新しい一面を見た思いがした。

感嘆するブランシュに、ディアーヌが不愉快そうな顔を向けた。

「理解しているのではなく、わかるの。彼は、私と似ているところがあるから。カンペール公を見ていると、時々、歪《ゆが》んだ鏡に映った自分を見ている気分になるわ」

歪んだ鏡に映った自分なんて……いかにもレオンが言いそうな言葉だわ。

そうブランシュは思ったが、口に出さずにいた。言わぬが花、という箴言《しんげん》は、たいていの場合において、役に立つ。

ディアーヌの支度が整い、ふたりは宮殿の一階、会議の間へと、移動した。

会議での投票権を持つ者は、シャルル以外、全員着席している。

扇で口元を隠しながら、ディアーヌがいぶかしげな顔をした重臣らに説明をした。

「今日は、私も会議に立ち会います。余計な口は挟みませぬ。ただ、陛下の後を継ぐ者が決まる過程を、私も見届けたいだけです」

「陛下は、王妃陛下のご同席をお許しになりました」

おごそかな声で宰相が告げると、他の出席者たちの中に、それ以上不服をあらわにする者はいなくなった。

テーブルの上座の右手に、ディアーヌのための椅子が用意されていた。ディアーヌが椅子に腰をおろし、ブランシュはその右横に寄り添うように控える。

いよいよ、会議がはじまる——。レオンに会える。

わずかの緊張と、それ以上の期待に、ブランシュの頬が紅潮した。

ほどなくして、シャルルが会議の間に姿を現した。その後に、書類を手に持ち、法官のように黒ずくめの衣装を着たレオンと、大公の正装をしたデニスも続く。

——レオンだけではなく、お兄様までここに？　いったい、何がはじまるの？　——。

いずれにせよ、レオンのやることだ。意外ではあっても、何かやってくれる。その信頼を裏切られることはないと、ブランシュは確信していた。

レオンが同じ居室にいる。ただ、それだけのことで、私はこんなにも安心して、心が弾んでしまうのね。

喜びに笑顔がこぼれそうになるのを、ブランシュは必死で堪えた。

レオンもまた、一度だけブランシュに愛しげなまなざしを向けたが、すぐにデニスに視線を移し、小声で話しかけていた。

「なぜ、カンペール公がここに？」

「王太子を決める会議に、候補者が同席するなど、前代未聞でありますぞ」

宰相は平然としていたが、それ以外の者は口々に異議を唱えた。それは、レオン派のはずのリュテス大司教も同様で、咎めるようなまなざしをレオンに向ける。

ざわめく一同を制すように、宰相が発言した。

「……カンペール公は、会議には出席いたしません。彼は、アスティ大公陛下の介添人としてここに来ました」

「デニス・ド・アスティだ。本日は、栄光あるオクシタン王国の、国王陛下に忠実な廷臣の方々とお目にかかれたことを、光栄に思う。そして、何より、わが妹ブランシュ・ド・アスティと王太子候補であるマクシム・ド・パンティエーヴル公爵の婚約破棄について、皆様の前で申し立てることをお許しくださった国王陛下に、心より感謝したい」

正装姿のデニスは、ブランシュが見たことのないほど、堂々としていた。

「噂とは違い、なかなかしっかりしている方ではないですか」

扇で口元を隠しながら、ディアーヌがブランシュに話しかける。

「きっと、レオン様が隣にいるからでしょう。あの御方は、ただそこにいるだけで、周囲の者が力に満ちてくるような……そんな不思議なところがございます」

「活力が余っているから、周囲に伝染するということかしら。そうね、そういう……そこにいるだけで周囲に影響に与える者がいることを、私は知っています」

そう言ってディアーヌがシャルルに深い愛情に満ちたまなざしを向ける。

ふたりが小声でやりとりをする間に、レオンが一歩前に出た。

「これから先は、アスティ大公陛下に代わりまして、私がご説明いたします」

「大公陛下の代理として、パンティエーヴル公爵と公女殿下の婚約破棄を申し立てるのはいいが、国王陛下が認めた婚約を破棄するには、それ相応の理由が必要となりますぞ」

小馬鹿にしたような口調で言ったのは、大元帥でマクシムの友・サックス伯だ。

「当然、婚約破棄を妥当とする理由があるからです。証拠も証人も、揃えています」

「王太子候補のひとりであるカンペール公が用意した証拠や証人など、信用できるものか」

すかさずサックス伯が異議を唱えると、レオンが余裕たっぷりな笑みを返した。

「確かに、私とパンティエーヴル公爵は、利害の相反する間柄。とはいえ、ここは国王陛下の御前。陛下の忠実なる臣下であるこの私が、陛下に嘘を申し上げるとおっしゃるか？　それに、ここには切れ者の宰相も同席されているのです。私のような若輩者が、いくら嘘偽りを申したところで、すぐさま看破《かんぱ》されるでしょう」

歌劇の役者のように、朗々とレオンが返す。

さすがはレオン、うまい切り返しだわ。ここでサックス伯が更に異議を唱えることは、シャルル様にレオンが嘘をつくと決めつけたことになり、それは、オクシタン国王の権威を貶《おとし》めることになる……。こうなると、サックス伯は黙るしかない。

「ご納得いただけたようですので、婚約破棄の理由を、ご説明いたしましょう。それは、パンティエーヴル公が、ここにいるアスティ大公を騙した詐欺集団の首魁《しゅかい》だからです」

「嘘を言うのもいい加減にしたまえ、カンペール公！　いくらなんでも、パンティエーヴル公を犯罪者扱いするなど……冗談では済まされないぞ！」

「冗談で済む問題ではないからこそ、王太子を決める会議の前に、みな様の前で真実をつまびらかにするのだ。もし、王太子がパンティエーヴル公と決まった後に、アスティ大公陛下がこの事件を公にすれば、オクシタンが大陸全土の笑い者となるのですぞ！」

サックス伯が大声でわめき、レオンが落雷の如き声で返す。

「サックス伯、そしてご一同よ、これが、唯一にして最後の機会なのだ。その機会を与えてくださったアスティ大公陛下に感謝せねばならないのは、わがオクシタンの側ということを、承知なされよ」

この瞬間、レオンは完全にこの空間を支配していた。

金茶の髪が、窓から射し込む光を受け、まるで王冠のようにきらめく。

「……まずは、アスティ大公陛下に、パンティエーヴル公とアスティ公女殿下が婚約に至った事情を順に説明していただきます。その間に、この手紙をご覧いただきたい。見ていただくのは、最後の、サインと印璽です。……では、大公陛下、ご説明を」

レオンが手紙――シャルルから送られたとされる親書だ――を、宰相に渡し、宰相は一度サインと印璽を見た後で、隣に座る大司教に回した。

「……これが、いったいどうしたと……？」

大司教が、眼鏡をかけてつぶやく。

じっくりと目を通すと、次に、隣に座る大法官に手紙を回した。

その間に、デニスが即位して間もない頃に起こった災害から、説明をはじめていた。

ブランシュはデニスの説明を聞きながら、重臣たちの反応を観察していた。

大司教は何も気づいていないようであった。

事実を知っている宰相は別として、大法官や財務大臣はサインが偽物と気づいたようだが、それを表に出さずに平然としていた。

残る大元帥ふたりと四人の大臣は、疑いを持ってはいるが、印璽が本物ということに気づいて、どう反応すれば良いか、とまどっているように見えた。

全員がサインと印璽を確認すると、親書は宰相の手元に置かれた。

大司教以外の全員が、親書とシャルルを交互にうかがい、デニスの説明を聞いている。

いつの間にかパンティエーヴル派の大臣から怒気が消え、これから何が起こるのかという、不安と恐れの気配が漂いはじめた。

デニスの説明が終わり、次に宰相が口を開いた。

「――つまり、アスティ大公陛下は、パンティエーヴル公と公女殿下の婚約と引き替えに、パンティエーヴル公から無利子で金を借りた、ということですな」

　ここで、デニスに代わり、レオンが一歩前に出て、宰相に新聞の束を手渡した。

「これは、リュテスのカフェから借りた新聞です。アスティ大公が投資した時期やその前後、すべての新聞を調べたが遭難事故についての記事は、なかった。また、ゼーラントの港に該当する商船の入港について問い合わせたが、そのような記録はない、との回答があった。つまり、投資話自体が虚構《きょこう》であったと断じてよろしいでしょう」

　こうして、デニスがマクシムに借金を作るきっかけが、詐欺によるものという認識が、出席者に共有される。

「さてご一同、ここにあります国王陛下からとされる親書だが、印璽は本物です。ただし、サインは国王陛下のものではなく、また、陛下におかれては、このような親書を代筆するよう、命じた覚えもないとのこと」

　おごそかな宰相の声に、一同がざわめき立つ。

　印璽は国王の象徴のひとつだ。それが他国の君主を詐欺にかける企みに利用されるということは、まさしく、あってはならないこと、だからだ。

「……だが、この件と、パンティエーヴル公に、なんの関係があるというのだ？」

　サックス伯が、あらためてレオンに問う。すると、レオンが宰相にうなずいてみせ、いったん、会議の間を出た。

　……そう、ここまでは、レオンと別れた時に、既にわかっていたことだわ。けれどもあの時の私たちには、この詐欺事件とパンティエーヴル公との関連が、どうしてもわからなかった。

いったい、レオンはどんな証拠を持ってきて、どうやって証明してみせるの？

ブランシュは、固唾《かたず》を呑んで兄に視線を向けた。デニスは緊張した面持ちで立っていたが、ブランシュのまなざしに気づくと、大丈夫というように、微笑み返す。

すぐにレオンが風采のあがらない中年男を連れて、会議の間に戻ってきた。

「シャンプラン子爵を、証人として連れて参りました。皆様ご存じの通り、五年前からシャンプラン子爵は印璽官として出仕しています。……さあ、シャンプラン子爵、証言を」

レオンの言葉にうながされ、見るからに緊張した男が前に進み出る。

「偽の親書に、印璽を押したのは、この、私めにございます……」

シャンプラン子爵は全身を震わせながら、振り絞るように罪を告白した。

真面目そうな人物に見えるけれど、このような重罪を犯すなんて……。人は、みかけによらないものね。いえ、ちょっと待って。シャンプラン子爵……。まさか、この方は、フランソワーズの夫だというの!?

驚きに目を見開くブランシュの眼前で、宰相がシャンプラン子爵に質問する。

「謹厳実直《きんげんじっちょく》で知られたあなたが、このような重罪を犯すとは、非常に残念だ。あなたがこのようなことをした理由を、国王陛下にご説明申し上げよ」

「パンティエーヴル公に命ぜられたからです」

「シャンプラン子爵、あなたはいつから陛下ではなく、パンティエーヴル公の臣下となったのですかな?」

痛烈な宰相の皮肉に、シャンプラン子爵がおどおどして答える。

「わ、私は陛下に忠心をもってお仕えしております。けれども、パンティエーヴル公に、命令を断るならば、妻がどうなるかわかっているのかと脅されて、しかたなく……。みな様もご存じの通り、わが妻、フランソワーズは公の愛人でございます。名ばかりの夫でありますが、妻とした女を守らずして、どうして夫と名乗れましょうか」

「……脅されて罪を犯す前に、そのままを私に訴えるべきでした」

震え声でなされたシャンプラン子爵の弁明に、宰相が冷えた声で返す。

冷徹《れいてつ》を絵に描いたような宰相の態度に、シャンプラン子爵ががっくりと肩を落とす。

その後、印璽を使用した回数などを問われ、それが終わると、シャンプラン子爵は会議の間から退出することになった。

扉から出ようとしたシャンプラン子爵に、それまで沈黙していたシャルルが声かける。

「シャンプラン子爵よ、しばらくは出仕はせず、自邸で謹慎するよう。追って沙汰《さた》もあろうが、決して、早まった真似はするでないぞ」

落ち着いた声をかけられ、シャンプラン子爵が平伏せんばかりに頭を下げた。

よかったわ。王のお声がかりがあったのだから、きっと、シャンプラン子爵は死罪を免《まぬか》れるでしょう。重罪は犯したけれど、同情すべき点はあるもの。

兄を騙した一味の手先ではあったが、ブランシュはシャンプラン子爵が罪を減免されるとわかって、ほっとしていた。

シャンプラン子爵が退出すると、レオンが「さて」と、ひと声あげた。

「この段階で、既にパンティエーヴル公の罪への関与は証明され、これだけでも婚約破棄に該当するかと思われます。……さて、シャンプラン子爵夫人の協力を得て調べるうちに、手紙を持参したゼーラント商人のクーンという人物の正体がわかりました」

レオンが手を二度叩くと、それを合図に、会議の間の扉が開いた。

扉を開けたのは、レオンの腹心のラウルだ。ラウルは憔悴《しょうすい》した様子の男を連れていた。

あの男は、誰なのかしら？　服装からして、商人のようだけど……。

男の顔を見て、デニスが表情を強《こわ》ばらせた。それだけではない、パンティエーヴル公派の大臣のふたり――エフモント伯とフォルス公――が、声をあげた。

「貴様は、ミシェル・シャルダン！」

「今まで、どこに雲隠れしていた!!」

ふたりとも、血相を変えて、今にも噛み殺しそうな瞳で男を睨みつける。

「これなる男はボニファス・クーン、先ほど大公陛下の話に出ていた商人です。しかし、ボニファス・クーンというのは、偽名。エフモント伯がおっしゃられた、ミシェル・シャルダンが本名の、オクシタン人です」

レオンが口の端に皮肉めいた笑みを浮かべて説明する。

そしてラウルが、クーン＝シャルダンの背中をぐいと押し出した。

この男が、お兄様を騙してペテンにかけた、クーンなのね……！

ブランシュが、思わずクーンを睨みつける。ただならぬ形相《ぎょうそう》をしたブランシュに、扇で口元を隠したディアーヌが「マルグリット」と小さく声をかけた。

警告の呼びかけに、ブランシュはなんとか冷静さを取り戻す。

いけない、私としたことが。なんてうかつな振る舞いをしてしまったのでしょう。

「……ありがとうございます、王妃陛下」

頰を赤らめたブランシュの謝辞を、ディアーヌが涼しい顔で受け入れた。

レオンは、一瞬だけブランシュに視線を向け、そして淡々と説明を続ける。

「ここでは紛《まぎ》らわしいので、クーンと呼ぶことにします。クーンという偽名を名乗る前は、リュテスの金細工師の名を騙《かた》り、言葉巧みに金を預けさせて偽の証書を渡すという信託詐欺を働いていたようですな。被害者は、聖職者やこの宮廷の臣下にもいるようですが」

そこで、レオンがエフモント伯とフォルス公に意味ありげな視線を送った。

「クーンに騙された者のリストは、パンティエーヴル公に渡ったようで、金策に困った時に、パンティエーヴル公より低金利で金を融資するという話が持ちかけられるようです。金を貸す代わりに、諸事において便宜《べんぎ》を計るよう強要されるようですが。宮廷や教会に、自分の勢力を伸張させるには、うってつけの手段であったことでしょう。……おや、エフモント伯、フォルス公、顔色が悪いですが、いかがなされましたかな？」

「……いや……」

「…………」

エフモント伯が弱々しい声で応え、フォルス公は返事をする余裕もないようだった。

あぁ……この方たちも、お兄様と同じようにパンティエーヴル公に騙されて、この会議でパンティエーヴル公に投票するよう、強《し》いられたのね。

ブランシュが眉をひそめる。そして、レオンが再び口を開いた。

「パンティエーヴル公の指示により、クーンは名を変え、次の標的をアスティ大公に定めたようです。クーンめを取り押さえた際に、押収したのが、それについての指示が書かれた、この手紙です」

レオンが宰相に一通の手紙を差し出した。すぐに宰相が手紙に目を通す。

「なるほど。……確かに、サインも印章も、間違いなくパンティエーヴル公のものですな。念のため、サックス伯にもご確認願いましょうか」

手紙がサックス伯の手に渡った。サックス伯がどう反応するか、シャルルも含め、会議の間にいた重臣らの視線がサックス伯に集まる。

しかし、サックス伯は押し黙ったままだ。

「サックス伯よ、その手紙は本物か？　正直に答えてみよ」

蒼白となり唇を震わせるサックス伯に対し、おごそかにシャルルが問う。

オクシタンにおいて、王の言葉は絶対だわ。これでサックス伯は正直に答える以外の手がなくなってしまった……。

正直に答える以外の道がなくなったサックス伯が、ハンカチで顔を拭い、そして意を決したという表情となった。

「私めには……これが、パンティエーヴル公の自筆のサインと思われます……」

サックス伯が認めた。次の瞬間、高らかにレオンが宣言をする。

「みな様方、お聞きになられたか!? つまり、パンティエーヴル公はアスティ公女殿下を妻にするため、アスティ大公陛下を詐欺にかけたということだ。このような経緯で成り立ったアスティ公女殿下の婚約は、無効とするのが筋かと思います」

次に、堂々と、そして誇らかに、デニスがシャルルに問う。

「オクシタン国王陛下、カンペール公爵のおかげで、真実が明らかになりました。この理由をもって、わが妹ブランシュ・ド・アスティ公女とマクシム・ド・パンティエーヴル公爵の婚約を破棄することを、認めていただけましょうか?」

「……認めよう」

重々しくシャルルが返答した瞬間、ブランシュは、自由の身になった。

レオンはシャルルの言質《げんち》を得て、初めて勝利の笑みを浮かべた。

やったぞ、というレオンのまなざしを受け、ブランシュの胸が熱くなった。

……信じられない、いいえ、レオンを信じてはいたけれど、まさかこんなに早く、婚約破棄が現実となるなんて。

ブランシュは喜びに目を潤ませながら胸元で両手を組み、レオンに熱いまなざしを向けた。

デニスは、幸せそうなブランシュの姿に、少しだけ寂しそうな顔をすると、決然とした表情でシャルルに向き直った。

「オクシタン国王陛下に、お願いがございます。……パンティエーヴル公との婚約が破棄されたばかりではございますが、アスティとオクシタンの変わらぬ友好のため、わが国にオクシタンへの敵意はないと示すためにも、わが妹と陛下の臣下が新たに婚約することをお認めいただけますでしょうか」

デニスの懇請を受け、シャルルがしっかとうなずいた。

「アスティ大公殿には、こたびの件で多大な迷惑をかけてしまった。にもかかわらず、そのような申し出をいただき、どうして否と言えようか。……して、その臣下とは？」

わかっているであろうに、シャルルがあえて名を尋ねる。

デニスが深く息を吸い、そしてレオンの肩に手を置いた。

「この件で、アスティのために惜しみない助力をしてくださった、レオン・ド・カンペール公爵こそが、妹の新しい夫にふさわしいかと」

「カンペール公ならば、公女殿下の相手として申し分ない。よかろう。カンペール公に異存がなければ、この婚約、オクシタン国王シャルルの名の下に認めようではないか」

「もちろん、異存はございません」

レオンが晴れ晴れとした声で答え、中世の騎士のように恭しくシャルルに頭を下げる。

この瞬間、ブランシュとレオンの婚約は、国同士が認める公のものとなった。

サックス伯は渋い顔をしたものの、国王の決定に意を唱えるような愚行はしなかった。

「あぁ……なんてことなの。信じられない……」

あまりにも鮮やかにことが進み、ブランシュは、まるで夢の中にいるような気分であった。

夢見心地のブランシュに、ディアーヌが声をかける。

「おめでとう、公女殿下。後ほど、陛下にお礼を言いにうかがわなくてはね」

「はい。……はい」

喜びのあまり、目に涙を滲ませながら、ブランシュが何度もうなずき返す。

そんなブランシュを満足げに見やると、ディアーヌが椅子から立ち上がった。

「私は、これでお暇《いとま》させていただきますわ。陛下、よろしいでしょうか」

「もちろんだとも」

シャルルが柔らかな声で返すと、ディアーヌはレオンたちに向き直った。

「では、アスティ大公陛下、カンペール公、このまま私たちはこの場を去りましょう」

そうして、クーンを連れたラウルとともに、一同は会議の間を退出した。

ラウルはクーンを司法の手に渡すため、そのまま宮殿に残り、ブランシュたちはディアーヌの誘いを受けて、左翼棟に向かった。

レオンとデニスを侍従のように従えながら、ディアーヌが口を開いた。

「これで、次の王太子が誰になるかは決まったようなもの……。先に、カンペール公には、お祝いの言葉を贈った方がよろしいのかしらね」

「それは、会議が終わるまでお待ちください、王妃陛下」

「まあ、慎重なこと。けれども、私からのお祝いは、受け取っていただけるかしら」

「王妃陛下からのお祝い……？」

レオンが胡乱《うろん》げな顔でディアーヌを見やる。

左翼棟の入り口では、エタンプ侯爵夫人が小間使いを連れて王妃の到着を待っていた。

「エタンプ侯爵夫人、カンペール公とマルグリットを離宮へ案内してちょうだい。こちらの殿方はアスティ大公陛下です。私の居室でおもてなしするので、その用意も」

てきぱきとディアーヌが指示を出すのを、ブランシュはあっけにとられて見ていた。

「王妃陛下、離宮へ……というのは？」

おずおずとブランシュが尋ねると、ディアーヌが意味深な笑みを浮かべた。

「鈍い娘ねぇ。あなたは兄君とともに祖国に帰らないといけないし、レオンは明日から王太子として忙しくなるわ。しばらくふたりきりになる機会もないでしょうから、今宵一晩、ふたりで離宮でお過ごしなさいと言っているの」

「え？　あ、あの……」

あまりにも手際のいいお膳立てに、ブランシュがディアーヌとレオンの顔を交互に見やる。

「結婚式の前に関係を持つのは、あまり褒められたことではないけれど、それに目くじらを立てるほど、私たち夫婦は野暮《やぼ》でなくてよ」

「ありがとうございます、王妃陛下。これ以上のお祝いは、今の私にとってはありません」

いち早く意図に気づいたレオンが、朗らかにディアーヌに礼を言った。

「あ、ありがとうございます、王妃陛下」

慌ててブランシュが後に続き、深々と頭を下げた。

ブランシュが顔を上げると、少し寂しそうな顔のデニスが目の前に立っていた。

デニスがブランシュの頬を両手で包むように挟み、顔をのぞき込む。

「レオンは本当に、いい男だ。安心しておまえを任せられる。幸せにおなり、愛しの妹よ」

「お兄様、その言葉は、まだ早くてよ。でも、ありがとう、お兄様」

ブランシュがデニスの首に両腕を回して抱き締めた。

しっかりと抱き合う兄妹の姿に、エタンプ侯爵夫人が目を丸くする。

「あの御方はアスティ大公陛下で……マルグリット嬢を妹と……？」

「エタンプ侯爵夫人、彼女の本当の名前は、ブランシュ・ド・アスティ。アスティ公国の第一公女で、先ほど国王陛下のご許可を得て、私の婚約者となった」

レオンの説明に、エタンプ侯爵夫人は、アスティ大公兄妹とレオン、そしてディアーヌを順に見やった。

「そういうことでしたか……。そう言われれば、色々なことが腑に落ちますわ。確かに、最上級のお客様として、もてなさなければならない御方でございました」

温厚で人の好いエタンプ侯爵夫人は、騙されていたことに腹も立てず、納得したという顔をしている。

「しかし、なぜご身分をお隠しになられていたのですか？」

「それは、つい先ほどまで、公女殿下が、パンティエーヴル公の婚約者だったからです」

横目でレオンを見ながら、ディアーヌがエタンプ侯爵夫人の疑問を解消した。

「あら！　あらあら、まぁまぁ。それはそれは……」

とんでもないことをなさいましたね、という顔でエタンプ侯爵夫人がレオンを見やる。

「終わりよければすべて良し、というではありませんか。私と公女殿下は愛し合っていて、そのふたりが国王陛下も認める許婚になったのです。どこにも問題はありません」

レオンがしゃあしゃあと言ってのける。

「さあ、大公陛下、そろそろ妹御を私に渡してはいただけませんか？　先ほど王妃陛下がおっしゃられた通り、私たちがふたりきりになる機会は、結婚式のその日まで、しばらくお預けなのですから」

「これはこれは、僕としたことが。すまなかったね、レオン」

「レオンったら……。そういうことを、あからさまに言うものではなくてよ」

レオンの発言に、ブランシュが頬を赤らめた。

そのブランシュの背をデニスが押した。デニスはレオンの手を取ると、ブランシュの手を取り、ふたりの手を重ね合わせる。

兄の手から、恋人の手に。ブランシュは、その手を握る相手を変えた。

「レオン、妹を頼んだよ」

「あなたの最愛の妹は、この私が幸せにします」

レオンがブランシュの手をしっかりと握り締める。

あぁ……。私は今、レオンの手を握っている。レオンに触れているんだわ。

そのことが、ただただブランシュは嬉しかった。

何より、もう、誰に憚ることなくレオンを愛せる喜びが胸に溢れている。

ブランシュとレオンは寄り添いながら、ディアーヌの小間使いの案内で、離宮——王宮の敷地内にある——へ向かった。

折りしも庭は、赤、白、黄色にピンクとたくさんの種類の薔薇が今が盛りと咲き誇り、ふたりの幸せを祝うように、甘く濃密な匂いを漂わせていたのであった。


小間使いに案内されたのは、王宮の西北、小さな森を抜けた先にある、こぢんまりとした建物だった。

宮殿や左翼棟に比べれば建物自体が新しい。小間使いの説明では、亡くなった先の王太后——シャルルの母親——が老後を静かに過ごすために建てられたという。

ピンクの大理石が多用され、外装も内装もそれに合わせた、いかにも女性好みの建物であった。部屋数はさほど多くなく、左翼棟の四分の一ほどか。

それでも、王太后とその身の回りを世話する六人の女官が日々を過ごすには、十分以上の広さがあった。

小間使いは、一番広い——寝室兼居間の——居室にふたりを案内すると、「ご用がありましたらお呼びください」と言って、居室から退出していた。

居室は塵《ちり》一つなく掃除されており、寝台には真新しいシーツも敷かれ、快適に過ごせるよう、すべてが整えられている。

小間使いが去り、居室にふたりきりになると、レオンは早速ブランシュの腰に手を回し、体を抱き寄せた。

「おまえと会えぬ日々は——わずか八日とは思えぬほど——長かった……」

「それは、私も同じです」

磁石に砂鉄が吸い寄せられるように、レオンの唇がブランシュの顔に降りてくる。

ブランシュの胸が愛しさに震え、レオンの匂いを嗅ぐと体の奥底が熱くなった。

レオンは、そこにブランシュがいることを確かめるように唇を唇でなぞり、そして挟んで吸い上げる。

「あぁ……。ん、ん……っ」

音をたててキスをした後は、レオンの舌がブランシュの唇をなぞり、歯列をノックした。

もちろん、レオンの意図がわからないブランシュではない。

すぐに唇を開き、レオンの舌を受け入れた。

――熱い――。

レオンの舌は、既に欲望に熱くなっていた。

舌先が触れるとレオンの欲望が粘膜を通して伝わり、ブランシュの体も熱くなる。

レオンは舌でブランシュの粘膜を辿《たど》りながら、スカートに手を伸ばした。

ドレスの上から太腿を撫で、それからくびれた胴、豊かな腰に触れてゆく。

早く、おまえが欲しい。そんな声が聞こえそうなレオンの振る舞いだった。

私も、同じ気持ちです。

その思いを示すように、ブランシュが腰を撫でるレオンの手を取り、指を絡めた。

控えめな求愛の仕草に、レオンが目を見開く。

次の瞬間、嬉しげに目を細めると、ブランシュの舌に激しく舌を絡めてきた。

「んんっ……っ」

熱い肉に搦めとられて快感が生じ、ブランシュの全身を侵してゆく。

快楽に煽《あお》られて、ブランシュの深奥が目覚めはじめた。

独特の疼きともどかしさが、甘やかな蜜となり、肉筒を潤す。

粘膜を伝う愛液の感触に、ブランシュがレオンの手を強く握った。

「んっ。んっ……、ん、あ……ん……」

わずかな時間、息することを許されたかと思うと、すぐに唇が重なった。象牙のような歯を一粒一粒確かめるように舐められ、歯と歯茎の継ぎ目をなぞられる。

口腔内の粘膜は、性感帯に負けず劣らず敏感で、わずかの刺激にも反応する。

レオンとブランシュの唾液が口の中で混ざり合い、溢れそうになったそれを、ブランシュが躊躇なく飲み込んだ。

あぁ、甘い……甘くて……、酔ってしまいそう……。

ショコラより甘く、ワインよりも強く酔わせる液体に、膝から力が抜けてゆく。

快楽に染まり、脱力した体を、レオンが抱き支えた。

「……そろそろ、寝台に行くか」

「はい……」

足取りのおぼつかないブランシュをレオンが支え、オーバードレスを脱がせた。

それからブランシュの背後に回り、アンダードレスのボタンを外してゆく。

背中の半ばまでボタンを外すと、胸元を覆う布を頭から引き抜き、現れた背骨の突起に
——もう我慢できないと言わんばかりに——唇を押しつける。

「んっ……っ……」

口づけで目覚めた体は、それだけの刺激にも反応してしまう。

膝に力が入らない……。

熱い吐息を漏らしながら、ブランシュが胴に回ったレオンの腕にすがりつく。

レオンはすべて外し終えると、ブランシュの腕から袖を抜き、捲るようにドレスの上衣を脱がせた。

そこから後は、あっという間だった。

アンダードレスが床に落ち、コルセットが外され、ペティコートが引きずり下ろされて、ブランシュはシュミーズと靴下留め、そして靴下を身につけただけの姿になっていた。

レオンはブランシュを抱き上げると、そのまま寝台に優しく横たえた。

「少し、待っていろ」

そう言ってブランシュの額に口づけると、レオンは手早く衣服を脱ぎ出した。

ブランシュがおぼつかない手つきでシュミーズを脱ぎ、髪をまとめたリボンやピンを外した時には、レオンは全裸になっていた。

「そうやって女が装身具を外す姿というのは、なんとも言えない風情があるな」

レオンがブランシュにのしかかり、色気たっぷりの声で囁く。

「…………っ！」

鼓膜が痺れ、ブランシュの胸が切なく疼いた。

優しく髪を撫でられ、うなじに口づけをされて、ブランシュがレオンの背に腕を回した。

全身で、レオンの重みを、熱を、感じる。

「夢のようです。こんなに早く、あなたを婚約者と呼べる日が来るなんて」

そして、こんなに早く、レオンを感じることができるだなんて。

私は、とても幸せ者だわ……。

うっとりと目を閉じるブランシュの耳元で、レオンが——今度は——いたずらっ子のような口調で囁いた。

「そうなるよう、証拠をねつ造したからな」

「――えっ!?」

甘やかな空気の中、不協和音を奏でる単語に、ブランシュが目を見開いた。

「ねつ造とは……どういうことですか?」

「最後に出した、クーンへの指示の手紙、あれは一昨日作ったばかりの偽物だ」

「ちょっと待ってください。ちゃんと説明してください。でないと、そのことが気になって、集中できません」

「では、やりながらなら、説明してやろう」

飄々《ひょうひょう》と答えながら、レオンの手はブランシュの太腿を撫でている。手のひらが先に上へ移動し、指先が軽く羽毛のようなタッチで後に続く、巧みな愛撫だ。

指先がさわさわと腿で蠢くだけで、肌が粟立つ。

「それで、んっ。……結構です」

レオンの指が割れ目をなぞった。陰核へ与えられた刺激に、ブランシュの腰が浮く。

「んっ……っ!」

「偽の手紙についてだが……、まず、フランソワーズの協力を得て、クーンを特定する作業からはじまった。デニスがクーンの特徴を言うと、すぐに、ミシェル・シャルダンという人物の名があがった」

説明しながらも、レオンの手は動きを止めない。

ツンと上向いた形良い乳房に手を伸ばすと、その重みを楽しむように下から持ち上げ、ゆっくりと揉みしだきはじめる。

「ん……、それで、どうなさったのですか？」

感じやすい部位を刺激され、じょじょに、ブランシュの呼吸が乱れはじめた。

「デニスとラウルとフランソワーズが、マクシムを泥酔させたのだ」

にやりと笑うと、レオンは淡く色づいた突起に指先で触れた。二度、三度とレオンがそこを撫でただけで、そこは、あっという間に固くなり、尖りを帯びる。

「酔わせた後、クーン、いや、シャルダンの所在を聞き出した。そうして、マクシムに白紙二枚にサインをさせた。印章は、フランソワーズが執事に色仕掛けで五分だけ拝借したのだ。その隙に白紙に印章を押し、サインと印章が本物の偽手紙のできあがり、というわけだ」

「……まあ。それで、偽手紙は二通作って、どうされたのですか」

答える前に、レオンは指を自分の口に含み、たっぷりと唾液で濡らしてから、ブランシュの秘部へ手をやった。

レオンの唾液で濡れた指が、赤く染まった粒を撫でる。濡れた肉の感触に、ブランシュの肌がいっきに粟立った。

「んっ。あぁっ……っ」

レオンは、ブランシュの反応を嬉しげに愛《め》で、濡れた指で花芯を嬲る。

「あ、あぁ……ん……っ」

「良い声だ。どんな調べにも勝る妙なる音楽だな。……さて、手紙の一通は、シャルダン、つまりクーンを呼び出すのに使った。手紙におびき出され、変装してマクシムの屋敷にやってきたクーンを捕まえた。そのままラウルとフランソワーズ、デニスとともに俺の屋敷に戻ったのだ」

「フランソワーズも、ですか……？」

「彼女が俺の協力者だとバレると、彼女の身が危うかったのだ。あれ以上マクシムのもとにいても危険なだけだし、それならば、王太子選定会議の日まで、わが屋敷に匿《かくま》うのが一番い。……心配せずとも、彼女との間には、何もなかった。夫を一途《いちず》に愛する人妻を、どうこうする趣味は俺にはない。……いや、おまえ以外の女に興味はない、だ」

レオンが笑顔でブランシュに口づける。

「あなたを、信じますわ。そして……んっ、どうなりましたか？」

尋ねる間にも、レオンの指が淡い陰りの下で蠢いていた。

花芯の次は、花弁に移り、柔らかな肉に隠れた秘所に、指が触れる。

「……もう、濡れているな。今すぐ挿れても大丈夫そうだな」

「それ、は……。私には、わかりません」

そう言われると、先ほどからそこが蜜で湿っているような気がした。

「挿れる前に、俺のコレを、舐めてみないか？」

「そこを、舐める……のですか？」

「俺がいつも、おまえのここを舐めるように。おまえにも、俺のを口で愛撫して欲しい」

「それは……」

レオンの申し出に、ブランシュが口ごもった。

ブランシュにとって、男性器というのは女性器に挿れるものであって、自分からどうこうするものではない。

でも……レオンに口でされると、すごく、気持ちいいわ。ということは、レオンも、私がそうしたら、気持ちいい……ということなのかしら？

上目遣いでブランシュがレオンを見ると、期待に満ちたまなざしが返ってきた。

期待というより、ブランシュがそうすると、信じて疑わない目をしていた。

「……わかりましたわ。あなたが、そうして欲しいとおっしゃるのでしたら……」

未来の夫を喜ばせることに、ブランシュに異存はない。むしろ、自分にできることならば、なんでもしたいとさえ思いはじめていた。

レオンが寝台に膝立ちになり、ブランシュが右手をレオンの股間に伸ばした。

殿方のものを触るなんて……緊張してしまうわ……。

ブランシュが陰茎に触れようとすると、ソレが弾んだ。

しっかり握っていないと、逃げてしまうのだわ。

恥ずかしさを堪え、覚悟を決めて、ブランシュが肉棒を掴む。

「あっ。……思ったより、熱いのですね……」

「おや、コレの熱さは、おまえの体で知っているだろう?」

「それは……そうですけど……。手で触れるのは、また違った感じがいたします」

おずおずとブランシュが楔に顔を寄せる。

赤黒く充血した先端を指で撫でると、思ったより柔らかかった。

見た目は恐ろしいけれど……かわいらしいわ。

いや、愛する男の一部だと思えば、愛しささえ覚えはじめる。

ブランシュがそっと亀頭に口づけると、レオンがうっとりと息を吐いた。

「……いや、絶景だ」

「絶景、ですか?」

「男にとっては、最高の眺めのひとつだ。どうせなら、上目遣いで俺の顔を見ながらしゃぶってみてくれ」

「こうですか?」

言われた通りに上目遣いでレオンの顔を見上げると、手の中で茎が太さを増した。

こんなことで、男の方は興奮するのね……。おかしなこと。

不思議に思いつつも、ブランシュが二度、三度と先端に口づけ、思いきって唇で挟んだ。

「くっ」

頭上で、レオンが荒く息を吐く。

素直な反応が嬉しくて、ブランシュがそのまま温かい柔肉で包み込んだ。

「……それで、話の続きだが……。クーンを尋問して、どういった経緯でデニスをペテンにかけたか、聞き出した。デニスなら投資詐欺に引っかかると教えたのは、マクシムだ。やはり、最初からおまえを妻にする目的があったそうだ」

やはり、そうだったのね……。

レオンの話を聞きながら、ブランシュは思いきって亀頭を舐め、竿に舌を這わせた。

ブランシュが何かするごとに、レオンの男根が太くなったり硬くなったり、熱くなったりする。その反応を、ブランシュは楽しく感じるようになっていた。

「それをそのまま、偽の手紙に書いた……というわけだ。手紙自体は偽造であるが、クーンからちゃんと。そのような手紙を受け取ったと聞き出したから、まるっきりの嘘でもない。実際、今回の件についてどのような罰を与えるか――逮捕する、しないも含めて――については、陛下の意向が反映される。だから、俺がささやかな証拠をでっちあげようとも、結果は決まっている……とも言える」

レオンが手を伸ばし、ブランシュの頰を撫で、きゃしゃな肩に置いた。

「無粋な話は、もう終わりだ。おまえもこれで、行為に集中できるだろう？」

「はい」

こっくりとブランシュがうなずいた。

この頃には、ブランシュのつたない口淫にもかかわらず、レオンのそれは重量を増し、啌えた口がいっぱいになるまで育っていた。

昂りきった男根は、天を衝くように屹立している。

勃起した男性器を間近に見て、ブランシュが頬を染めてうつむいた。

どうしましょう。今頃になって、とても恥ずかしくなってきたわ……。

「さて、少々早いが、挿れるぞ」

確かに、いつもより早い。濃厚な口づけを交わしただけで、愛撫らしき愛撫を、ブランシュはほとんど受けていないのだから。

それでも、レオンの挿れるという言葉と、何より、目の前の雄が発する情欲の熱に当てられて、ブランシュの奥底からじわりと蜜が蕩けだしていた。

嫌だわ、私。なんて、はしたない……。

レオンに挿れられると思っただけで、こうなってしまうなんて。

うつむいたまま答えずにいるブランシュを、レオンがあおむけに寝台に押し倒した。

「正直に言うが、早く、おまえの中に入りたくてしょうがなかったのだ」

「レオン……」

熱い手がブランシュの太腿を探り、押し広げ、柔肉に覆われた部分を明らかにする。

赤く充血したそこは、粘液でしとどに濡れ、ぽっかりと口を開けている。

レオンは股間に視線を向けると、口角を嬉しげに上げた。

「おまえも、俺が欲しいか」

「…………………………はい」

消えそうなほどに小さな声で、ブランシュが答える。

こんな風に欲しがるなんて……レオンは、はしたないと思ったのではないかしら。

そう想像するだけでブランシュの頬が熱くなり、羞恥に染まった全身が淡く色づいてゆく。

「素直に答えられると、嬉しいものだな。では、遠慮なく……いくぞ」

朗らかな声がしたかと思うと、すぐに受け口に切っ先が触れた。

ブランシュの具合を確かめるように、先端がそこを上下する。

男根を感じただけで、泉から蜜が流れた。透明の粘液が媚肉を伝い、膣から溢れる。

「あぁ……レオン……」

「それほどまでに、俺が欲しいか。……良かろう。すぐに挿れてやる」

甘く掠れた声がブランシュの鼓膜を震わせる。

レオンは前言通り、亀頭をそこに当てると、ぐいと腰を進めてきた。

花びらが広がり、そして、男の熱を感じた。

「っ……っ！」

焦がれるような、満たされるような感覚に、ブランシュの全身が熱くなった。

意識が内壁――そこで感じる楔――に、集中した。

「あぁ……、あぁ……。いいです……レオン……っ」

狭い孔《あな》をかき分け、肉壁を擦りながら陰茎が進んだ。その感触に肌がそそけ立つ。

「そうか。俺もいい。おまえの中は熱くて柔らかで……本当に気持ちがいい」

根元まで陰茎を収めると、つながったままレオンがブランシュを抱き上げた。

向かい合いながらレオンの膝に座る体位だ。

「しばらく、こうしているぞ」

嬉しげな顔でレオンがブランシュの脇腹に手を置き、上下にゆったり撫でる。

秘部にはレオンを収めたまま、全身に愛撫を受けると、お湯に浸かっているような心地よさを伴った快感が湧き上がった。

ブランシュは上半身を倒し、レオンの肩に頬を預ける。

「とても満ち足りた気分です。幸せというのは、こういうことなのですね……」

「俺も、こうしておまえをこの手に抱ける幸せを、嚙み締めていたところだ」

ブランシュの頭に手を置き、レオンが黒髪を手櫛《てぐし》で梳《す》いた。

そうして、ふたりは触れるだけの口づけを交わす。

レオンは口づけながらも、ブランシュの尻を揉み、尾てい骨の周辺——性感帯——を羽毛のようなタッチで撫で、ブランシュの乳首を摘んだ。

結合しながらの愛撫は、格別だった。

蕩けるように心地好く……蜜のように甘やか……とでも、言うのかしら？

「あぁ……レオン、そこ……。んっ、あっ。あぁ……っ」

すっかり心を許したこともあり、ブランシュは感じることに素直になっている。

レオンに肩を軽く噛まれて声をあげ、汗に濡れた乳房が、ぶるんと揺れた。

両の乳首をレオンの手で摘まれ、やわやわと刺激を受けると、膣で男根を締めつけた。

そして、無意識にブランシュは、更なる刺激——快感——を求めて、腰を揺らしていた。

「もっと、気持ち良くなりたいか？」

「え？　あ……」

柔らかな口づけを受け、半開きになった唇を、レオンが親指で愛撫する。

口寂しく感じたブランシュは、親指を唇で挟み、舌で舐めた。

「おまえのここは、さっきからずっと俺を締めつけている。それに、その仕草。……いつの間に、男を煽る方法を身につけたのだ？」

「私、煽ってなんか……」

「無意識か。では、よほど閨房の才があるのだな」

にやりと笑うと、レオンが左手でブランシュの胸の突起を指で軽く弾いた。

性感帯から生じた快感に、ブランシュの膣がわななく。

「んっ………」

ブランシュが甘く声を漏らし、レオンの手を握った。

すると、レオンがブランシュを持ち上げて、陰部から竿を引き抜いてしまった。

「あ………」

今までそこを埋めていた肉がなくなり、渇望がブランシュを襲った。

レオンがブランシュを寝台に横向きに横たえ、白い脚を小脇に抱えた。

腰が半ば宙に浮く。そんな体位であっても、ぽっかりと空いた穴は物欲しげにひくつき、透明の粘液がたらたらと流れ、白い太腿を汚してゆく。

「お待ちかねの時間だ。おまえの望んだ快感を与えてやろう」

昂り猛った切っ先が、ブランシュの秘肉を割った。楔が、勢いよく肉筒を刺し貫く。

「ん、あ……っ」

快楽に蕩け、敏感になった肉壁を擦られて、ブランシュが胸を突き出すようにのけぞった。

ゆっくりとレオンは腰を引き、竿を半ばまで抜くと、素早く中へ入れた。

緩急をつけた抽送《ちゆうそう》が、ブランシュの官能に火をつける。

「あぁ、レオン。あっ……」

あそこが広がって……擦られて……。熱い。熱くて、なんて気持ちいいのかしら。

白い肌が火照って薄紅に染まり、うっすらと汗が滲む。

まったりして穏やかな愛の交歓から、激しく奪われるような性交へ。

行為の切り替わりは、あまりにも突然であった。

けれども、そうよ……。これこそが、レオンだわ。

激しく、容赦なく、欲望のままにブランシュを食らい、貪る獣。

二度、三度。抜き差しがくり返されると、ブランシュの粘膜が淫《みだ》らに蠢き、よだれを垂らしながら、肉棒に絡みつく。

「そんなに締めるとは……。本当は、激しい方が好みなのか?」

「いえ。あ、っ、わ、わかりま、せん……っ」

先ほどまでの優しい性交で心は満たされた。

けれども、もっと激しい快感を肉体は欲している。

ぐいとレオンが楔を入れると、先端が性感帯を擦る。

その部位が瞬時に熱くなり、快楽に子宮が疼いた。

欲しい……。欲しいわ。レオンが……。

「あぁ、レオン、もっと……もっと……」

欲望を口にすると、レオンがにやりと笑い、ブランシュの脚を寝台におろした。

正常位の体位を取ると、ブランシュのふくよかな胸を鷲摑《わしづか》みにした。

「これなら、どうだ?」

柔らかな肉をこねくり回しながら、レオンが立て続けに楔を穿《うが》った。

「はぁっ。あっ、ん………っ」

胸と性器と。性感帯を二ヶ所同時に責められて、ブランシュが腰をくねらせる。

体……いいえ、あそこが熱い……。熱くて、疼いて。

ブランシュの瞳が、快楽で潤んだ。

「あぁ……レオン。レオン……っ!」

もっと奥まで感じたいとばかりに、ブランシュがレオンの腰に脚を絡ませた。

快楽に我を忘れたブランシュの仕草に、レオンの陰茎がいよいよ硬さを増す。

レオンの楔は、今では凶悪なほどに育ち、猛り、昂っていた。

太さを増した肉は、はちきれんばかりに媚壁を圧迫し、それがブランシュに更なる快感をもたらした。

「んっ。あっ、あぁ……っ」

レオンの抜き差しが速まり、生じる摩擦にブランシュはあえぎっぱなしになった。

肉の喜びに誘われるまま、ブランシュがレオンの背に腕を回した。

「これはまた……。おまえが、これほど情熱的に、俺を求めるとは……」

レオンの嬉しげな声も、ブランシュの耳に入ってはいなかった。

突き上げられるたびに増してゆく快感に、達していたからだ。

「あぁ……あ、あぁ………」

絶頂を迎え、ブランシュの目尻から涙が伝った。

膣が自然と痙攣して、高まりすぎた熱を解放し、同時に陰茎を締めつける。

「これ……はっ。っ……」

ぬめりを帯びた柔肉に圧迫された楔が、力強く脈動していた。

「レオン、あなた……。あなたも、イくのですか……」

快感に蕩けた舌足らずな口調で尋ねると、レオンが「そうだ」と答えた。

途端に、ブランシュの中で新たな欲望が芽生えた。

子種の熱い飛沫《ひまつ》を、一番深いところで感じたい。

「レオン。イって……イってください。私の、中で……」

くっきりと浮き出た肩胛骨《けんこうこつ》に指を這わせ、ブランシュが懇願した。

幾度も吸われて赤く染まった唇が、淫靡《いんび》に濡れていた。

豊かな胸を厚い胸板に押しつけ、ブランシュがレオンを誘う。

「あなたを……、もっと感じたいのです」

普段のブランシュからかけ離れた痴態《ちたい》に、レオンが息を呑んだ。

その瞬間、レオンは一匹の雄となった。

レオンが無言で大きく腰を引き、これ以上ないという速度で楔をブランシュに穿つ。

「っ。……くっ。……はっ、っ……」

レオンの唇から荒い息が漏れ、余裕のない抽送がくり返される。

ブランシュの体が前後に揺さぶられ、花弁を、肉筒を擦られる快感に、レオンの背に爪を立てた。レオンがひときわ大きく腰を引き、楔を深く突き立てる。

あぁ……やっと、レオンがイくのね……。

ブランシュが歓喜した瞬間、これが最後とばかりにレオンが最奥《さいおう》に男根を叩きつけた。

「くぅ……っ。…………、ん…………」

レオンが呻《うめ》き声をあげ、勢いよく精を放った。

子宮に精液をかけられて、ブランシュの全身が喜悦《きえつ》に染め抜かれる。

「あぁ、レオン……」

しっかりとレオンを抱き締めると、汗で濡れた肌が重なり合う。

紙一枚も入る隙がないほどに体を密着させながら、ブランシュは熱い飛沫が膣を潤す様を、まざまざと感じていた。

レオン、あなた……。私の、愛しい人。

魂が叫んでいる。この男こそが、生涯をともにする、運命の定めた伴侶だと。

「あなたが私の夫となると決まり……、本当に嬉しいわ」

そう言ってブランシュが、射精を終えたレオンの肩に頬をすり寄せた。

幼女のようなブランシュの仕草に、レオンが屈託のない、少年のような笑みを浮かべる。

「俺も、同じ気持ちだ。ブランシュ……俺の愛しい娘。運命の女《ファム・ファタル》」

愛しさに溢れた声で言うと、レオンがブランシュの後頭部に手を当て、優しく撫でた。

そうしてふたりは、シャルルとディアーヌの許した一晩という蜜月を、常に互いの体温を感じ、体の一部に触れながら過ごした。

「いずれ、夫婦になるとはいえ……これからおまえは一度はアスティに帰り、俺たちはまた、離ればなれとなってしまうのか……」

寝台に横たわり、ブランシュに腕枕をしながら、レオンが悔しそうにぼやいた。

「しかたがありませんわ。私は公女、そしてあなたは王太子になられるのですもの。……私だとて、気持ちは同じです。……私も、あなたと離ればなれになるのは、とても辛い。いつまでもこうしていられれば……と思います」

健気にブランシュが想いを述べる。すると、レオンが大きく息を吐いた。

「国王陛下に頼んで、結婚式はなるべく早くしてもらう」

「私も、お兄様に頼みます」

「……手紙を書く」

「私も、手紙を書きますわ」

レオンがしっかとブランシュを抱き締める。そうしてふたりは、木の枝に留まる小鳥のように寄り添い、睦言を交わし続けたのだった。


王太子選定会議でレオンが王太子となることが決まってから、約半年が過ぎた。

季節は秋から冬に、そして冬から春へと変わった。

南海の真珠と呼ばれるアスティ公国は、オクシタンの王太子と第一公女の結婚が目前に迫り、祝いムードに包まれていた。

パンティエーヴル公からカンペール公へ花婿が変わったことに対し、口さがない噂も流れはしたものの、いつの間にかそれも立ち消えとなっていた。

ブランシュが輿入《こしい》れのため、シャンベリを出立する日には、街道が人々が祝いのために撒《ま》いた早咲きの花で埋め尽くされた。

まるで、花びらの絨毯のような街道を、純白の婚礼用の馬車がゆっくりと進んでゆく。

農作業に従事していた農民や、村々を巡る行商人が、ブランシュらのために道を空け、街道脇で歓声をあげ、年若い公女の結婚を祝う。

「アスティは、よい国でした」

馬車に同乗しているフランソワーズが、窓から外を見ながら、ぽつりとつぶやいた。

フランソワーズは、かつてとは別人のように清楚で装飾も少ないドレスに身を包み、穏やかな表情をしている。

フランソワーズとジャンのシャンプラン子爵夫妻は、あの後、国外追放処分を受け、デニスとブランシュの帰国とともにアスティへやってきた。

ふたりがパンティエーヴル公から受けた仕打ちをデニスから聞き、ブランシュはシャンプラン子爵夫妻に同情し、何かと心配りをしていた。

シャンベリ郊外の農家を買い取り、田舎暮らしを満喫するシャンプラン夫妻とブランシュは、冬を越える頃には、すっかり気心が知れた間柄になっていた。

「アスティは、人も風土も温かく、国そのものが、まるで家族のように感じました」

「小さい国ですから、まとまらなければ他国に蹂躙《じゅうりん》されてしまいます。私の祖国を気に入っていただけて光栄ですわ。フランソワーズ。いずれまた、シャンベリの王宮まで兄を訪ねてくださいね。きっと、兄も喜びますから」

「はい。ぜひそうさせていただきます。デニス様は、私たち夫婦の恩人ですもの」

にっこりとフランソワーズが向かいの席に座ったブランシュに微笑みかける。

そんなフランソワーズの手を、ブランシュが握り、口を開いた。

「けれども、しばらくは私のためにリュテスの王宮に留まってください。エタンプ侯爵夫人がいらっしゃるとはいえ、私は王宮では異邦人。わからぬことも多く、とまどうことばかりでしょうから」

「私と夫が、公女殿下のお力になりますわ。このたびの王太子殿下と公女殿下の結婚による恩赦《おんしゃ》によって、私どもの国外追放処分が撤回されたのです。おふたりには、いくら感謝してもしきれませんわね」

夫のシャンプラン子爵もまた、この一行に同行していた。

さすがにブランシュと同じ馬車には乗れないので、別の馬車で移動している。

やがて、アスティとオクシタンの国境が見えてきた。

ここで、ブランシュはアスティの馬車を降り、オクシタンが用意した馬車へ乗り換えることとなっている。

「いよいよ、オクシタンですわね。……ブランシュ様、二度とアスティの地を踏めないかもしれませんが、お寂しくはありませんか？」

「覚悟はしております。……それに、たとえ前例がなくとも、レオンでしたら私の里帰りも頼めばきっと許してくださるでしょうから」

それが、ブランシュに必要であれば、レオンはそれを許すであろう。万難を排してでも。

「――けれども、レオンとともにいれば、アスティを恋しく思う暇もなさそうに思います」

「王太子殿下は、退屈とは無縁の御方ですものね」

やんちゃ坊主を優しく見つめる母親のような顔をしたブランシュに、フランソワーズが苦笑しながらうなずき返す。

アスティとオクシタンの国境は川という自然の境界で区切られていて、川には橋がかかっている。その川の手前に、オクシタンからの馬車が待っていた。

ブランシュが馬車を降り、同時にアスティから運んだ荷物も別の馬車に載せ替えられる。

先に馬車を降りていたシャンプラン子爵が、フランソワーズに声をかけた。

「フランソワーズ、僕たちは、公女殿下とは別の馬車に同乗するよう言われたよ」

「そうですか。では、公女殿下、私はこちらで。また、晩餐の時にお会いしましょう」

短い別れの挨拶をして、フランソワーズが夫のもとへと歩いていく。

そして、夫から何事かを耳打ちされて「まぁ！」と、驚きの声をあげた。

……いったい、どうしたというのかしら………？

「ブランシュ公女殿下、お久しぶりでございます。陛下の命により、公女殿下をお迎えに参りました」

フランソワーズに代わり、オクシタンの人々の中から、エタンプ侯爵夫人が一歩前に進み出た。

エタンプ侯爵夫人は、懐かしそうな笑顔をブランシュに向ける。

「エタンプ侯爵夫人、お久しぶりです。あの時はお世話になりました」

懐かしい顔の出迎えに、ブランシュが安堵で笑顔になる。

「とんでもございません。……内々にですが、王太子妃つきの女官長になることが決まりました。これからは公女殿下を主として、誠心誠意、お仕えさせていただきます」

「まあ、なんという素敵なはからいでしょう。両陛下には、リュテスに到着しましたら、真っ先にお礼を申し上げなくてはなりませんね」

「両陛下も公女殿下のご到着を、とても楽しみにしていらっしゃいますわ」

「嬉しいこと。私も、両陛下にお会いできますのが、楽しみです」

そして、ブランシュはおずおずと、一番、気になっていたことを口にする。

「――レオンは、元気にしているかしら。いえ、あの……三日にあげずに手紙が届いていたから、元気にしているのはわかっているのですが」

「王太子殿下でございますか？　殿下は、あの後、すぐに王宮にお入りになられました。カンペール公爵位は、従兄弟のギョーム様がお継ぎになられて……後のことは、直接、殿下にお聞きになるのがよろしいかと思いますわ」

「そうね。ここからリュテスまで、あと三日。三日後には、レオンと会えるのですもの」

愛する男に再会できる。その喜びにブランシュの心が染め抜かれた。

待ち遠しいけれど、これまで待ち続けられたのですもの。三日なんて、あっという間に過ぎてゆくことでしょう。

そうして、セピア色の髪をした御者《ぎょしゃ》がブランシュの馬車に踏み台を置いた。

扉が開き、ブランシュが馬車に入ろうとすると、中から伸びてきた手に手首を摑まれた。

「――きゃっ!」

悲鳴をあげたブランシュが強引に引っ張られ、そして逞しい胸に抱き留められる。

「久しぶりだな、元気にしていたか?」

「………っ!」

懐かしく、そして慕わしい声がした。

自信たっぷりで強引で、破天荒で、頼りがいのある男の声が。

「あなた……レオン、どうしてここに?」

男の腕の中でブランシュが顔を上げる。その青い瞳は、歓喜の涙で濡れていた。

そして、レオンが、余裕たっぷりの笑顔をブランシュに向ける。

「決まっているだろう。おまえに一刻も早く会いたいから、こうして迎えに来たのだ」

「そんなことをして……両陛下のお許しはちゃんと得たのですか?」

「両陛下は、殿下のお迎えをお許しになりました。ただし、両殿下の乗る馬車には、私が同乗するという条件を王妃陛下が、おつけになりましたが」

ブランシュの後に馬車に乗ったエタンプ侯爵夫人が、困り顔で答えた。

「王妃陛下らしい条件ですわね」

「まったくだ。これでは、俺はおまえに口づけさえもできないからな」

大げさに肩を竦めながらも、レオンはブランシュの胴に腕を回し、細腰を引き寄せる。

「まあ。私は、こうしてあなたと会えただけで、満足していますわ」

ブランシュが手を伸ばし、レオンの頬に触れた。

あぁ、信じられない。ここに、こうして、レオンがいるなんて……！。

予想をしていなかった分、ブランシュの喜びも大きい。

本当に……。本当に、この方は、余人の予想できないことばかりなさるのだから。

中世ならいざ知らず、通常、王太子が王都を出ることはなく、花嫁を迎えるために国境沿いまで来ることなど、絶対にありえない、いや、あってはならないことなのだ。

「あなたといると、本当に退屈する暇がありませんわ」

「それは、褒め言葉として受け取っておこうか」

「そう思ってくださって結構です。……ところで、みな様、お変わりありませんか？」

「国王陛下も王妃陛下も変わりない。ラウルは……気づかなかったか？　この馬車の御者はラウルだぞ」

「まあ！」

そういえば、御者の髪の色はラウルの髪色と同じだったわ……。

「ラウルは、俺付の秘書官になった。爵位付きの領地も得て、今は、マルタンヴァ伯爵だ」

「伯爵に御者をさせるのですか？」

「あいつが望んだことだ。命令したわけではないぞ。……ラウルは、真面目そうな顔をしているが、本当は、俺と同じくらい人を驚かせては喜ぶ性分なのだ」

「しようのない主従ですこと……。ラウルには、お兄様が大変良くしていただきました。私も彼が伯爵位を得て嬉しく思います」

花のようにブランシュが微笑むと、レオンが誘われるように笑顔になった。

そして、次の瞬間、人が悪いとしか言いようのない表情をする。

「――そのマルタンヴァ伯爵領だが、元は、パンティエーヴル公の領地なのだ」

「パンティエーヴル公の？　どういった経緯でそのようなことになったのでしょう」

意外な事のなりゆきに、ブランシュが目を丸くした。

「王太子選定会議で、俺が証明した事は、事実と認められて裁判となった。法に照らせば、マクシムは死刑だ。そこで、マクシムは死刑を回避するため、裁判官を買収しまくった」

「……そうなるでしょうね」

「死罪が免《まぬか》れたあたりで、だいぶ資産は減っていたはずだ。その上で、国王陛下がこうおっしゃられたのだ。〝王族の血を引く者が罪に問われるのは外聞が悪い。パンティエーヴル公が今後領地で蟄居《ちっきょ》するのならば、裁判はせず、罰金刑で済まそうではないか〟とな」

「そのように処理なされたのですね。道理で、アスティまでパンティエーヴル公の動向が伝わってこなかったはずです」

おそらく、この件は、すべてが内密に運ばれたはずだわ。

一時は王太子候補にまでなった王族が、詐欺に関わったなど、醜聞《しゅうぶん》中の醜聞だからだ。

そして、レオンからシャルルがマクシムに課した罰金の額を聞き、ブランシュは驚きのあまり、絶句した。

「それは……アスティの国家予算、五年分の金額に当たります」

「国王陛下は、その上で、その金額を期日までに一括で支払わなければ、マクシムは精神を病んだとして、一生病院に閉じ込めると告げたそうだ」

「さしものパンティエーヴル公も、シャルル様に従うしかありませんわね」

ブランシュは、そこまで徹底してマクシムを追い詰めたということで、シャルルの怒りのほどを思い知った気がした。

印璽は、国家の象徴……その印璽を使われるということは、王の尊厳を、誇りを、この上なく傷つける行為だから、しようのないことだけれど。

「罰金を払うため、マクシムは代々パンティエーヴル公が受け継いでいた領地をいくつか手放した。それが、爵位付きの領地を扱う市場に出たので、俺が買い上げ、ラウルに与えたのだ。王太子の秘書官に爵位がなければ、睨みが利かんからな」

そう言って、レオンが呵々大笑《かかたいしよう》した。

自分が手放した領地をレオンが手に入れる……。そのことを知ったパンティエーヴル公は、さぞや悔しがったことでしょう。

レオンがただラウルに爵位を与えたいだけであれば、どこの爵位付きの領地を購《あがな》っても良かったのだ。それなのに、あえてマクシムが手放した爵位付きの領地を手に入れたということは、ラウルへの褒美とマクシムへの嫌がらせを、同時に行ったことになる。

一手で複数の目的を達するのは、政治の常とはいえ、レオンの手腕は鮮やかであった。

「あなたという方は……、本当にやり手でいらっしゃる」

呆れ半分、感心半分といった面持ちで、ブランシュが息を吐く。

すると、レオンがブランシュの額に音をたてて口づけた。

「まだまだ俺など、両陛下に及ばんさ。何せ、せっかくおまえと再会したのに、口づけのひとつもままならないのだからな」

「恐れ入ります」

レオンの軽口に、エタンプ侯爵夫人が涼しい顔で答えると、わざとらしく顔を背け、窓から外の景色を見ているふりをする。

口づけくらいは、見て見ぬふりをしましょう、というエタンプ侯爵夫人の振る舞いに、レオンとブランシュが笑顔になる。

「エタンプ侯爵夫人、お気遣いに感謝する。……では、遠慮なく」

早速レオンがブランシュの顎に手をやって、桜桃のような唇に触れるだけのキスをする。

ブランシュの胸に、甘やかな喜びが湧き上がる。

レオンの体温を感じ、レオンの声を聞き、レオンとともにいる。ただそれだけのことが、ブランシュにとっては、最高の幸せであった。

「愛しているわ。これからはずっと一緒にいられるのですね」

「そうだ。これから俺たちは、ずっと一緒にいるんだ」

愛しげに目を細め、優しい声でレオンが囁く。

思いきり息を吸ったブランシュの鼻腔を、オレンジとクローブの匂いがくすぐった。

「これは……ポプリの匂い……？」

ブランシュのつぶやきに、レオンが上着のポケットからハンカチにくるんだポプリを取り出した。

「おまえからもらった、最初の贈物だからな。いつも、こうして身につけていた。時にはこうして口づけて、おまえのいない無聊《ぶりよう》を慰めていた」

そう言って、レオンがポプリを飾るリボンにキスをする。

「そんなに大切にしてくださるなんて……嬉しいですわ……」

喜びの言葉を口にするブランシュの手を、甘やかな笑顔を浮かべたレオンが握った。

爽やかな——決して色あせない——ポプリの匂いに包まれながら、ふたりは再び口づけを交わしたのだった。

あとがき

はじめまして、多紀佐久那です。このたびは『したたかな蜜月計画〜嘘つき公爵と頑ななな王女〜』を、お手にとってくださいまして、ありがとうございます。

この話は、ざっくり十七世紀中盤のフランスを参考に書いた小説です。今までは中世っぽいお話が多かったのですが、初！　近世ということで、資料を揃え直し、時代の文物も勉強し直しで、大変でしたが、とても楽しかったです。

一番興奮したのは、この頃に「紙幣」ができたと知った時です（日銀のＨＰに説明がありました）。紙幣ができるとすぐにそれを悪用する事件が起きていたりして、人間っていうのは、本当に、いつの時代も変らないのだなぁ、といっそ、感心しました。

登場人物としては、主役ふたり、ブランシュやレオンはもちろん好きなのですが、デニスが……書いていて、非常に楽しかったです。

こういうタイプの登場人物は、初めて書いたのですが、欠点だらけでもいいじゃない！　だって、かわいいんだもの!!　と素直に思えました。紙面の都合で書けませんでしたが、デニスのその後は、ブランシュに泣きついて、ラウルが顧問としてアスティ王宮に赴任。その間にレオンが賢い娘を探し出してデニスに嫁がせ、アスティは安泰、ということに脳内ではなっています。

なんやかんやで、デニスは善良なので、周囲の人に恵まれて、なんとなくやっていけると思います。

今回は、初稿で大幅に枚数オーバー、三十ページほど削除するなど、全書き直しを二回しましたが、なんとか形になって嬉しいです。

忍耐強く、つきあってくださった編集さまに感謝です。なんども諦めそうになりましたが、こうして書籍となりました。

また、挿絵を描いてくださった鳩屋ユカリ先生、ブランシュもレオンもイメージそのものでした。いえ、イメージ以上にかわいくて、かっこ良かったです。ふたりとも、最高でした。ありがとうございます！

そして、ここまで読んでくださったみなさま、本当にありがとうございました。少しでも楽しんでいただければ幸いです。

多紀佐久那先生、鳩屋ユカリ先生へのお便り、
本作品に関するご意見、ご感想などは
〒101-8405
東京都千代田区三崎町2-18-11
二見書房　ハニー文庫
「したたかな蜜月計画～嘘つき公爵と頑なな王女～」係まで。

本作品は書き下ろしです

Honey Novel

したたかな蜜月計画《みつげつけいかく》
～嘘《うそ》つき公爵《こうしゃく》と頑《かたく》なな王女《おうじょ》～

【著者】多紀佐久那《たきさくな》

【発行所】株式会社二見書房
東京都千代田区三崎町2-18-11
電話　03(3515)2311［営業］
　　　03(3515)2314［編集］
振替　00170-4-2639
【印刷】株式会社 堀内印刷所
【製本】株式会社 村上製本所

落丁・乱丁本はお取り替えいたします。
定価は、カバーに表示してあります。

ISBN978-4-576-17018-3

http://honey.futami.co.jp/

甘くとろける蜜の恋☆濃蜜乙女レーベル
Honey Novel

多紀佐久那の本

紅玉《ルビー》の蜜事

イラスト=TCB

セシリーは盗賊に襲われたところを騎士・ギルバートに救われた。
互いに惹かれ合い恋に落ちるが、二人の家柄は敵対する派閥で……。

甘くとろける蜜の恋☆濃蜜乙女レーベル
Honey Novel

多紀佐久那の本

傭兵王と花嫁のワルツ

イラスト=花岡美莉

「妻殺しの王」ファルクの元へ嫁ぐことになった王女エレアノール。
自分も殺されるのではと怯えていたが、ファルクは無愛想ながらも優しい男で——。

甘くとろける蜜の恋☆濃蜜乙女レーベル
Honey Novel

魚谷はづきの本

盗賊王の純真
～砂宮に愛は燃える～

イラスト＝坂本あきら

輿入れを襲われたネーシャは謎の男アティルに助けられるが、彼も盗賊だった。
戦利品と言いつつ甘く抱いてくる指はどこか貴族的で…。